„Be Young, Be Foolish, Be Happy!"
The Tams

Buch

Warum erinnern wir uns so gern an die Zeit, als die Bananarama-Girls noch auf Robert De Niro warteten und Vic in „La Boum – Die Fete" von Mathieu träumte?
Ganz einfach: Weil wir uns einbilden, dass die Ära kurz vor und nach der Wiedervereinigung noch nicht so kompliziert war wie der verrückte Abschnitt, den wir aktuell erleben.
Was hat uns damals in den 80ern und 90ern bewegt? „99 Luftballons" und die AOL-Nachricht „Sie haben Post" zum Beispiel. Oder der babacoole New-Wave-Look von Boy George und seine Schminktipps in der „Bravo". Aber war früher wirklich mehr Lametta – und können wir den nostalgisch verklärten Bildern, die wir von unserer Vergangenheit kreieren, überhaupt trauen?
L.P. Platte wirft in dieser humoristischen Fibel einen Blick auf die sogenannte Generation X, die Altersgruppe der 1965 bis 1975 Geborenen, peinliche Schattenseiten inklusive: eine radikal ehrliche Coming-of-Age-Geschichte über das Jungsein und Pop in den 80er- und 90er-Jahren.

Autorin

L.P. Platte ist ein typischer Dorf-Mod. Geboren 1970, wuchs sie auf dem Land auf – zusammen mit gut genährten Kühen, titanblauen Vespas und schönen Prilblumen am Wegesrand. Gefangen zwischen Nato-Doppelbeschluss, Neuer Deutscher Welle, „No Future" und „Big Fun" entwickelte sie schon früh eine Sehnsucht nach den Lichtern der großen Stadt. Da sie sich als Teenager nicht auf einen bestimmten Modestil festlegen wollte, machte sie die Bekanntschaft mit fast jeder popkulturellen Szene. So konnte sie in diversen Clubs und Dissen den Habitus der New Waver, Gothics und Punks ebenso studieren wie den der Popper, Yuppies und Dandys. Als Angehörige der „Generation Birne" hat sie das analoge Daten, Anwanzen und Abfeiern von der Pike auf gelernt und verrät in diesem Buch ihre besten Tricks.

L.P. Platte

Analog daten

Warum die 80er und 90er echt peinlich waren
und wir uns trotzdem so gerne daran erinnern

Impressum

Bibliografische Information der Deutschen Nationalbibliothek:
Die Deutsche Nationalbibliothek verzeichnet diese
Publikation in der Deutschen Nationalbibliografie;
detaillierte bibliografische Daten sind im Internet über
http://dnb.dnb.de abrufbar.

Die automatisierte Analyse des Werkes, um daraus
Informationen insbesondere über Muster, Trends und
Korrelationen gemäß §44b UrhG („Text und Data Mining") zu
gewinnen, ist untersagt.

© 2025 by Simone Niemann
Cover-Gestaltung: S. Niemann
Illustration: YaniDwi, Canva
Piktogramme: Vika Glitter, Pixabay

Special thanks go to Conny Groterjahn, Hans Rempe
und Mama Roxy

Verlag: BoD · Books on Demand GmbH, Überseering 33,
22297 Hamburg, bod@bod.de

Druck: Libri Plureos GmbH, Friedensallee 273,
22763 Hamburg

ISBN: 978-3-8192-0694-8

Inhalt

Wir schreiben das Jahr 2024. Du bist ausgebrannt und stehst kurz davor, aus dem Fenster zu springen. Es weihnachtet sehr, jedenfalls draußen vor der Tür, und dein Freund Martin hat dich verlassen. Nach all den vielen gemeinsamen und unglücklichen Jahren – verdammte Beziehungskiste! Du fragst dich, wozu es gut war, dass du so lange mit ihm durchgehalten hast. Martin hat den Absprung gerade noch rechtzeitig vor seiner Vergreisung geschafft, bildet er sich jedenfalls ein, der alte Pflaumen-August. Als unansehnlicher Silberrücken mit ansehnlichem Gehalt und gut dotierter Stelle lebt er seine spätadoleszenten Wechseljahre in vollen Zügen aus und lernt im Sommer Stand-up-Paddling am Comer See mit seiner neuen Flamme, die 15 Jahre jünger ist als er – und mit der er nun auch offiziell liiert ist.
Inoffiziell lief natürlich schon länger was zwischen den beiden. Nun ist es raus, und du begießt dein neues Single-Glück in deiner Freizeit mit deinen Freundinnen, sofern die mal Zeit für dich haben.

Jahrzehntelang hast du auf dem Sonnendeck geparkt, im Speckgürtel der 70er-, 80er-, 90er- und 00er-Jahre, warst in „New York – Rio – Tokyo" unterwegs oder hast wenigstens mitgegrölt, wenn der Song 1986 im Radio lief, hast wie Vic in „La Boum I" von Mathieu geträumt, mit den Bananarama-Girls auf Robert De Niro gewartet, gefühlt unendlich viele Mix-Tapes beschriftet und Madonna vergöttert, als die noch wie ein lebendiger und nicht wie ein toter Vamp aussah. Du warst live vor der Glotze dabei, als Jürgen und Zlatko sich im Big-Brother-Container verbrüderten. Und du hast dich erfolgreich mit dem aufregenden Liebesleben von Brandon und Brenda aus „Beverly Hills, 90210" von der Tatsache abgelenkt, dass dein eigenes brachlag. Du hast in den 90ern jedes Wochenende Wiedervereinigung gefeiert und deine knallrot gefärbte „Enie van de Meiklokjes"-Gedächtnisfrisur auf Raves zwischen Berlin-Ost und dem Brandenburger Tor geschüttelt. Die 90er, das Jahrzehnt der „Love Parade", damals konntest du es noch tragen, dein bauchfreies Top und deinen sichtbaren Tanga. Heute siehst du darin aus wie Elliot, das Schmunzelmonster, auf Speed. Oder wie eine Bockwurst mit halber Pelle.
Und nun das – Bandsalat auf ganzer Linie. Der „Wind Of Change" hat sich gedreht, du verstehst die Welt nicht mehr – und hast ein Pfeifen im Ohr, allerdings nicht das von Klaus Meine. Eventuell ist es ein Tinnitus. Eigentlich, das dachtest du bis vorgestern, bist du immer ein steiler Zahn gewesen, im Herzen jung und

modern für dein Alter – auch noch als etwas angejahrte Braut. Sprachtechnisch hast du aufgesattelt und dir das Vokabular der Generationen Y bis Z und Alpha draufgeschaufelt. Du bist psychologisch geschult, hast alle Bücher von Stefanie Stahl gelesen und diskutierst mit deiner Freundin Petra nicht nur über dein inneres Schattenkind, sondern auch über eure kaputten Bindungsmuster, Selfcare und Female Empowerment.

Und du kannst sogar die Sprache der woken Szene einwandfrei übersetzen und weißt, was gemeint ist, wenn Sätze fallen wie dieser:

„Grammatik ist ein kolonialrassistisches Tool von White Supremacy, um BIPoCs zu unterdrücken."

Diese im ersten Moment komplex wirkende und leicht verklausulierte Wörter-Aneinanderreihung bedeutet nämlich nicht viel mehr als:

„Ihr seid alle Kindermörder und könnt unseren Code nicht knacken, ihr alten weißen OK Boomer! Fi … euch!

Ihr seid schuld an allem, und wir ziehen jetzt andere Seiten auf! Ihr Klimaschänder! Ihr Hedonistenschweine, ihr!

*Fi … euch hart, ihr habt auf unsere Kosten gelebt und die Umwelt versaut, ihr … *$*öskhz§x-sd%#!#& ☹((:)))!"*

Was sollst du machen? Du bist ein Kind der Generation X, vollkommen verwöhnt, gepudert und gepampert, und zwar bloß deshalb, weil du zufällig in den besten Jahrzehnten der Menschheitsgeschichte aufgewachsen bist. Mit allem, was man als Jugendliche so brauchte: viel Freiheit, eine Perspektive und genügend Knete, um dir die Must-haves der 80er und 90er leisten zu können.

Zum Beispiel Leggins, rosa-weiße Ringelstulpen und einen Body in Reizhusten fördernden Farben für dein Original-Aerobic-Workout à la Jane Fonda mit 15 anderen weiblichen Teenies in deinem Alter in der Schulturnhalle mit eurer Sportlehrerin, Frau Suhrbier, die zwar nicht wirkte wie ein Superstar aus Los Angeles, dafür aber mit ihrem roten Stirnband und ihrer 80s-Lockenmähne aussah wie der junge John McEnroe im schweißtreibenden Einsatz auf dem Tennisplatz. Dein Taschengeld hast du außerdem für freshe Jogginganzüge in allen erdenklichen Neonfarben ausgegeben. Die trugst du aber nicht beim Jazzdance, sondern in der Disco – so wie die oberhammerstarken Rapper aus der South Bronx! Und wenn du richtig cool sein wolltest, hast du dich mit deinem Lieblingsparfüm – „Poison" von Dior, ein Geschenk von Oma Hedwig – eingedieselt, deinen Taillengürtel über den Leggins enger geschnallt und dazu deinen XXXL-Oversize-Blazar mit Schulterpolstern angezogen.
Halt – etwas fehlt noch …
Ach ja, drei Kilo schwere Ketten im Stil von Madonna in ihrer „Into The Groove"-Phase hast du dir auch noch übergeworfen – perfekt für eine heiße Schwarzlicht-Nacht in deiner Lieblingsdisse „Manhattan" mit einem „Blue Martini" in der einen und einer Fluppe in der anderen Hand.
Ja, du bist eine Durchblickerin, immer am Puls der Zeit, und hast die Vollpeilung in Sachen Mode, Style und Geschmack. Und nun wirst du von den Kids abgestem-

pelt und reduziert auf den Begriff „alter weißer Cis-Mensch". Ja, ein „Cis-Mensch" bist du, in diesem Fall wohl ein weiblich gelesener. Deinetwegen auch ein stinknormaler. Aber eine Kindermörderin und Klimaschänderin bist du nicht! Du warst einfach jung damals in den 80er- und 90er-Jahren und hast nicht so viel über alles nachgedacht. Jedenfalls nicht so viel wie die Jugend von heute. Du glaubtest immer, du seist ein guter Mensch, kritisch, linksalternativ und gegen Atomkraft. Aber sich gut zu fühlen, das hat wohl nicht ganz gereicht.

Obwohl du in den 80ern mal an einer Friedensdemo teilgenommen hast, in Berlin-Kreuzberg, einige Jahre vor dem Mauerfall. Daran erinnerst du dich gern zurück. Vor allem an diesen einen Punk mit schwarzer Lou-Reed-Sonnenbrille und lilafarbenem Haupthaar – der war süß! Auch an die Transparente erinnerst du dich. „Stoppt Strauß!" und „Fahrt zur Hölle, ihr Schweine!" stand darauf. Du wusstest zwar nicht, welche Schweine gemeint waren, konntest dich aber voll mit den Parolen identifizieren. Vielleicht hättest du aber insgesamt mehr tun müssen für die Umwelt – dich auf die Straße kleben lassen oder so was. Doch dir fehlte seinerzeit noch das echte Problembewusstsein, das Problembewusstsein, das die jungen Menschen heutzutage umtreibt und nicht schlafen lässt – mögen sie nun cis, lesbisch, schwul, bisexuell, queer, transgender oder etwas noch nicht näher Definiertes sein.

Seit die LGBTQIA+-Bewegung auf dem Vormarsch ist,

fühlst du dich an manchen Tagen überdurchschnittlich alt, dabei bist du mit Mitte 50 in Deutschland immer noch ein total junger Hüpfer, Stichwort Überalterung. Und seit der Kulturkampf zwischen links und rechts um das Thema Identitätspolitik so richtig entbrannt ist, bist du etwas vorsichtiger geworden. Du machst in der Öffentlichkeit keine politisch unkorrekten Witze mehr, lachst nicht über die Altherren-Kalauer deines blöden Chefs und posaunst deine Meinung nicht mehr an jeder Ecke heraus. Die Zeiten, als in deutschen Talkshows noch kontrovers diskutiert wurde und Tische mit dem Beil zerhackt wurden, sind schließlich vorbei. Und wohin es führt, wenn alte weiße Cis-Menschen sich zu weit aus dem Fenster lehnen, lässt sich ja an Männern wie Richard David Precht und Markus Lanz beobachten. Precht wurde noch vor ein paar Jahren als kritischer Kopf, eloquenter Philosoph und Traum aller Frauen hoch gehandelt – und ist aktuell, glaubt man der Jugend von heute, ein verkappter Nazi und Antisemit. Same same mit Lanz: Der galt in den 90ern als ein aufstrebendes Synthiepop-Talent, als er seinem Vorbild Giorgio Moroder nacheiferte und aus Protest gegen die französischen Kernwaffentests auf Mururoa unter dem Namen *Le Camembert Radioactif* die Single „F…! Chirac" aufnahm. Lanz hatte den Song zu Hause produziert. Anschließend mischte er die Republik ab 1992 mit der Sendung „Explosiv – Das Magazin" auf, die dem Privatsender RTL satte Quoten bescherte. Leider war der gebürtige Südtiroler bis 2006 mit seiner Kollegin Birgit

Schrowange liiert. Die beiden galten als Traumpaar der
deutschen Moderatorenszene. Insgeheim träumten viele
Mütter aber weiter von diesem entzückenden Charme-
bolzen und Kavalier der alten Schule. Und auch Jüngere
schmachteten ihn an, sah er doch noch besser aus als
Roger Moore, Timothy Dalton und Pierce Brosnan zusammen, also besser als James Bond!
Ach, ja, die gute alte Zeit!
Früher war einfach alles besser und klar aufgeteilt:
Rechts die Nazis, in der Mitte die Spießer – und links
davon du und deine Freunde, immer ausgestattet mit
ein paar Joints.
Und diese dicken Dübel habt ihr dann durchgezogen,
bevor die Party richtig losging.
Heute ist die Tüte, nicht nur die aus Plastik, ein Relikt
von vorvorgestern, und du musst dich dafür schämen,
dass dein Leben einmal wild und aufregend war und
du deinen Körper mit Qualm und ein paar harmlosen
Drogen vergiftet hast – so, wie du ja auch die Natur
mit deinem Müll permanent verpestet hast, du alte
Umweltsau.
Heute ist alles so verdammt kompliziert geworden,
nicht nur die Sprache der woken Szene. Gottschalk
ist raus aus dem Entertainment-Game, und „Wetten,
dass.. ?" gibt's nicht mehr. Es hat sich ausgewettet.
Du hängst nicht mehr im Frottee-Anzug mit Papa und
Mama vor der Glotze ab. Es gibt keine sexistischen
„Tutti Frutti"-Shows mehr, in denen barbusige Gazellen
um Hugo Egon Balder herumturnen. Und du hast neu-

lich in einer extrem melancholischen Stunde deinen
geliebten Sony-Walkman in den Keller getragen. 1986
war dieses hotte Teil der letzte Schrei! Heute lachen die
jungen Leute dich aus, wenn du in der Muckibude mit
diesem schweren Gerät anrückst, das noch aus dem
Zweiten Weltkrieg stammen könnte.

Ach ja, und in Talkshows wird nicht mehr gequarzt, bis
der Arzt kommt. Auch du hast das Paffen mittlerweile
aufgegeben, nachdem deine junge Redaktionskollegin
Lea – Ressort „Krise und Zweifel" – dich angeschaut
hat wie einen Junkie, als sie draußen an dir und den
anderen Creeps in der Raucherecke vorbeilief.

All die Dinge, die dir früher Freude bereitet haben, sind
heute verboten oder werden im Zeitalter der Selbstoptimierung zumindest scharf geächtet – Wurst essen, Auto
fahren, angeben –, mit anderen Worten: Spaß haben, bis
zum Umfallen, das gibt es nicht mehr.

Stattdessen wird großspurig über „Awareness"
palavert, über „Opfer-Narrative", „CO2-Bilanzen",
„Fakeprofile", „Kryptobörsen", „Superfood",
„Vloggerinnnen" und „Ambiguitätstoleranz" …
Ambiguitätstoleranz? What? Was soll das denn sein?
Du fragst ChatGPT, und die KI antwortet:

*„Die Fähigkeit einer Person, mit Mehrdeutigkeit oder
Unklarheit umzugehen. Es bedeutet, dass jemand in der Lage
ist, verschiedene Perspektiven zu akzeptieren, auch wenn
sie widersprüchlich sind. Eine hohe Ambiguitätstoleranz
ermöglicht es einer Person, flexibel zu denken und offen für
neue Ideen zu sein."*

Zack – da hast du es doch schon wieder! Flexibel und offen – an dieser sogenannten Ambiguitätstoleranz sollte die Jugend von heute sich endlich mal ein Beispiel nehmen, findest du. Die Kids sollten nicht immer so engstirnig und humorlos auf die Alten starren und sich selbst mal an die eigene Nase fassen!

„Awareness" … Wenn du das Wort hörst, stellst du den Fernsehapparat aus – ja, du hast noch einen – und wünschst dir spontan den sauren Regen und sämtliche Atomkraftwerke zurück. Was waren das doch für herrliche, ausgelassene und glückliche Tage, damals in den 70er-, 80er- und 90er-Jahren des vergangenen Jahrtausends. Damals, als du qua deines Amtes als Teenager hauptberuflich damit beschäftigt warst, dich an deiner verspannten Coolheit zu erlaben. Du im New-Wave-Look der 80er mit zu viel Kajal und Abdeckstift im Gesicht.

Und dann diese vergnügten 90er! Dieter Thomas Kuhn trug stolz sein Brusthaartoupet zur Schau, und dein Haupthaar sah noch nicht aschgrau aus. Klar, deine persönliche CO_2-Bilanz war mies, und du hast dich von Fünf-Minuten-Terrinen ernährt: „Kartoffelbrei mit Klößchen", fast täglich. Aber ansonsten warst du fast ein Hippie, ein Blumenkind, zumindest ein Prilblumenkind, denn du bist in den 70ern aufgewachsen – und hast fast ausschließlich von Luft und Liebe gelebt.

Klar, auch ein paar ungesunde Substanzen haben sich daruntergemischt, in den 90ern war das ganz normal, aber das erzählst du dem Nachwuchs lieber nicht.

Zu beneiden sind sie nicht, die Kids. Dir wird flau im
Magen, wenn du an ihre Zukunft denkst und dir wieder
einmal das Geschwafel im Fernsehen anhörst: Von
„multiplen Krisen" ist da die Rede, von „hybrider
Kriegsführung" und „Milliardenlöchern" …
Andererseits war es in den 90er-Jahren auch nicht viel
besser. Da wurde über „Kollateralschäden", „Wohl-
standsmüll" und ein „sozialverträgliches Frühableben"
diskutiert. Oder über „Besserwessis", „Politikverdros-
senheit", „Überfremdung", den „Reformstau" und das
unheimliche „Millennium" … Und auch in den 80ern
gab es schon ein paar Probleme – „AIDS", „Glykol",
„Tschernobyl" und die fiese „Ellenbogengesellschaft"
zum Beispiel. Oder „Geisterfahrer" und „Grüne".
Kurzer Einschub für die Kids: Die Grünen gründeten sich
am 13. Januar 1980 und entstanden als ein Zusammen-
schluss eines breiten Spektrums an seltsamen Spezies.
Dazu zählten etwa körnerkauende Müslis, Strickpulli
tragende Grüffelos, langhaarige Bombenleger, Turn-
schuh tragende Ökos, Taxi fahrende Fischers, friedensbewegte Petra Kellys und ihr Anhang: die in der Fuß-
gängerzone ansässige Kelly Family.
Und, ja, natürlich gehörte zu den Gründungsvätern
auch der Alt-Kommunarde und Apo-Opa Rainer Lang-
hans, den die Kids von heute noch live aus der RTL-
Kommune Dschungelcamp kennen: Der Rainer –
das war dieser possierliche Lustmolch, der sich mit
seinen ergrauten Engelslocken geschickt an die jungen
Küken im Camp, zum Beispiel an Sarah „Dingens"

Knappik, heranwanzte – und zwar mit tiefenesoterisch
fundiertem Deep-Talk der Marke „Orakel von Delphi".
Davor lebte der Rainer übrigens ebenfalls in einer
Wohngemeinschaft: In der sogenannten „Kommune 1"
schulten er und Uschi Obermaier sich in den 60er-
Jahren gemeinsam in den deutschen Königsdisziplinen
„Freie Liebe für alle" und „Labern, bis der Letzte um-
fällt". Diese WG, die sogenannte K1, gilt als Wiege aller
Revoluzzer und ist ein Vorbild für spirituell Erleuchtete
und alternative Hippies, wie es die Grünen bis heute
sind – auch wenn sie nicht mehr aussehen wie Rainer
oder Catweazle, sondern wie Robert Habeck, also wie
der Liebling aller Schwiegermütter in spe.

Aber zurück zum Thema, also zurück zu dir und dem
Scherbenhaufen, vor dem du stehst. Tatsächlich berei-
ten die Nachrichten dir täglich mehr Unbehagen. Auf
weltpolitischer Bühne geht es ums Ganze, nämlich
schon wieder um die Wurst.

Wenn du an das miese Klima auf diesem Planeten –
auch an das unter den Leuten – denkst oder an den
Mann mit den gelben Haaren und seinen Kumpel,
Karate Kid aus Moskau, und wenn du deine privaten
Probleme obendrauf packst, kriegst du spontan
Windpocken.

Mit Beginn des Ukraine-Krieges bist du „in einer neuen
Welt aufgewacht", in einer Welt, die scheinbar verrückt
geworden ist. Olaf Scholz nannte es die „Zeitenwende"
– du nennst es Zombie-Apokalypse. Walking Dead –
jetzt auch in echt und nicht nur auf dem Bildschirm.

Fuck, haben wir Menschen nicht mehr alle Latten am Zaun – oder nur einige von uns?

Das fragst du dich. Und: Kann man da helfen – oder lässt man es besser bleiben?

„Zeitenwende" ... Kleiner hat er es nicht, der Olaf. Aber irgendwie hat er ja recht. Auf einmal geht es um alles, Aufschieberitis ist nicht mehr. Und doch tun immer noch die meisten so, als gäbe es kein Morgen, vor allem die bösen alten Cis-Männer, denen in der aktuellen Situation nichts Besseres einfällt, als die Erdenbewohner mit Bombenterror in Atem zu halten. Aufrüstung! Auch so ein gefürchtetes Wort aus den 80ern – und nun ist es wieder da! Gäbe es all die doofen Frisurensöhne wie Donald „I don't give a damn" Trump und seine Brüder im Geiste nicht, dann hätten sich die Nationen doch längst zusammengerauft und aufgeräumt mit all dem Murks der vergangenen Jahrzehnte. Oder etwa nicht? Jetzt ist es kurz vor zwölf, und du musst dich nicht nur ums Klima sorgen, sondern auch um deine Freiheit, die Freiheit der Rede und die Freiheit, das zu tun, worauf du gerade Bock hast, zum Beispiel auf dem Klo zu sitzen und in der Nase zu popeln. Oder Blue Curacao zu schlürfen, bis dir schlecht wird.

Das hast du nämlich neulich mit deiner besten Freundin Petra getan.

Ihr habt ein New-Wave- und Punk-Festival besucht, auf dem du einige deiner alten Weggefährten wiedergetroffen hast. Ja, mit Betonung auf „alt". Einige waren mit dem Hörgerät angereist. Ein paar schleppten sich mit Hüftbeschwerden in den Moshpit, in dem keiner es wagte, den anderen auch nur anzurühren, geschweige denn neckisch anzurempeln. Denn so was macht man einfach nicht mehr als Ü50er – zu groß ist das Risiko, bei unüberlegten Aktionen einen Bandscheibenvorfall zu erleiden.

Auch ein Zeichen von Überalterung: Die meisten Männer, die während des Konzerts vor dir standen, hatten graue Haare oder gar nichts mehr am Kopf. Sogar die heißen Feger von früher sahen irgendwie beige aus, haben Petra und du festgestellt.

Draußen vor der Tür wurde in den Pausen nicht mehr so viel geraucht wie früher und weitaus weniger Hochprozentiges herumgereicht. Aber ihr habt trotzdem mit diesem pampigen Likör aus eurer Jugendzeit angestoßen: Blue Curacao forever! Forever young! Yeah!

Blue Curacao funktioniert auch ohne Schwarzlicht-Disco, und das Rezept ist denkbar einfach: Hopp-hopp, rin innen Kopp! Anschließend sehr gute Gefühle und nur noch beglückende Jugenderinnerungen, Glatze hin, Schorfkopf her. Und am nächsten Morgen dann Migräne, bis der Arzt kommt. Ein Kopf wie eine Beule. Schädel-Hirn-Trauma auch ohne wilde Moshpit-Action. Ein Leben am Tag danach, am Tag nach dieser Nacht, war für dich nur aus dem horizontalen Blickwinkel möglich. Du lagst angeranzt auf dem Sofa und hast dir in der Glotze eine 24-stündige Doku über den Untergang des Römischen Reiches angeschaut. Ein anderes Programm war nicht drin. Du warst zu schwach, um

die Fernbedienung in die Hand zu nehmen. Stattdessen
hast du dir ein paar Fragen gestellt: Sollte eine Frau
weit jenseits der 40 selbstbewusst zu ihrem anerkannten
Status als Ü49-Riot-Grrrl stehen? Oder sollte sie den
pampigen Blue Curacao endlich von ihrer Lebensmittel-
Liste streichen und nie wieder ausgehen?
Am Ende eines langen TV-Tages hattest du keine
Antwort auf diese kniffeligen Fragen. Cäsars Reich lag
in Trümmern, und dein Magen war übersäuert. Das gab
es früher noch nicht – in den 80ern oder 90ern.
Migräne hin, Murks her – die Party mit Petra und den
Veteranen der coolen 80s-Szene hast du jedenfalls ge-
nossen. Sogar Doc Pferdeschwanz war dabei, ein alter
Haudegen der allerersten Stunde. Dieser Typ schaut
immer noch so aus wie vor mehr als 30 Jahren – nur
„in Alt". Für seinen großen Punk-Festival-Gala-Auftritt
hatte er sich wie anno dazumal in Schale geworfen
und sah aus wie eine Mischung aus Robert Smith von
The Cure und einem Mitglied der Band KISS: ganz in
schwarze Stoffe gehüllt, mit Plateauschuhen bis zum
Himmel, dazu weiße Schminke, fett Kajal um die Augen
und oben am Kopf eine schwarzgefärbte und maximal
hochtoupierte Matte bis zum Neptun. Voll krass,
dieser Mann!
Früher, als du noch jung warst, hast du heimlich für
Doc Pferdeschwanz geschwärmt. Heute – er ist
ungefähr zehn Jahre älter als du – passt er leider nicht
mehr in dein Beuteschema.
Was Doc jobtechnisch macht, konntest du bereits in den

80ern nicht in Erfahrung bringen. Du vermutest, dass er
hauptberuflich als Gesamtkunstwerk agiert – eine Art
lebendes Monument, das seine Kumpels daran erinnert,
dass alle mal jung waren – damals in den 80ern.
Womöglich hat diese Koryphäe, dieses Fossil der
schwarzen Wave-Szene, sein Outfit seit mehr als
40 Jahren nicht gewechselt. Vielleicht ist Doc Pferdeschwanz sogar mit seinen Klamotten verwachsen,
vermutest du, konntest gestern Nacht, als er vor dir an
der Theke stand, aber keine olfaktorischen Beweise für
deine These sammeln.

Nein, gemüffelt hat er nicht – ein Indiz dafür, dass er
seine Gewandung nach jedem öffentlichen Auftritt
wieder auszieht, was keine Kleinigkeit ist. Du selbst
würdest lange brauchen, um so ein aufwendiges Mode-
Statement à la Doc Pferdeschwanz präsentieren zu
können: Haare hochtoupieren und gegen die Gesetze
der Schwerkraft ankämpfen (= 3 Stunden Arbeit),
schminken (= 2 weitere Stunden), den geilen Fummel so
lange drapieren, bis alles sitzt (= noch mal 2 Stunden).
Dann die Plateauschuhe anschnallen, was ohne fremde
Hilfe fast unmöglich ist. Und schwuppdiwupp ist ein
Arbeitstag vorbei und bald schon wieder Ostern.

Was die Vorbereitung für so einen Abend angeht,
kommt also einiges zusammen, rechnest du hoch. Doch
das kennst du ja selbst noch von früher – die Gothic-,
Punk- und Wave-Szene war schon immer hauptamtlich
damit beschäftigt, sich so lange modisch herzurichten,
bis der abgerockte Straßenlook im angesagten Gossen-

Style endlich wirkte wie echt, also so, als sei man gerade erst aufgestanden oder aus dem Bett gefallen. So, als sei es einem völlig egal, was die anderen über einen denken. Wohl wissend, dass man aussieht wie der allerletzte Henker. Oder wie eine Leiche aus einem alten Hammer-Retro-Movie, eine Gestalt wie aus „Die Nacht der lebenden Toten" oder „Der Satan mit den langen Wimpern", wie ein Zombie, der gerade erst – und nicht schon vor mehr als acht Stunden – aus seiner Gruft gekrochen ist.

Du bist froh, dass Petra und du euch endlich mal wieder in die Zeitmaschine gesetzt und den „Time Warp" gemacht habt: Ihr wart gemeinsam auf dem Trip „Back to the 80s" und habt später auf der Tanzfläche zu Gassenhauern von Depeche Mode, den B-52's, Kraftwerk, Talking Heads und New Order abgespackt. Auf lahme Ausdruckstänze habt ihr dabei dankend verzichtet, ihr seid ja schließlich keine Popper, auch keine sterbenden Schwäne, sondern zwei hotte Feger in den besten Jahren. Und darum habt ihr ein paar phatte Sex-Pistols-Moves aufs Parkett gelegt, Motto: „Anarchy, nicht nur in the U.K."

Aber jetzt zurück zum Thema, zum Clash der Generationen: Die Kids sind sauer auf deine Generation, die „Generation Celebration", die Generation mit dem X hintendran, die Generation, die einst mit saucoolen Spontisprüchen um die Ecke kam:

„Ich geh kaputt, wer kommt mit?"

„Ob Eltern oder keine, entscheiden wir alleine!"

„Keine Macht für Niemand!"

„Gott ist tot – und du lebst auch nicht mehr lange."

„Alle wollen zurück zur Natur, nur nicht zu Fuß."

„Wozu Atomkraft? Bei uns kommt der Strom aus der Steckdose!"

„Lieber krank feiern als gesund arbeiten."

„Außer Tresen nichts gewesen."

Und: „Ouzo statt Juso!"

BÄHM! Alles kein Vergleich zu den weichgespülten Phrasen, die heute durch die Umlaufbahn kreisen und mit denen junge Leute demonstrieren wollen, dass sie den Durchblick haben:

„Mama, du bist mein Habibi!"

„Boa, Mutsch, mein Lehrer triggert mich so hart."

„Ich fühl den Song!"

Oder: „Dein Vibe war gestern nicht der beste, no front." Boah, nee, dieser Sprech ist dir zu wischiwaschi, trifft nicht des Pudels Kern und reicht deiner Meinung nach nicht an die alten Retro-Sprüche ran, die du in den 80er-Jahren am laufenden Band rausgehauen hast.

Du vermisst den rauen Humor und die offenen Diskussionen von früher und findest die Debatte um kulturelle Aneignung albern und scheinheilig.

Welche Karnevalskostüme darf man denn noch tragen, wenn es ab sofort untersagt ist, sich als Vertreter einer gesellschaftlichen Minderheit zu verkleiden?

Auch Darth Vader gehört schließlich einer Minorität an und wird von den meisten hart gedisst, OBWOHL er ein Beatmungsgerät trägt. Auch Superschurken und

-bösewichte bilden eine Randgruppe und sind doch irgendwie Opfer.

Diese neue Denkweise verstehst du einfach nicht, denn du bist ein Kind der Freiheit und Toleranz, du bist ein Punk im Geiste. Und du warst mal ein Dorf-Mod, zwischendurch sogar ein Gothic-Girl – und all das konntest du unter einem einzigen Dach oben in deinem Oberstübchen miteinander vereinen, ohne schizophren oder verrückt zu werden.

Und nun das – dieses ständige Rumgekasper um sensible Befindlichkeiten. Soziologen nennen es „Paradigmenwechsel". Du nennst es „das Ende der Menschheit (as we know it)". Und du denkst an früher. An den durchtrainierten Alabasterkörper von Martin, als der noch 25 war. An seine „Magnum"-Phase, als er nur noch Hawaii-Hemden und enge Jeans trug, sich fühlte wie Tom Selleck und sich einen Schnubbi stehen ließ, der beim Küssen immer so angenehm pikste.

Ach, die 80er. Rise and Fall … Die Bilder fliegen in Zeitlupe an dir vorbei: Du, das coole Mädchen mit Vokuhila-Frise. Und was gab es für dich als Jugendliche nicht alles zu bestaunen? Die Stones im Niedersachsenstadion. Friedensbewegte Aktivistinnen. Hausbesetzer in Schlaghosen. Punks in unabhängigen Jugendzentren. Männergruppen. Ökos. Popper, Waver, Gruftis, Mods, Teds und Dandys. Nena, als sie noch nicht zum Schwurbel-Lager gehörte. Und dann der Hamburger Jahreszeiten Verlag, der 1986 das Zeitgeist-Magazin „Tempo" herausbrachte. Irgendwann kiffte man nicht

mehr so oft und entdeckte andere interessante Drogen:
Die 90er gingen los.

„The Times they Are A Changin'", kommt es dir frei
nach Bob Dylan in den Sinn. Und auch aktuell steht
wieder eine Veränderung für dich auf der Agenda. Du
musst – wie man so schön sagt – noch mal von vorne
anfangen, ohne den doofen Martin. Die Karten haben
sich neu gemischt. Mit Mitte 50. Gibt es ein Leben als
alleinstehende alte Frau – und wenn ja, wie viele?

Zum Glück geht es den anderen um dich herum auch
nicht besser. Einige deiner Freunde halten krampfhaft
am Alten fest und leben konsequent rückwärtsgewandt,
andere bleiben permanent in ihren Gedankenschleifen
hängen. Ein paar hat die kalte Wut gepackt – und nur
wenige haben ihr „inneres Gleichgewicht" gefunden.
Der einzige gemeinsame Nenner ist, dass jeder anders
mit seinen Miseren umgeht.

Wenn du das Schicksal der meisten anderen mit deinem
eigenen vergleichst, hast du aber immer noch einen
Sechser im Lotto gezogen. Und weil du neulich in der
Apotheken-Umschau gelesen hast, dass die mittleren
Jahre ein „Game Changer" sind, fängst du heute noch
damit an, dein Leben aufzuräumen.

Als Erstes wirfst du darum die ollen Sachen von
Martin weg – und findest ganz unten im Schrank ein
altes Fotoalbum ... Ja, so was gab es früher noch, ganz
analog und zum Anfassen!

Du schaust rein – und bleibst spontan hängen.

Du machst Musik an – was aus den 80ern und 90ern –,

deine Lieblingsplaylist mit dem Titel „Jugendsünden": Boy George (damals ein woker Typ, heute etwas durchgescheppert), Human League („Don't You Want Me" war deine Einstiegsdroge in den Synthiepop), Red Hot Chili Peppers (einfach legendär – Anthony Kiedis im „Under The Bridge"-Video), Underworld („Born Slippy" – der Soundtrack zu „Trainspotting"), Oasis („Don't Look Back in Anger" passt zu deiner aktuellen Situation), Echt („Du trägst keine Liebe in dir" passt ebenfalls dazu) und Jennifer Rush („Ring Of Ice" passt wie Arsch auf Eimer zu deiner Stimmung).

Du denkst an früher, an diese glorreiche Ära, als in den Clubs noch geraucht wurde und „etwas trinken gehen" nicht gleich Komasaufen hieß.

Los ging der wilde Ritt in den 70ern. Die Impressionen rauschen an dir vorbei: mit Oma Hedwig beim Dorffriseur, deine erste Topfkuchenfrisur! Deine erste Barbie – sie hieß Petra wie deine beste Freundin, und sie sah auch so aus. Und dann ihre Nachfolgerin, die einzig Wahre, deine Utopie in Pink, „Pretty in Pink", sie brauchte keinen Namen, kam ganz ohne einen klar: Barbie. Einfach nur Barbie. Barbie und Ken – fertig! Und dann deine ersten Sea Monkeys – die Urzeitkrebse wurden lebendig, sobald man etwas Pulver ins Wasser kippte, Wahnsinn! Ferien an der Nordsee mit deinen Cousinen! Deine ersten Chucks! Die bombastische Traumhochzeit von Prinz Charles und Prinzessin Di – am Ende war sie bloß ein Fake, aber das Wort kannte man in den 80ern zum Glück noch nicht.

Der hammerharte Aufschlag von Bumm-Bumm-Becker!
Dein erster Sony-Walkman! Blümchen! Dein erstes
Handy! Lava-Lampen und 3D-Brillen! Sonnenfinsternis,
die Angst vorm großen Computercrash, die Euro-Ein-
führung und die Jahrtausendwende!
Rumms – einmal reingerutscht in die Nullerjahre, die
neue Zeit, die Zukunft!
Und immer noch ging es dir verdammt gut!
Schön, dass es so was wie Nostalgie gibt, denkst du,
und freust dich über die kostenlose Möglichkeit, dir
eine möglichst gute Zeit in der Gegenwart zu machen:
mit warmen Gedanken an längst Vergangenes.
Du kommst ins Sinnieren. Einen großen Vorteil hatte es,
in den 80ern – ganz ohne Handy und völlig analog –
aufzuwachsen. Es gab noch keine Klagen über die
„verlorene Zeit", also die Spanne, die du heute täglich
am Display verdaddelst. Das Smartphone gab es 1980
noch nicht. Heute hindert dich deine „Alles-jetzt-sofort-
Maschine" allzu oft daran, ein erfülltes Dasein zu
führen, ein Leben, wie du es dir zurückwünschst: ent-
schleunigt, weniger zeitfressend und verdichtet, einfach
gemächlicher – und ja, deinetwegen auch etwas langweiliger, als du es gewöhnt bist. Denn wer dauernd
am Handy hängt, erlebt weniger „Come together"-
Momente und ist am Ende ein armer Tropf.
Trotzdem – das nennt man in der Psychologie „kogniti-
ve Dissonanz" – hast du dein Gerät ständig dabei und
schaust zwischendurch, wenn dir langweilig ist, was
Heidi Klum und Ryan Gosling beim Internationalen

Filmfestival in Cannes so treiben, in welchen geilen
Fummeln sie gewandet sind und welche krassen Moves
sie auf dem roten Teppich vollziehen.
Ja, du lässt dich nur allzu gern ablenken von der Gegenwart. Und darum legst du dein Handy jetzt zur Seite
und kramst ganz analog in deinen alten Sachen rum.
Hilfe, deine alten Tagebücher, da liegen sie in der Kiste!
Du fängst an, darin zu blättern. Was für eine krakelige
Schrift du doch hattest. Als Pubertierende hast du die
Schönschrift deiner Freundin Marlene kopiert. Du hast
nicht nur sie und ihren Style, sondern auch ihre Schrift
plagiiert. Du hast so vieles in dieser Phase kopiert – und
dabei kanntest du „Windows" noch gar nicht. Und hin-
terhergekommen bist du trotzdem nicht! Denn Marlene
war einfach viel cooler als du. Und sie hatte sogar schon
einen festen Freund, auch so eine Sache, nach der du
lange suchen musstest …
Bis du Martin entdeckt hast. Oder er dich. Und ihr
dieses On-Off-Ding gestartet habt. Dieses toxische Ding,
das dich an ihn gebunden hat – so wie Frodo an den
Ring der Macht gebunden war.
Irgendwann warst du offensichtlich fast erwachsen,
Anfang der 90er-Jahre, als Grunge plötzlich als heißer
Scheiß gehandelt wurde. Du denkst an deinen großen
Schwarm von damals, Stefano Strohfeuer, ein verträumt
wirkender Typ mit Eddie-Vedder-Gedächtnisfrisur.
Einer, der mit federndem Gang über die Straße lief,
während seine Locken dazu lässig im Takt wippten.
Heute bringen langhaarige Bombenleger deine

Hormone nicht mehr in Wallung und dich nicht mehr
aus der Façon. Du bist froh, dass du nicht mehr 20 bist.
Oder 22. Denn dein jugendliches Ich war immer sofort
„on fire" und nicht mehr zurechnungsfähig, wenn es
etwas Schönes zu entdecken gab.
Glücklicherweise gab es auch abseits von jungen
Männern noch ein paar tolle Sensationen.
Geile Gerüche etwa wie der Lagerfeld-Duft, mit dem
in den 80er-Jahren jede Disse von Wanne-Eickel bis
Unterstinkenbrunn durchseucht war.
An erster Stelle war es aber die Musik, die du in den
80er-Jahren geliebt hast. Und deshalb drückst du jetzt
noch einmal die Repeat-Taste auf deinem angejahrten
CD-Player und holst zur Feier des Tages deine alten
Kassetten aus dem Schrank. Sie sind etwas angestaubt,
aber dein Gettoblaster ist noch da …
Ja, Ghettoblaster wird jetzt auch manchmal ohne H
geschrieben, Stichwort: Rechtschreibreform 1996.
Zurück auf Anfang – klappt das auch im echten Leben?
Oder ist die Repeat-Taste nicht kompatibel mit deiner
Realität? Du hast sie leider noch nicht gefunden, diese
Taste, und du weißt auch nicht, ob du sie überhaupt
drücken würdest, hättest du die Möglichkeit dazu.
Noch einmal alle Jugendsünden von vorne durchleben
und -leiden? Wäre das paradiesisch oder die Hölle auf
Erden?
Wahrscheinlich würdest du dich wie Carrie Bradshaw
im „Sex and the City"-Vorspann fühlen. Wie sie wür-
dest du stolpern, deinen großen Auftritt wieder vermas-

seln und dann auch so verdattert wie sie dreinschauen
und dich fragen: Was macht Mr. Big eigentlich …
Was macht der Martin wohl gerade? Und was wäre,
hättet ihr beide in bestimmten Situationen anders
gehandelt, als ihr es getan habt?
Du schaust dir die Bilder im leicht vergilbten Fotoalbum
an, und dir deucht: Es gibt verschiedene Möglichkeiten,
mit verfahrenen Situationen umzugehen. Man kann sie
anprangern wie in den 60ern. Man kann sie wegkiffen
wie in den 70ern. Man kann sie ignorieren wie in den
80ern. Oder man tanzt sich so lange um den Verstand,
bis man endlich glücklich ist, wie in den 90ern.
Gute Lösungen sind das nicht, findest du. Trotzdem
bist du der Meinung, dass die Zeit vor der Wiedervereinigung irgendwie noch nicht so kompliziert war wie
der verrückte Abschnitt, den du heute erlebst.
Stimmt es, dass früher mehr Lametta war? Du suchst
nach Antworten und blätterst in deinem alten Poesiealbum ... Einmal zurück in die Vergangenheit, los geht
die flotte Zeitreise.

KLEINE DIASCHAU DER 80ER – ÜBER DAS LEBENSGEFÜHL UND DIE LEUTE

Die 70er waren schon toll – geht es überhaupt noch besser? Versonnen denkst du an deine Kindertage zurück, an die bunten Kittel und Kopftücher, die die Frauen damals trugen, an braun-gelb-grüne Tapeten, gelb-braun-pink gemusterte Rollkragenpullis, fetzige Schlaghosen und an die grün-gelb-weißen Prilblumen, die du in eurer Küche an die Fliesen geklebt hast.

Du erinnerst dich gern an eine Zeit, als es im Fernsehen nur drei Programme gab, denn deiner Meinung nach reichten die ZDF-Hitparade, „Dick & Doof" und „Die Waltons" vollkommen aus. Gelangweilt hast du dich nie, denn als Dorfkind gab es für dich vor der Haustür genug zu entdecken, obwohl es im Ort nur einen Bäcker, einen Friseur und einen Dorfkrug gab.

Dass die 80er-Jahre all das noch überbieten würden, darauf hättest du nicht gewettet, doch genauso kam es. Das Jahrzehnt, das mit einer Liebeslüge begann – der Hochzeit von Prinz Charles und Lady Di –, endete mit dem Mauerfall, also mit einer Sache, mit der wirklich keiner rechnen konnte. Dazwischen gab es unglaublich viel Tamtam und Getöse: von den Hitler-Tagebüchern bis zur Barschel-Affäre war für jeden Geschmack etwas dabei – kleiner hatte man es damals nicht.

Auch an anderer Front war der Aufschlag groß. Boris „Bumm Bumm" Becker und Steffi Graf hauten ihren Gegnern und Gegnerinnen die gelben Bälle um die Ohren, dass es nur so zischte. Zunächst holte der 17-jährige Rotschopf aus Leimen 1985 zum Tennis-Urknall aus und ging als jüngster Wimbledon-Sieger in die deutsche Sportgeschichte ein.

Steffi Graf setzte sich zwei Jahre später beim Finale der French Open gegen Martina Navratilova durch. Navratilova, die muskelbepackte Amerikanerin mit tschechischen Wurzeln, galt als unbesiegbar, ein echtes Tier auf dem Platz, doch „unsere Steffi" knackte sie! Kein Wunder, dass eine ganze Nation – „Wir, die Deutschen!" – daraufhin ausflippte und anfing, Tennis zu spielen.

Das „Bobbele" und „Fräulein Vorhand" bewiesen, dass die Germanen ein Händchen für Tennis haben, obwohl der Sport der Legende nach ursprünglich von ein paar versprengten nordfranzösischen Mönchen erfunden und später von den Engländern okkupiert wurde. Und so schossen Mitte der 80er-Jahre überall Tennisplätze wie Pilze aus dem Boden – auch in deinem kleinen Dorf. Und alle – auch deine Eltern und du – schwangen am Wochenende den Schläger. Nicht wenige von euch trugen auch in ihrer Freizeit mit Vorliebe Tennissocken, Schweißbänder, kurze weiße Hosen und Röcke, unter denen bunte Schlüppis hervorlugten.

Die versteckte Erotik dieser Mode nutzten Sexmagazine wie der „Playboy" erfolgreich als Verkaufsstrategie: Ein

„Girl", das keinen Slip unterm Tennisrock trägt und sich neckisch an den makellos gebräunten Pöter fasst – solche Titelbilder lockten männliche Käufer damals in Scharen an. Nach dem Tennis verschwitzten Geschlechtsverkehr unter der Dusche zu haben – davon träumten wahrscheinlich viele erwachsene Cis-Menschen, womöglich auch in der Swingerclub-Variante: Gruppensex, am liebsten zusammen mit Bobbele und Steffi!

Der frivol-verklemmte Umgang mit Nacktheit war gang und gäbe. Schließlich gehörte auch der gepflegte Altherrenwitz nicht nur in klassischen Männerrunden noch zum „guten Ton". Nur in wirklich *männerbewegten* Gruppen sah das Ganze anders aus: Dort quatschten links-alternative Himbeertonis in Strickpullis im Stil der 68er über den „Aufbruch in ein neues Jahrzehnt mit verlockenden Perspektiven".

Schlechte Pornos der Marke „Schlüsselloch-Report" und Zeitschriften wie die „Praline" oder „Wochenend" lagen als Relikte der 70er-Jahre noch immer auf den Wohnzimmertischen rum und verstörten Heranwachsende und Jugendliche wie dich: Mit Überschriften wie *„Am Strand vernaschte die wilde Renate alle Männer"*, *„Nach dem Liebesakt mit dem Chef war sie sechs Wochen bewusstlos"* oder *„Schwanger, aber nicht vom eigenen Ehemann"* konntest du a) entweder nichts anfangen oder warst b) nachhaltig verstört, denn Ironie war damals aus Altersgründen noch nicht deine Stärke.

1980 warst du gerade mal zehn Jahre alt und fandest

diese Nackedei-Magazine total versaut und absolut
peinlich. Fast so peinlich wie den Dorfpuff, über den
die Erwachsenen immer nur hinter vorgehaltener Hand
tuschelten. In jenen Tagen wusstest du nicht, dass die
Menschen in Deutschland noch sehr lange brauchen
würden, um sich von ihrer Verklemmtheit zu befreien.
Zwar hatte die Kunstflugpilotin Beate Uhse schon 1962
den ersten Sexshop der Welt in Flensburg eröffnet, und
einschlägige Eros-Magazine verzeichneten hohe
Auflagen. Doch sexuell befreit waren die Deutschen
nicht. Auch Videorekorder und VHS-Kassetten konnten
nichts daran ändern.

Eine „vermuffte" Atmosphäre herrschte auch in anderer
Hinsicht vor, denn Katastrophen wie Tschernobyl,
vergiftete Flüsse und Geschmacksverirrungen wie
Cowboystiefel bestimmten dein Leben. Richtig trist
wurde es allerdings erst, sobald du von deinem
Gemeinschaftskunde-Pauker Herrn Füller an den
Kalten Krieg, das brutale Wettrüsten und den drohen-
den Atomtod erinnert wurdest.

Doch wo viel Schatten ist, ist auch Licht, und darum
hast du dich lieber auf die großen Errungenschaften der
80er konzentriert: „Miami Vice", Modern Talking und
die Stehkragenbluse in goldenem Crushed-Look zur
auftoupierten Dauerwellenmähne! Auch die NORA-
Kette von Thomas Anders gehörte von nun an zum
kulturellen Erbe der Menschheit dazu.

In angesagten Diskotheken wie der Heck-Meck-Gasse
in Hannover trafen sich samstagnachts jugendliche

Hipcats, um zu den coolsten Hits der Stunde abzuhotten, zum Beispiel zu „Tainted Love" von Soft Cell. Die jungen Damen liefen als wandelnde C.C.-Catch-Doubles über den Disco-Laufsteg und zogen eine atemberaubende Karl-Lagerfeld-Parfümwolke hinter sich her. Auf der Toilette legten sie noch mal ein paar Pfund Rouge nach, bis ihre Haut glänzte wie ein Babypopo, und vergifteten sich beim Toupieren ihrer Frisuren mit einer zu hohen Haarspraydosis. Ohne Haarspray lief gar nichts – vor allem keine Party. Untenrum trugen die Ladys Cowboystiefel, dazwischen Strass, Accessoires in „Animal Print" sowie Nieten, Brautschleier und Riesenschleifen. Obenrum schimmerten ihre Gesichter im Blaulicht in fast allen Farben des Regenbogens, sodass Leute, die dieser Szene nicht angehörten, sich beim Anblick der jungen Damen fragen mussten: *„Bin ich noch wach oder träume ich schon? Habe ich Hallus – oder sind die Außerirdischen auf unserem Planeten gelandet? Wo bin ich – und wenn ja, wie viele? Gibt es Hare Krishna wirklich – oder ist das bloß eine Nina-Hagen-Fata-Morgana?"*

Die Herren der Stunde setzten modische Akzente mit pastellfarbigen Boss-Shirts, Miami-Vice-Anzügen für Arme und schnittigen Yuppie-Pantoletten, aber bitte ohne Socken! Und während Sandras „Maria Magdalena" aus den Discoboxen quäkte, das Stroboskoplicht zuckte und die Nebelmaschine stumm ihr Nachtwerk verrichtete, taten Mann und Frau das, was ihre Bestimmung war: Sie waren cool. Verdammt cool. Saucool.

Das gleiche Bild, nur ein bisschen variiert, zeichnete sich bei der sogenannten *Gegenkultur* ab. Auch die Punks und Gruftis konnten sich nicht von der 80er-Jahre-Mentalität befreien und zeigten sich cool vom Iro bis zu den spitzen Sohlen. In den Wave-Clubs standen sie einsam wie Steppenwölfe an die Wand gelehnt und trugen mit Vorliebe Schwarz – passend zur aufgesetzten Leidensmiene.

Ja, was sollten sie auch sonst machen? Die Revoluzzer der 60er und 70er hatten für nötige Freiheiten gekämpft – dagegen konnte man als Jugendlicher nur anstinken, indem man sich in die Schmollecke verzog und sich ein paar Gedanken über den eigenen „Style" machte, statt sich ernsthaft um das Waldsterben zu scheren. Wer in den 80ern jung war – so wie du –, beschäftigte sich darum mit Vorliebe mit sich selbst. „Mit sich selbst" hieß zwangsläufig auch, sich mit Popkultur auseinanderzusetzen, denn man brauchte ein paar trendige Identitätsverstärker, die darauf hinwiesen, wie tief man den Zeitgeist eingesogen hatte: Wer warst du denn schon ohne die nötigen Mode-Accessoires, mit denen du den anderen Kids anschaulich demonstrieren konntest, dass du dazugehörst? Ein nacktes Nichts! Erst mit ganz bestimmten Utensilien hast du dich in das verwandelt, was du sein wolltest – nämlich ein menschliches Kunstwerk. Eine Fashion-Schöpfung – zum Beispiel im Stil einer Amazone wie Grace Jones – mit schwarzen Lack-Leder-Handschuhen, laszivem Blick und Zigarette in der Hand. Und mit kantig rasierten

Haaren, greller Schminke, bizarrem Outfit und furcht-
einflößendem Augenaufschlag.

Yes, erst mit dem passenden Fashion-Style, Know-how
und Savoir-vivre sowie einem feinen Gespür dafür,
was gerade „in" war, konntest du zeigen, zu welcher
Peergroup du gehörst. Und daher war die Frage, welche
Jugendkultur DEINE Jugendkultur war, in den 80ern so
entscheidend wie Shakespeares ewige *Question* nach
dem Sein oder Nichtsein.

Wer warst du? Ein Popper, Punk, Mod, Öko, Rocker,
Rockabilly, Gruftie, New Waver, Metal-Head, ein linker
Skin – oder etwa ein Rapper der ersten Stunde? Weil es
in den 80ern in dieser Sache nur Schwarz und Weiß und
die Parole „Friss oder stirb" gab, musstest du dir genau
überlegen, wie du die Frage, wer du bist, beantworten
wolltest … Sofern die anderen nicht ohnehin auf 3000
Meter Entfernung erkennen konnten, zu welcher Szene
du gehörst. Wer zum Beispiel Popper war und seinen
Style mit Markenmode von Lacoste und Burberry unter-
strich, musste in West-Berlin und Düsseldorf gut auf
sich aufpassen, wenn er an der nächsten Straßenecke
nicht von einer Horde Punks vermöbelt werden wollte.
Auch waren Paarungen zwischen verfeindeten popkulturellen Lagern gesellschaftlich geächtet und so un-
denkbar wie die Annäherung zwischen Ost und West.
Wie sollte sie denn auch laufen, so eine Annäherung
unter Fremden? Ein Gothic-Girl trifft auf einen Popper,
die beiden verlieben sich, kriegen Kinder, und alles
wird gut? Unmöglich!

Aber spaßeshalber lässt sich dieses Szenario durchspielen: Goth-Girl Gisela und Popper Peter sind Brieffreunde – sie haben sich über eine „Bravo"-Kontaktanzeige kennengelernt. Gisela trägt bei der ersten Begegnung mit ihrem Auserwählten ein schwarzes Kleid und stiefelt mit schweren Doc Martens und ihrer Ratte Rantanplan zum ersten Date am Hauptbahnhof. Der Hbf ist der einzige Ort, wo die zwei sich inkognito und auf „neutralem Boden" treffen können. Denn schließlich geht Popper Peter nicht sofort freiwillig mit Goth-Girl Gisela in den nächsten Düster-Club, wo er mit Klängen von Bauhaus traumatisiert wird.

Er wiederum trägt beim ersten Rendezvous mit ihr ein Hemd von Ralf Lauren und unterstreicht sein *„Gut situierter Schüler einer amerikanischen Privatschule"*-Image gekonnt mit karierten Chinos und einem Pullunder in FDP-Gelb. Selbstverständlich trägt er einen akkurat geschnittenen Seitenscheitel-Pony über dem linken Auge.

Bei der Begrüßung schockverliebt Gisela sich wider Erwarten auf den ersten Blick in Peter, denn der einäugige Popper erinnert sie spontan an eine Figur aus dem schaurigen Splatter-Movie, das sie jüngst am Samstag mit ihrer Peergroup im Kino gesehen hat: In dem packenden Mystery-Thriller „American Creep" reißt ein **einäugiger Frankenstein** am laufenden Band jungfräuliche **Goth-Girls** auf! An diesen Film denkt sie jetzt und ist auf einmal vollkommen elektrisiert von Peters Gegenwart ...

Ist diese Vision realistisch? Wohl kaum!

Sehr viel wahrscheinlicher ist, dass das Goth-Girl und der Popper sich auf ein Horror-Date der besonderen Art einstellen und die zwei sich beim Abschied gegenseitig gestehen müssten, dass ihre Herzen leider nicht im Einklang miteinander schlagen und ihre Seelen zu unterschiedlich gepolt sind.

Ergo: Um das eigene Premium-Ego zu stärken und sich erkennbar von den anderen Creeps da draußen abzugrenzen, war es in den 80ern unerlässlich und **überlebenswichtig**, sich mit passenden Identitätsverstärkern einzudecken. Und darum stürzten die Kids sich auf das, was der Markt in diesem Punkt hergab: Mode, Musik, Filme, Zeitschriften und Bücher, alles anlog, plus das nötige teure technische Equipment, um auf der Höhe der Zeit zu sein: Mehr brauchte es nicht, um glücklich zu werden!

Eigentlich waren die 80er gar nicht so aufgeblasen wie die Puffärmel, die man damals trug, findest du. Im Grunde genommen war der Zeitgeist sogar ziemlich bescheiden, so lautet deine vorläufige Bilanz.

Oder etwa nicht? Um das zu überprüfen, schaust du dir die Fotos und Dokumente aus deinem privaten 80s-Archiv noch einmal genauer an und tauchst tief ein in deine einstige Gegenwart ... *Here we go!*

BEIM DORFFRISEUR
UM DIE ECKE –
DEINE ERSTE
TOPFKUCHEN-FRISUR

Wir schreiben das Jahr 1984. Verrückte Mode und schlechter Geschmack – beides geht in diesen Tagen Hand in Hand, und beides kommt beim Dorffriseur gleich bei dir um die Ecke zusammen. Bloß ist dir dieser interne Zusammenhang noch nicht bewusst.

Und darum läufst du auch regelmäßig dorthin, zum Friseur, du, deine Cousine Irmgard und die anderen drei coolen Kids aus eurem Kaff, immer auf der Suche nach neuen Trends, mit denen ihr euch identifizieren könnt. Denn Orientierung ist wichtig für euch – und Orientierung auch nur ein anderes Wort für Richtschnur, Handlungshilfe und Linie.

Beim Friseur – worum geht es da? Oberflächlich gesehen ums Haareschneiden. Waschen, schneiden, föhnen. Oder für die, die es sich leisten können: färben, waschen, schneiden, föhnen – alles angefertigt vom Vollprofi. Plus einmal ordentlich Kämmen als Bonus umsonst obendrauf. Vordergründig geht es also um ein frisches Styling und die richtige Pflege für deine Matte. Auf einer übergeordneten Meta-Ebene geht es aber um etwas ganz anderes – nämlich um das Thema Selbstbespiegelung und -findung, jedenfalls wenn Frühling ist

und man gerade 14 Jahre alt geworden ist – so wie du.
In diesem Lichte betrachtet ist dein Haarschneider –
man nennt ihn anderswo ja nicht grundlos „Figaro"
oder „Coiffeur" – von immens großer Bedeutung und
existenziell wichtig für dich: Dein Dorffriseur ist ein
Influencer – und zwar lange, bevor es Influencer auf
Instagram überhaupt gibt! Ansässig im Storchenweg
Nr. 1 ist er die erste und einzige Adresse für den heißen
Scheiß von morgen – direkt hinter seinem Haus, dem
einzigen im Storchenweg, fängt gleich die Walachei an.
Lauter Wiesen und Wälder, so weit das Auge reicht,
plus endloses Ackergelände, das dich regelmäßig daran
erinnert, dass du ein Kulturmensch bist, der mit dem
flächendeckenden Thema „Natur" nicht allzu viel am
Hut hat. Oder an den Haaren.
Apropos Haare.
Die ganze Prozedur darum läuft jedes Mal ähnlich ab.
Du kommst in den Haarsalon, setzt dich auf deinen
Platz und bist erst mal mit dem Farbrausch beschäftigt,
den Tapete, Bodenbelag und das ganze Gedöns drum-
herum in dir auslösen. Auch ohne LSD kickt die Erfahrung voll rein: ein hammerharter Reigen aus krasser
Blümchenmuster-Ästhetik, den sich wahrscheinlich
völlig zugedröhnte Grafikdesigner aus Übersee ausge-
dacht haben. Blümchen – eigentlich Prilblumen – in
Lila-Weiß, Pink-Rot, Braun-Orange, Blau-Grün und so
weiter. Dazu gesellen sich Stühle in Ocker-Orange, ein
giftgrün schraffierter PVC-Boden und weitere schrille
Details und Accessoires … Zweifellos – dein Dorffriseur

steckt inventarmäßig noch so knietief in den 70ern fest
wie Bauer Piepenbrink mit seinen Gummistiefeln im
Kuhfladen.

Geblendet, fast blind, von so vielen Kontrasten in einem
einzigen Raum und Farbschattierungen, die sich in den
Spiegeln widerspiegeln und dich verwirren, bleibt dir
zum Glück genügend Zeit, um dich zu sammeln. Frau
Mehlhorn, deine Hairstylistin, ist nämlich noch damit
beschäftigt, die orange-rot-gefärbte Dauerwelle von
Frau Aufderheide zu ondulieren. Darum schaust du dir
ausgiebig die Frisurenposter an den Wänden an – ausgerechnet die sind nur in Schwarzweiß gehalten! Und
weil Frau Mehlhorn 20 Minuten später immer noch an
Frau Aufderheide rummacht – nun fängt die Föhnphase
an –, blätterst du im „Goldenen Blatt" und siehst dir
Bilder von Roy Black und Rex Gildo an.

Beide – Roy und Rex – sind Relikte aus den 70ern. Sie
haben ihre goldenen Jahre schon hinter sich. Jetzt leben
sie von ihrem früheren Ruhm, denn ihre Namen kennt
jeder. Kein Wunder: Roy Black und Rex Gildo – niemand heißt so! Und niemand sieht so aus wie sie. Niemand trägt anno 1984 noch so altmodische Frisuren wie
die beiden Schlagerbarden. Aber die Frauen, die mittel-
alten und alten, also Damen wie Frau Mehlhorn und
Frau Aufderheide, die lieben Roy und Rex abgöttisch
und nennen ihre Schäferhunde so – und zwar obwohl
die zwei Männer in einer Ära Erfolge gefeiert haben, in
der Trockenshampoo noch modern war, nämlich in den
70ern. Trockenshampoo! Für dich war diese Erfindung

als kleines Prilblumen-Kind einst eine Revolution, denn nie mehr deine Haare waschen zu müssen war ein Konzept, das dich als Fünfjährige spontan überzeugte. Doch so eine naive Einstellung zum Leben ist jetzt – für dich als 14-Jährige – Schnee von gestern, kalter Kaffee! Nein, nein, nein – weder Trockenshampoo noch eine Pottfrisur, wie Rex Gildo sie trägt, kommt für dich in die Tüte. Du brauchst was Geileres, was am Puls der Zeit. Und das ist nicht im „Goldenen Blatt" abgebildet, sondern in der „Bravo". Wo der Trend Anfang der 80er hingeht, weißt du ganz genau, und die Antwort lautet: geplatzte Frisur!

Geplatzte Frisuren, die aussehen, als hätte der zuständige Friseur die Matte nicht geschnitten, sondern stattdessen oben auf der Birne eine Wasserstoffbombe platziert und angezündet. Jeder Star, der etwas auf sich hält, trägt sein Haupthaar aktuell wild und geplatzt. Beispiele dafür gibt es genug. Cyndi Lauper etwa, die ihre knallbunt gefärbten Strähnchen nicht nur hochtoupiert, sondern ihre Haare auf der einen Seite kurz und auf der anderen lang hat ... Wahrscheinlich, um so ihre knallharte Verweigerungshaltung auszudrücken, eine Haltung, die dir irgendwie sympathisch ist. Cyndi kann sich halt nicht für einen einzigen Look oder nur eine Farbe entscheiden, weil ihr ALLES gut gefällt – kurz, lang, rot, blond, gelb, lockig, eckig und glatt. Und deshalb vereinigen sich auf ihrem Kopf schlicht und ergreifend ALLE möglichen Stile und Facetten. Dazu passt die Message ihres Hits, der auf allen Kanälen im

High-Rotation-Modus läuft, „Girls Just Want To Have Fun". Auch ihr punkiges Make-up und ihr freches Fetzen-Outfit imponieren dir, denn ihr expressionistischer Style drückt mit jeder Faser aus: „Leute, ich mache mein Ding, egal, was ihr von mir denkt!" Gefühlt hält sie dazu obendrein ihren Stinkefinger ständig steil nach oben. Das findest du frech und erfrischend anders. Aber trotzdem willst du nicht aussehen wie sie, denn insgeheim erinnert dich Cyndis geplatzte Frisur an so muffige Metal-Bands wie Mötley Crüe, Iron Maiden und Bon Jovi – und mit denen hast du nun echt nichts am Hut. Nein, wenn du eine Wahl hättest und es dir aussuchen könntest, würdest du dich für immer in Sade verwandeln. Sade Adu – diese unsagbar schöne und elegante Sängerin, die ihr seidiges und dunkles Haar hochgebunden hat und einen Zopf trägt, der ihr bis zum Po reicht. Sade, die gerade die Charts mit ihrem Album „Diamond Life" stürmt und mit ihrer lasziven Performance die Männerherzen erobert!
Auch Madonnas Aussehen wäre eventuell eine Option für dich – Madonna, die garantiert keine Jungfrau mehr ist, aber davon singt, „Like A Virgin" zu sein.
Ja, es gibt so umwerfend attraktive Idole der Schönheit – und sie geben dir eine Idee davon, wer du sein könntest: eine junge Frau mit ganz viel Glam – nicht nur in den Haaren.
Dann steht endlich Frau Mehlhorn hinter deinem Stuhl – und ihr betrachtet dich und deine Erscheinung für eine Weile gemeinsam im Spiegel, bevor du ihr ein aus-

geschnittenes Bild aus der „Bravo" zeigst und sagst,
dass du so aussehen willst, wie die Frau auf dem Foto:
Brooke Shields.

Brooke hast du in dem Film „Die blaue Lagune" an der
Seite von Christopher Atkins gesehen, und seitdem ist
sie für dich die schönste Frau auf Erden – noch schöner
als Blondie! So zu sein wie sie, ist verlockend für dich.
Doch keine drei Sekunden später hat Frau Mehlhorn
deinen großen Traum schon wieder zerstört, denn sie
sagt: „Aber du hast doch gar keine langen Haare wie
Brooke. Und hat Mama dir überhaupt erlaubt, deinen
Schopf dunkel zu färben?"

Es ist zum Verzweifeln! In was für einer „Bananen-
republik" – ein Wort des Jahres – lebst du überhaupt?
Wie bitte? Du sollst erst mal deine „Mama" fragen?
Dann kannst du ja gleich mit einem „Umweltauto"
zum „Waldsterben" an den Dorfrand fahren und dich
umbringen – oder was? Ist dein Dorffriseur wirklich
noch auf der Höhe der Zeit – oder musst du dir
langsam etwas anderes ausdenken, um an eine coole
Frise zu kommen?

„Frau Mehlhorn, ich bin 14 Jahre alt und gehe schon in
die Disco", antwortest du tapfer und schaust Frau
Mehlhorn böse im Spiegel an.

Zwar ist die Sache mit der Disco ein bisschen gelogen,
denn es handelt sich dabei eher um einen Tanzabend
für Teenies im örtlichen Sportverein und nicht um das
Studio 54 – aber das verrätst du deiner Hairstylistin
natürlich nicht.

„Trotzdem kann ich deinen Bob nicht in eine lange
Mähne verwandeln", verteidigt Frau Mehlhorn
ihren Standpunkt, und dir fällt nun auch kein
Gegenargument mehr ein.
Schon in der Vergangenheit hast du bei langwierigen
Frisuren-Diskussionen mit ihr immer den Kürzeren
gezogen, nie hatte es mit dem perfekten Styling geklappt. Frau Mehlhorn, die mit ihrer Bienenstock-Frisur
aussieht wie Alexis Colby aus der Serie „Denver-Clan",
hört anscheinend immer nur halb hin, wenn du ihr
deine Wünsche mitteilst. Jedes Mal scheitert es an der
richtigen Übersetzung. Oder anders ausgedrückt: Sie
versteht es nicht, dich in einen Star zu verwandeln!
Immer wieder hast du in der Vergangenheit versucht,
Frau Mehlhorn zu erklären, wie deine Traumfrisur an
deinem Kopf aussehen soll. Aber nie sah sie am Ende
so aus, wie du es dir erhofft hattest. Vorstellung und
Wirklichkeit lagen Meilen auseinander und waren nie
deckungsgleich!
Und so bist du noch immer auf der Suche nach deinem
Style, während Frau Mehlhorn wieder einmal damit
beschäftigt ist, dir eine „typgerechte Frisur" aufzu-
schwatzen. „Typgerecht" – das heißt übersetzt: „Viel
ist mit deinen Haaren nicht drin." Nicht mit diesem
Gestrüpp – einer rotblonden Naturwiese, leicht gewellt.
Was für ein Grusel! Die Natur hat dir einen weiteren
Streich mit so einer dämlichen Matte gespielt – und
darum probierst du alles Mögliche aus, um sie in ein
Stück Kultur zu verwandeln.

1) Du hast es mit einer angesagten Kreppwelle versucht
– so wie die sexy „Funkytown“-Tänzerin in der
TV-Sendung „Musikladen“. Im Gegensatz zu ihr sahst
du damit aber aus wie ein umgedrehter Wischmopp:
einfach scheiße.

2) Eine Zeit lang hast du eine Vogelnest-Frisur getragen,
vorne am Pony hochtoupiert, hinten kurz, aber mit
einer langen dünnen Strähne im Nacken, die du mit
einem kleinen Zopfband zusammengebunden hast:
Diesen Rattenschwanz hat dir dein doofer Schulkollege
Martin – er sitzt in Mathe hinter dir – irgendwann im
Unterricht abgeschnitten, der Fiesling!

3) Auch eine Dauerwelle à la Farrah Fawcett – dein
liebster Engel in „Drei Engel für Charlie“ – sieht an dir
aus wie eine Pusteblume im Regen: einfach nur traurig.

4) Total angesagt sind asymmetrische Schnitte, Igelfrisu-
ren und Matten, wie die Boys von Duran Duran und
Kajagoogoo sie tragen. Doch bei diesem Trend musst du
ebenfalls passen, denn mit deiner Naturkrause hast du
dich dafür von vornherein disqualifiziert.
Bedeutet: Mit einer Igelfrisur siehst du aus wie ein
Zwergpudel. Oder wie ein Curly Coated Retriever, was
in etwa auf das Gleiche hinausläuft.

5) Accessoires wirken an dir ebenfalls total albern.
Ein hippes Zopfgummi aus Samt? Geht gar nicht! Oder
wie Nena mit einem ultracoolen Stirnband eine Bühne
namens Welt entern? Nee, läuft nicht, denn du siehst
damit nicht aus wie Nena, sondern wie ein Cocker
Spaniel: Sobald du dir das Band um die Stirn schnallst,

hast du unten am Kinn zwei Ohren, gemacht aus welligem Haar, und oben gefühlt eine Platte wie Oppa.
6) Auch freche Stufen sind ein No-Go, denn an dir wirken sie nicht kantig, eckig, funky und punky, sondern wie der nicht gelungene Versuch eines fließenden Übergangs von den 70er-Jahren in die 80er: einfach nur holprig.
Alle Versuche, cool zu sein, sind bislang an der Frisurenfront gescheitert. Deine Haare sind nichts Halbes und nichts Ganzes – ein Beweis dafür, dass du nicht fabelhaft bist, da kann Frau Mehlhorn föhnen und färben, wie sie will. Es wird nicht besser …
Bis jetzt jedenfalls. Bis hierhin.
Und heute ist ein neuer Tag. Die Zeit für einen neuen Anlauf ist gekommen, denn für dich geht es um nichts Geringeres als darum, zu verbergen, dass du im Grunde genommen uncool bist – und zwar vom Fuß bis zur Sohle. Wenn jetzt nicht ein Ruck durch Frau Mehlhorn geht und sie endlich begreift, was du von ihr willst, dann ist vielleicht alles zu spät und deine Zukunft für immer mit einer peinlichen Frisur verbaut.
Dann fliegt womöglich auf, dass deine erste Platte nicht von Blondie gewesen ist, sondern von Vader Abraham und seinen Schlümpfen. Und dass du auf deiner ersten Party keinen Pogo, sondern einen Ententanz hingelegt hast. Dass du zusammen mit deinen Großeltern Abende im Frottee-Schlafanzug vor der Mattscheibe mit „Dalli Dalli" und Jesusfilmen (zu Ostern) verbracht hast. Dass du in einer gar nicht so fernen Vergangenheit

Matschbrötchen mampfend Prilblumen gemalt hast,
deine Mainzelmännchen-Sammlung auf Vordermann
gebracht und im kratzigen Rollkragenpullover Kasta-
nien mit deiner Agfa-Pocket-Kamera fotografiert hast.
Dass du mit deiner besten Freundin und einem
Kassettenrekorder bewaffnet euer erstes Abba-Live-
Musical im Schlafzimmer deiner Eltern aufgeführt habt,
dass ihr Marianne Rosenberg imitiert und nach
witzigen Sprüchen fürs Poesiealbum gesucht habt.
Oder dass du das total uncoole Schneider-Buch
„Klaudias erste Tanzstunde" verschlungen und lange
Zeit heimlich von Timm Thaler geträumt hast ...
Nein, all diese peinlichen Geheimnisse dürfen niemals
ans Licht kommen. Nie!
Und darum einigst du dich mit Frau Mehlhorn schnell
auf einen Kompromiss.
... Um den Salon etwas später desillusioniert zu
verlassen!
Frau Mehlhorn hat dir nämlich deine erste Topfkuchen-
Frisur verpasst. Ein Vogelnest ist nicht genug, nein, jetzt
gibt es noch Topfkuchen obendrauf, am Kopf, und du
bist nicht sicher, wie dir das gefällt.
Immerhin: Vom Ansatz her ist dir eine Topfkuchen-
Frisur lieber als eine Vogelnest-Frisur, auch vom
Haaransatz aus betrachtet. Topfkuchen schmeckt auch
besser.
Mit dem perfekten Hairstyling hat es aber wieder nicht
geklappt. Doch du bist jung und hast noch ein paar
Jahre vor dir. Und so hoppelst du etwas angeschossen,

aber nicht gänzlich unglücklich nach Hause – getreu
dem alten Paulchen-Panther-Motto, dass es schon
irgendwie weitergeht, wenn nicht heute, dann morgen.
Unterwegs überlegst du dir, wie du deinen Freundinnen deine neue Topfkuchen-Frisur als den
heißen Scheiß von morgen verkaufen kannst.
Heimlich schmiedest du aber auch Rachepläne,
denn so ganz ungeschoren soll Frau Mehlhorn nicht
davonkommen: Wer weiß, vielleicht war das auch dein
allerallerallerletzter Besuch bei deinem Dorffriseur. Und
beim nächsten Mal machst du es wie Cyndi Lauper,
Stichwort: geplatzte Wasserstoffbombe!

**REITEN AUF DER
NEUEN DEUTSCHEN WELLE – ODER:
ENDLICH FERIEN**

Wenn du an die Neue Deutsche Welle – kurz NDW – denkst, hebst du spontan ab, und dir fällt sofort eins ein: Urlaub! Endlich Ferien! Große Freiheit! Kaugummi kauen und nichts tun!

Im nächsten Moment kommen dir all die Songs und Erlebnisse in den Sinn, die du mit diesem unbeschreiblichen Gefühl namens NDW verbindest: Falcos „Der Kommissar" von 1981, Nenas „Nur geträumt" und Spliffs „Carbonara" von 1982 oder DÖFs „Codo" von 1983 zum Beispiel, allesamt gigantomanische Hits, die dich an ungezählte Besuche im Freibad und am Baggersee mit deiner ersten gemischten Mädchen/Jungs-Clique erinnern.

Und dann wird dir bewusst, dass die Neue Deutsche Welle leider ganz schnell wieder verebbt ist und für dich – gerechnet an den Jahrzehnten, die danach folgten – bloß ein sehr kurzes Intermezzo in deinem Leben war. Und dass das, was du *gefühlt* unter NDW verstehst, gar nichts mit der *echten* Bedeutung von NDW zu tun hat, wie der doofe Martin es dir in späteren Jahren bei jeder sich bietenden Gelegenheit unter die Nase gerieben hat – und zwar mit folgenden Worten: „Den Begriff gab es schon 1979. Nicht Nena hat ihn erfunden, die ist bloß

51

auf der Neuen Deutschen Welle geritten! Echte Helden waren allerdings nicht solche Verlierer wie UKW, sondern Bands wie Fehlfarben, Der Plan, Ideal und DAF. Das waren Leute, die es ECHT draufhatten. Und die kamen aus dem Underground, aus der Wave- und Punkszene!"

Du hast Martin eigentlich schon immer wegen seiner arroganten Besserwisserei gehasst und ärgerst dich darüber, dass er NIE kapiert hat, was NDW immer für dich war und sein wird: ein GEFÜHL, vollkommen bekloppte und dusselige Glückseligkeit und obendrauf Erinnerungen, die dir niemand mehr nehmen kann. Andererseits stellt sich auch Wehmut ein, sobald du an die 80er denkst, denn für dich ist diese Dekade so zwiegespalten, wie du selbst es damals als Heranwachsende warst. Rückblickend betrachtet ist dies auch kein Wunder, denn in der Zeitspanne von 1980 bis 1989 hast du dich von einem Kind in eine junge Frau verwandelt: eine streckenweise äußerst anstrengende Angelegenheit. Und darum unterteilst du die 80er in eine besonders unbeschwerte Periode, die etwa bis zur Mitte des Jahrzehnts dauerte, und in eine Hardcore-Phase, die begann, als es mit der Neuen Deutschen Welle den Bach runterging, sie „im Mainstream versickerte und aus ihr eine platte Hitmaschine" wurde, wie der doofe Martin es ausdrücken würde.

Deine Hardcore-Phase – das weißt du heute – hatte allerdings wenig damit zu tun, dass die NDW-Lieder immer platter wurden, sondern damit, dass du an

einem seltsamen Leiden namens Pubertät erkrankt
warst – und zwar volles Brett.

Und so sind die 80er für dich in zwei Phasen zerhackt:
eine schöne, deine Präpubertät, und eine miese, deine
Spätpubertät.

Deine frühe Pubertät (1981)

Wir schreiben das Jahr 1981. Deine Vorpubertät ist
bereits in vollem Gang, du merkst allerdings noch nicht
so viel davon. Die Welt, in der du lebst, ist immer noch
ganz die alte – und damit so, wie du sie aus Kinderta-
gen kennst. Der Zeitgeist der 70er-Jahre fegt nach wie
vor über die Straßen und ist in jeder Ritze präsent.
Das heißt: Die Frauen vom Dorf tragen noch bunte
Kittel und Kopftücher, und unter ihren ärmellosen
Kleidern ist ihre Haut so weiß, dass die blauen Adern
darunter durchschimmern. Der „Miami Vice"-Trend –
nahtlose Bräune von der Fuß- bis zur Nasenspitze – hat
sich bislang nicht durchgesetzt. Erst ab Mitte des Jahrzehnts legen sich immer mehr Frauen und Männer
unter den Assi-Toaster, um a) am Ende entweder so
auszusehen wie Thomas Anders. Oder b) so fahrlässig
mit dem eigenen Körper umzugehen, dass nach der
Assi-Toaster-Session nicht mehr viel von ihm übrig ist
und weite Areale der obersten Hautschichten flächen-
deckend zerstört sind. Die Betroffenen sehen leider

nicht so aus, wie sie es sich erhofft hatten, also nicht so wie Sonny Crockett alias Don Johnson. – Nein, sie sind nicht knackig-braun, sondern so rot wie ein Pavianarsch – und zwar mitten im Gesicht. Dank eines Sonnenbrands dritten Grades leiden sie nicht nur unter starken Schmerzen, sondern ihre Mitmenschen machen sich auch lustig über sie, denn Assi-Toaster-Opfer wirken mit ihrer abgeblätterten Haut wie die Zombies aus Michael Jacksons „Thriller"-Video: voll creepy!
In deiner Freizeit beschäftigst du dich noch nicht hauptberuflich mit dem Thema Mode und der Frage „Wie sehe ich aus?". Vielmehr kannst du dich nicht entscheiden, ob du schon groß oder weiterhin ein Kind sein willst – beides hat schließlich Vorteile.
Als Kind kannst du dich nach wie vor an deine Omas wenden, sobald dir langweilig ist. Oma Hertha versorgt dich zuverlässig mit Süßigkeiten. Und mit Oma Hedwig kannst du im Fernsehen „Das Wirtshaus im Spessart" oder die „Sissi"-Trilogie mit Romy Schneider gucken. Oma Hertha und Oma Hedwig sind so unterschiedlich wie Sonne und Mond und verstehen sich nicht so gut, aber du hast sie beide lieb.
Oma Hertha kommt vom Dorf und trägt bunte Kittel. Oma Hedwig lebt in der Stadt und trägt Pelzmäntel, Goldketten und echte Diamantenringe an den Fingern, denn ihr Mann, Opa Werner, arbeitet bei der Deutschen Bahn und kann es sich leisten, seiner Frau teure Klunker zu schenken.
Oma Hertha wiederum hat kaum Schmuck, denn sie

arbeitet hart und ununterbrochen, vor allem mit ihren
Händen. Sie war noch nie im Urlaub und hat nie Zeit
für dich, sie ist aber immer da, denn sie lebt mit dir auf
dem platten Land.

Oma Hedwig war schon in Monaco und auf Gran
Canaria. Sie hat eigentlich immer Zeit und geht mit dir
shoppen, wenn du sie besuchst. Sie schenkt dir jedes
Jahr eine neue Barbie. In deinem Zimmer stapeln sich
die Puppen. Du spielst schon länger nicht mehr damit,
willst dich aber auch nicht von ihnen trennen.

Von Oma Hedwig hast du nicht nur dein ganzes Spiel-
zeug geschenkt bekommen, sondern auch deine erste
Agfa-Pocket-Kamera, ein tolles Ding. Sie ist so klein,
dass du sie bei Spaziergängen an einer silbernen Schnur
mit dir herumführen kannst. Du überlegst, ob du später
Fotografin werden solltest. Mit der Kamera lichtest
du Kühe auf der Weide oder buntes Herbstlaub ab.
Bei jeder Aufnahme macht sie ein „Ritsch, ratsch“-
Geräusch. Und sobald wieder ein Film voll ist, bringst
du ihn zum Entwickeln in die Stadt. Deine Bilder sind
so wenig spektakulär wie die Motive darauf, aber du
bist stolz, weil du sie selbst gemacht hast, und klebst sie
in Fotoalben, die du deinen Freundinnen zeigst, wenn
sie dich besuchen und ihr nachmittags nach der Schule
zusammen in deinem Zimmer Schokostreuselkuchen
aus der Bäckerei esst. Weiterhin ein Kind zu sein,
um das sich die Großeltern liebevoll kümmern, hat
eindeutig ein paar Vorteile!

Für dich als Vorpubertierende ist es andererseits end-

lich an der Zeit, dich ernsthaft von deiner Familie im
Allgemeinen und von Oma Hertha und Oma
Hedwig im Besonderen abzugrenzen. Zumal du mit
deinen Freundinnen langsam, aber sicher neue Pfade
beschreitest. Neulich zum Beispiel habt ihr euch in den
Ferien bei Petra verkleidet und zu Falcos „Der Kommis-
sar" getanzt: mit coolen Sonnenbrillen auf den Nasen!
Dabei habt ihr euch ziemlich erwachsen gefühlt ...
Absolut groß, dieser Falco, dieser rappende Ösi-Män!

Deine frühe Pubertät (1982)

Wir schreiben das Jahr 1982. Du hast dich von Barbie
und Ken getrennt. Aber auch von Tutti und Todd,
Stacie und Shelly und Barbies Cousine Petra. Und
sogar von Steffi Mattel, der schönsten aller Barbie-
Puppen, hast du dich losgeeist. Steffi Mattel kam
nämlich aus Hawaii, einer sagenumwobenen Insel im
Pazifischen Ozean, wo du gerne selbst leben würdest.
Mit ihren glatten schwarzen Haaren und ihrem braunen
Teint sah Steffi einfach fantastisch in jedem Bikini aus –
Holla die Waldfee, da konnten sich die anderen Dolls
immer warm anziehen, sobald sie auftauchte. Denn
wenn Steffi Mattel den Laden betrat, war es um Ken
und Todd geschehen – da konnte die blonde Barbie
noch so fabelhafte Ballkleider tragen.
All die dramatischen Geschichten um Barbie und ihren

Clan sind jetzt Geschichte, denn du machst Schluss mit deinen Puppen und verbannst sie allesamt auf dem Dachboden, wo sie von nun an in einem rosafarbenen Barbie-Koffer ein bescheidenes Dasein fristen müssen: Aloah Hawaii und Good bye!

In deinem neuen Leben ist kein Platz mehr für Spielsachen. Du hast dich auch von deinem geliebten Monchhichi und deiner Schlumpf-Sammlung getrennt, hast deine alten Poesiealben im Schrank verstaut und versteckst ebenso alle anderen Dinge, die dich an deine Kindheit erinnern könnten. Dazu zählen ein paar Utensilien aus deinem alten Kaufmannsladen wie etwa die kleinen „Maggi"-Flaschen in Miniaturgröße, die du früher immer mit echter „Maggi"-Würze befüllt hast, um später mit Petra daran zu nuckeln und die salzige Flüssigkeit in einem Zug bis auf den letzten Tropfen auszuschlürfen.

Dein rumpeliges Kinderzimmer verwandelt sich langsam in ein Jugendzimmer. Ein sicheres Zeichen dafür sind deine neuen Poster – keine „Bravo"-Star-schnitte, sondern großformatige Kunstdrucke in Pastell-farben mit romantischen Motiven. Zum Beispiel mit schemenhaften Körpern verträumter Mädchen, die bei Sonnenuntergang auf einer Schaukel sitzen und in einen eindrucksvollen Wolkenhimmel schauen, der sich im Hintergrund auftürmt und fliederfarben schimmert. Die Poster hast du in der Mädchenzeitschrift „Mädchen" entdeckt und dir gleich drei davon bestellt. Du kaufst dir das Magazin jede Woche von deinem

Taschengeld und studierst es aufmerksam, denn du bist
jetzt ein Mädchen und kein Kind mehr. Die Zeitschrift
„Mädchen" ist deshalb dein liebster Identitäts-
verstärker.
Beim Lesen erfährst du nicht nur alles über angesagte
Trends – „Mädchen" zeigt dir auch, was es überhaupt
heißt, ein Mädchen zu sein. Auf dem Cover sind besonders hübsche Mädchen abgebildet, die megastarke
Hawaii-Hemden mit tollen Mustern tragen. Und im
Heft gibt es Artikel über Popstars, Glitzer-Make-up oder
Küchenrezepte und Anleitungen für Strickpullis:
„Gestricktes mit Pfiff!" Da du selbst nicht strickst und
fast nie den Kochlöffel schwingst, interessierst du dich
mehr für die Real-Life-Reportagen und Sonderberichte
zu Schwerpunktthemen wie „Ich bin verliebt" oder
„Mit dem Freund allein in die Ferien". Auch Antworten
auf die Frage, wer zu deinem Sternzeichen passt,
inspizierst du inbrünstig und wissbegierig.
In der Hauptsache sind es aber die vielen Anregungen,
die dich beim Durchblättern des Hefts dazu inspirieren,
einen neuen Entwurf von dir selbst zu kreieren. Zu
diesem Entwurf – so stellst du dir das jedenfalls vor –
gehört auch ein neues Zimmer, am liebsten eines mit
Möbeln von Hülsta. Die hast du nämlich ebenfalls in
einem „Mädchen"-Heft gesehen: helle Holzmöbel, zu
denen die romantisch-verträumten Mädchenposter
besonders gut passen! Und weil du dir die Poster zwar
von deinem Taschengeld leisten kannst, die Möbel aber
nicht, wünschst du sie dir zur Konfirmation. Logisch.

Überhaupt hast du so viele Träume in diesem Sommer
1982 – so wie Nena, die mit „Nur geträumt" die
Hitparaden stürmt und die Republik mit ihrem roten
Minirock und ihren Achselhaaren um den Verstand
bringt! Sobald der Song im Radio läuft, drehst du voll
auf – auch innerlich – und wirst ganz kribbelig. Du
brauchst endlich eine eigene Stereoanlage, du wünschst
dir jedenfalls eine zur Konfirmation, damit du ihren
Song auf Kassette rauf- und runterspielen kannst, wann
immer du willst. Dir geht es nämlich wie Nena – du
träumst nur von diesem einen Typen, den du bei einer
Ferienfreizeit in St. Peter-Ording kennengelernt hast …
Marco!

Eigentlich hast du Marco nicht erst an der Nordsee,
sondern schon auf der Fahrt dorthin entdeckt. Er saß
nämlich im Bus hinter dir und hat dich damit aufgezo-
gen, dass du die „Bravo" liest, genauer gesagt: einen
Artikel über Sting, den Frontsänger von The Police. In
Wirklichkeit hast du den Bericht über Sting aber gar
nicht gelesen, sondern nur demonstrativ so getan, als ob
du ihn lesen würdest. Du interessierst dich nämlich
nicht intensiv für den englischen Popstar – der ist viel
zu alt für dich – und auch nicht sonderlich für seine
New-Wave-Band, obwohl Songs wie „Every Little
Thing She Does is Magic" und „Spirits In The Material
World" im Radio zu hören sind.

In Wirklichkeit ist Sting aber bloß ein Köder – und
Marco, der hübsche Junge mit dem Lockenkopf, hat
angebissen! Leider hast du nicht damit gerechnet, dass

deine Strategie Erfolg haben könnte, und bist deshalb
außerstande, ernsthaft mit Marco zu flirten. Wie denn
auch? So was hast du doch noch nie gemacht! Und
obwohl du eingefleischte „Mädchen"-Leserin bist,
stehst du nun auf dem Schlauch – und wie eine blutige
Anfängerin da. Darum tust du so, als würde dich
Marcos Interesse kaltlassen. Du bleibst also nach außen
hin total kühl, was dich wiederum an ein Lied von Ideal
– „Blaue Augen" – erinnert.
Tatsächlich schwappen die Gefühle in dir aber
über – absolut übergeschnappt, was dieser Marco in dir
auslöst! Eine seltsam erregende Wallung kriecht in dir
hoch, wenn du ihm zu lange in die Augen schaust. Und
weil du diese Wallung zum ersten Mal erlebst und
überhaupt nicht damit umgehen kannst, schaust du
lieber aus dem Busfenster, statt ihn anzusehen, obwohl
es draußen nicht viel zu entdecken gibt.
In St. Peter-Ording passiert kaum etwas zwischen
Marco und dir. Er ist mit einem anderen Sportverein
angereist, seine Gruppe wohnt im Haus gegenüber. Es
gibt kaum Gelegenheiten, ihm zu begegnen, noch nicht
mal im Frühstücksraum. Missmutig beißt du morgens
in dein Nutella-Brötchen und hoffst, ihn später am
Strand zu sehen, aber nie klappt es. Euer Teamleiter hat
lauter aktionistische Pläne für euch vorgesehen.
Abends um 23 Uhr, wenn ihr – du teilst dir ein Zimmer
mit Petra und Else – schon schlaft, pfeift er euch aus
den Betten und will mit euch eine Nachtwanderung
machen, absolut gespenstisch!

Als du noch ein Kind warst, wolltest du immer Nachtwanderungen machen, du hast dir das Ganze abenteuerlich vorgestellt. Tatsächlich ist die Sache aber die reinste Tortur, denn ihr lauft schlaftrunken und so blind wie Maulwürfe durch die Walachei, stolpert nur mit Taschenlampen ausgerüstet über matschige Feldwege – und zankt euch zur Krönung am nächsten Morgen ausgehungert darum, wer das letzte Brötchen im Korb essen darf.

Aufregender sind eure geheimen Treffen mit den anderen Kids im großen Jungenszimmer. Ihr spielt Flaschendrehen und müsst euch für Wahrheit oder Pflicht entscheiden. Die meisten Jungs entscheiden sich für Pflicht und müssen dann eines der Mädchen küssen. Die Mädchen dito. Du musst Stefan küssen, den du eigentlich sehr magst. Wäre Stefan nicht so schüchtern und hättest du dich nicht längst heimlich, still und mit voller Wucht in Marco verknallt, käme Stefan sicher in die engere Auswahl. Doch so bleibt es bei diesem einen Kuss, während deine Freundinnen Petra und Else eine härtere Gangart einlegen und auch nach dem Flaschendrehen genügend Gelegenheiten finden, um mit Michael und Benni rumzumachen.

Besonders Petra und Michael legen es regelrecht darauf an und knutschen, was das Zeug hält. Am Ende der Ferienfreizeit sind sie ein Paar und gehen miteinander. Krass! Ihre Verbindung hält insgesamt aber bloß zwei Wochen, weil Michael in der Schule auf einmal hart mit Julia flirtet und Petra gnadenlos sitzenlässt!

Petras furchtbaren Liebeskummer ersparst du dir zum
Glück, denn du schwärmst ja bloß für Marco. Du
himmelst ihn aus der Ferne an, hast an der Nordseeküs-
te aber nur zweimal die Chance dazu, es auch aus der
Nähe zu tun. Einmal als eure Gruppe die andere
Gruppe im Ortskern trifft – da geht ihr aber nur aneinander vorbei und winkt euch kurz zu. Und dann bei
sportlichen Spielen am Deich, wo eure Vereine beim
Tauziehen gegeneinander antreten müssen, Marco auf
der einen und du auf der anderen Seite … Nein, beim
besten Willen, so wird das nichts mit eurem Techtel-
mechtel! Ihr seid wie Romeo und Julia, bloß mit
dem Unterschied, dass zwischen euch nicht zwei
verfeindete Familien stehen, sondern zwei verfeindete
Sportgemeinschaften. Du und deine Leute gewinnen
zwar beim Tauziehen, aber glücklich bist du nicht.
Hinterher ist nämlich kein gemeinsames Grillfest
geplant – wie sollst du Marco so jemals richtig kennenlernen und auf Tuchfühlung mit ihm gehen?
Zu allem Überfluss fährt er mit seiner Gruppe auch
noch einen Tag früher nach Hause, es wird also keine
Gelegenheit mehr geben, auf dem Weg zurück im
Bus wild mit Marco auf der Rückbank zu knutschen,
während Michael an Petra rumfummelt und Benni seine
Zunge tief in den Hals von Else steckt … Du hast deine
Chance verpasst. Wer weiß, ob du Marco, deine große
Liebe, jemals wiedersehen wirst?
Was von diesem Sommer 1982 übrigbleibt ist nur die
Erinnerung an ihn und seinen prächtigen Lockenschopf.

Und außerdem die Erinnerung an den Sommerhit des
Jahres: „Carbonara" von Spliff. Du liebst dieses Lied,
denn beim Hören denkst du automatisch an Marco. Der
Sänger von Spliff hat nämlich auch so tolle Locken wie
Marco – oder umgekehrt, Marco hat so eine Frise wie
der Spliff-Sänger. Und in deinen Tagträumen stellst du
dir noch lange vor, wie es gewesen wäre, wenn ihr euch
woanders und unter ganz anderen Umständen
begegnet wäret. Zum Beispiel in Rom! Marco wäre
als ein flotter und forscher Italiener um die Ecke gekommen und hätte dich, eine junge und attraktive Touristin
aus der Schweiz, angeflirtet – und zwar auf die gleiche
Weise wie der Spliff-Sänger seine „Belladonna" in
„Carbonara".
Insgeheim bist du aber doch froh, dass es mit dir und
Marco nicht so weit gekommen ist wie mit Petra und
dem blöden Michael. Hätte Marco dich nach zwei
Wochen abserviert, wäre dein Herz total zerfetzt
gewesen. Und ganz sicher hätte er dich sitzenlassen,
denn alles an dir ist hässlich. Du hasst deinen kleinen
Busenansatz und deine rotblonden Haare. Du hasst es,
dass du rot und nicht braun wirst, wenn die Sonne
scheint. Einfach alles an dir ist minderwertig, warum
sollte ein Junge wie Marco sich in dich verlieben,
warum sollte überhaupt jemals irgendwer den Wunsch
hegen, längerfristig Zeit mit dir zu verbringen?
Um nicht zu viel und zu oft über solche komplizierten
Angelegenheiten wie die Liebe nachdenken zu müssen,
lenkst du dich für den Rest des Sommers mit den wirk-

lich angenehmen Dingen des Lebens ab: weiße Brötchen
mit Erdbeerbutter und „TKKG“-Bücher. Du kennst alle
Geschichten von Tarzan, Karl, Klößchen und Gaby!
Oder du machst dir einen netten „Disco“-Abend mit Ilja
Richter und dem ZDF.
Oder du sitzt in Papas großem Fernsehsessel und hörst
heimlich seine Platten, wenn er mit Mutti Tennis spielt!
Oder du fummelst an deinem Kassettenrekorder rum
und machst dir einen – Achtung, Sparwitz – leckeren
Bandsalat!
Oder du veranstaltest lustige Telefonstreiche mit Petra.
Ihr ruft fremde Leute aus dem Telefonbuch an, legt auf,
ohne was zu sagen, und lacht euch tot.
Oder du naschst vom Käseigel im Partyraum, bevor
die ersten Geburtstagsgäste deiner Mutti erscheinen.
Oder ihr – Petra, Else und du – spielt „Rudis Tages-
show“ nach und filmt euch dabei gegenseitig mit
Papas erster Videokamera. Euch selbst im Fernseh-
apparat sehen zu können, darüber könnt ihr euch
stundenlang beölen!
Oder du beömmelst dich mit Petra über Ottos
Kleinhirn-Großhirn-Witze. Wie lustig! Otto Waalkes ist
Deutschlands beste Ulknudel, noch besser als Helga
Feddersen und Didi Hallervorden und viel lustiger als
Mike Krügers „Nippel“-Lied.
Ihr liebt Ottos Sketch „Der menschliche Körper“,
ihr malt im Unterricht Ottifanten, und ihr macht Otto
ständig nach und zitiert ihn, wenn eure beiden
Kleinhirne die Matheaufgaben wieder mal nicht lösen

können und ihr euch gegenseitig damit aufzieht. Ihr würdet Otto sofort heiraten, wenn der euch fragen würde. OTTO ist einfach überirdisch und – Achtung, Sparwitz – viel mehr als bloß ein Versandhauskatalog!
Oder … Oder … Oder …
Bloß Loriot, der laut Aussage eurer Eltern „der Übervater des deutschen Humors" ist, ist (intellektuell gesehen) zu herausfordernd und hintergründig für euer schlichtes Gemüt. Aber wenigstens seine Zeichentrickfiguren Wum und Wendelin – ein sprechender Hund und ein sprechender Elefant –, liebt ihr sehr!

Deine frühe Pubertät (1983)

Wir schreiben das Jahr 1983. Du bist nun 13 Jahre alt – und deine Welt ist noch in Ordnung, meistens jedenfalls. Deine „TKKG"-Sammlung schmückt nicht mehr das oberste Bücherregal in deinem Zimmer und lagert jetzt gemeinsam mit dem pinkfarbenen Barbie-Koffer auf dem Dachboden. Deine Periode kommt regelmäßig – und du liest jetzt ernsthafte Literatur für coole Mädchen, nämlich Schneider-Bücher. Weil du kein Pferde-Mädchen bist, lässt du die Annika-Reihe links liegen. Du interessierst dich auch nicht sonderlich für „Hanni und Nanni" von Enid Blyton, magst aber Dollys Schulabenteuer auf der Burg ganz gerne.
Noch besser gefallen dir allerdings die Schneider-

Bücher über junge Mädchen, mit denen du dich richtig
identifizieren kannst, weil sie mit ähnlichen Problemen
beschäftigt sind wie du. Und darum verschlingst du
Schmöker wie „Moni träumt vom großen Glück" und
„Nicole – ein Herz voll Liebe". Du kaufst dir alles von
der Autorin Berte Bratt, denn die Heldinnen in ihren
Erzählungen träumen wie du von der großen Liebe.
Deine Mutter findet Bratts Bücher hingegen „schmal-
zig" und „sulzig", was kein Wunder ist, weil sie einfach
keine Ahnung hat und nichts von echter Romantik versteht. Deine Mutti hat ja auch nicht so tolle Mädchen-
Poster wie du in ihrem Wohnzimmer hängen!
Es ist Sommer, und die großen Ferien verbringst du
hauptsächlich im Freibad oder am Baggersee mit deiner
ersten gemischten Jungs-und-Mädchen-Clique.
Petra, Else und du – ihr trefft euch regelmäßig
mit ein paar Typen von eurer Schule: Martin, Jens und
Oliver. Und manchmal ist auch Ollis kleiner Bruder
dabei: Ralfi.
Wie es eigentlich zu diesem losen Verbund gekommen
ist, kannst du nicht genau sagen. Du vermutest, dass
ihr Mädels auf dem Weg zum großen Wasserspaß
unterwegs einmal zufällig die Jungs getroffen habt –
und seitdem fahrt ihr eben zu siebt ins Freibad.
Wahrscheinlich liegt es auch an Jens, denn er ist der
Anführer der vier Knaben und hat offenbar ein Auge
auf Petra geworfen, die allerdings so tut, als würde sie
von seinen Avancen und Flirtversuchen nichts mitkrie-
gen. Du selbst findest keinen der drei Älteren – Ralfi

zählt ja nicht, weil der noch zu klein ist – so richtig
attraktiv. Dir gefällt aber, dass ihr alle wie echte
Erwachsene miteinander umgeht … Klar, zwischendurch werden auch ein paar Späße gemacht, die Jungs
versuchen, euch ins Wasser zu werfen. Oder es gibt ein
paar – nach deinem Geschmack – alberne und kindische
Handtuch-Kabbeleien. Aber insgesamt verlaufen eure
Get-togethers friedlich und harmonisch.
Ihr als Clique gebt auch modisch betrachtet ein einmali-
ges Bild ab. Petra hat ihre blonde Löwenmähne hochtoupiert, du trägst bunte Netzhemden über
weißen, an den Armen hochgekrempelten T-Shirts und
Else weiße Tennissocken zu kurzen Shorts und pastell-
farbenen Sweatern. Auch die Herren der Schöpfung
können sich sehen lassen. Jens hat enge weiße Rockstar-
Hosen mit schwarzen Längsstreifen an, Martin bunte
Stirnbänder um – und Oliver setzt auf fesche Jeans-
jacken kombiniert mit wild gemusterten Schlafanzug-
hosen. Oder er beeindruckt mit Ganzkörper-Ballonseide
in krassen Neonfarben … Ja, du musst zugeben:
Ihr seid schon eine coole Truppe!
Abgesehen davon ist der Walkman für euch zum
ständigen Begleiter geworden. Jeder hat so ein Gerät!
Im Freibad tauscht ihr eure beschrifteten Kassetten aus
und könnt euch kaum für einen einzigen Sommerhit
entscheiden, weil es in diesem Jahr so viele Musik-
kracher wie noch nie gibt. Auf deiner aktuellen
Lieblingskassette finden sich vier Lieder, die du immer
wieder zurückspulst, um sie noch einmal zu hören:

„Codo", eine gigantisch-geile NDW-Nummer von
der Gruppe Deutsch-Österreichisches Feingefühl, kurz
DÖF, außerdem „Temptation" von Heaven 17, „China
Girl" von David Bowie, „Baby Jane" von Rod Stewart,
„Moonlight Shadow" von Mike Oldfield und – der
Oberkracher überhaupt – „Blue Monday" von New
Order. Keine Frage, wenn ihr untereinander abstimmen
würdet, dann würde „Blue Monday" als der alleraller-
stärkste Song weit vor allen anderen auf Platz eins
landen!

Auch die Sonne spielt mit und beschert euch täglich
besonders lange Sommertage, denkst du, wobei
dieses *Du*, das du bist, langsam verschwimmt und
sich in ein *Wir* verwandelt: Und so staunt *ihr* alle
nicht schlecht über die glücklichen Stunden, die ihr
miteinander verbringt, ohne euch ein einziges Mal um
doofe Mathe-Hausaufgaben kümmern zu müssen.

So leicht kann das Leben also sein, denkt ihr, lasst alles
stehen und liegen und feiert, was der Sommer mit sich
bringt – und zwar möglichst sofort und bevor er es sich
wieder anders überlegt und sich verzieht.

Ihr feiert die Wärme, die euch umfängt, wenn ihr
unter einem schattigen Baum liegt, ein Buch lest und
Walkman hört.

Ihr feiert die laue Luft, die durch euer Haar weht,
wenn ihr abends mit euren Fahrrädern zurück nach
Hause fahrt.

So leicht kann das Leben sein, denkt ihr wieder und
wieder.

Und: *So einen Sommer gibt es nur alle Jubeljahre einmal –
und dann sind alle glücklich!*

Endlich ist er da, der Sommer. In eurem Lieblings-
freibad hält er Hof.

Dort ist es wie im Paradies, nur nicht ganz so
vollkommen. Eure Clique residiert unter einer großen
Eiche, ihre AbSTAMMUNG ist – Achtung, Sparwitz –
unbekannt.

Martin, Jens und Oliver rauchen eine – sie teilen sich
eine Fluppe. Ihr Mädchen haltet euch zurück, gepafft
habt ihr aber auch schon mal: heimlich am Waldrand.
Petra liegt bäuchlings auf einem sonnenmilchgelben
Handtuch und öffnet ihren Bikiniverschluss. „Damit ich
keine Streifen am Rücken kriege", sagt sie und grinst
Jens an. Der guckt sie verstohlen von der Seite an und
richtet sich rasch an die Jungs.

„Nichtrauchen macht impotent", sagt er.

„Dann muss ich ja wieder anfangen", behauptet der
kleine Ralfi.

Gewaltiges Gelächter.

Anschließend großes Imponiergehabe und Spiel mit
den Muskeln: Jens und Oliver vergleichen ihre Muckis.
Petra verdreht ihre Augen und wirft Else und dir einen
verschwörerischen Blick zu. Wie die Gockel stolzieren
Jens und Oliver kurz darauf Richtung Pommesbude.
Weil Martin und Ralfi die Stellung halten, könnt ihr
Mädels leider nicht über die beiden frühreifen Hähne
lästern – schade, aber auch nicht schlimm.
Dann kommen die zwei zurück: mit Eis und Pommes in

den Händen. Ihr esst die süßen und salzigen Portionen durcheinander, damit das Eis nicht schmilzt und die Pommes nicht kalt werden. Aber: Keine Chance, ihr bekleckert euch alle mit Schokosoße, Ketchup und Mayo. Lecker ist der Schmaus trotzdem. So lecker!

Und dann ab ins Wasser.

Schön ist der Sprung vom Fünfer.

Die Jungs hüpfen von oben runter, ihr Ladys schaut zu. *Herrlich. Das ist Freiheit*, denkt ihr.

Im Nichtschwimmerbecken toben derweil spickelige Menschenkinder herum.

Das fröhliche Kreischen.

Der blaue Himmel.

Der Geruch von Chlor und Sonnenöl liegt in der Luft.

… Und dieses Summen. Ist es Musik?

Ihr schließt eure Augen und träumt ein wenig.

So einen Sommer gibt es nur alle Jubeljahre einmal.

Dann sind alle glücklich – und satt, bis der Herbst kommt und die Blätter fallen.

Wie ein Monolith in der Dunkelheit leuchtet irgendwann einmal in 30 oder 40 Jahren die Erinnerung an diese Zeit auf, doch noch ahnt ihr nichts davon.

Und wenn ihr eines Tages alt seid, werdet ihr euch im Rückblick fragen: War das bloß ein Tag – oder ging das den ganzen Sommer über so?

… Mit eurer ersten gemischten Jungs-und-Mädchen-Clique?

Deine mittlere Pubertät (1984)

Wir schreiben das Jahr 1984 – und langsam, aber sicher und stetig ebbt die Neue Deutsche Welle ab. Die Kiellinie erreicht sie schon lange nicht mehr. Sie schwappt jetzt recht müde vor sich hin und reißt euch nicht mehr so richtig mit. Lieder wie „Ich will Spaß", „Major Tom" oder so was Cooles wie „Dreiklangsdimensionen" von Rheingold habt ihr schon länger nicht mehr im Radio gehört …

Und wenn du ehrlich bist, gibt es auch kein „Wir" mehr – eure Cliquenmitglieder haben sich nämlich in alle Winde zerstreut.

Klar, Petra und Else sind immer noch deine besten Freundinnen. Doch was Martin, Jens, Oliver und Ollis kleiner Bruder Ralfi so treiben, ist dir nicht bekannt.

Petra ist kurz mit Jens gegangen, hat dann aber Schluss mit ihm gemacht, weil sie sich in Torsten verliebt hat.

Und du hast deinen ersten Kuss von Martin bekommen. Ja, da lief eine Zeit lang was zwischen euch, die Chemie hat irgendwie gestimmt. Doch dann hat Martin sich plötzlich nicht mehr bei dir gemeldet. Und du hast ihn schließlich abserviert, als er auf der letzten Schulfete mit dieser doofen Melanie geflirtet hat.

„Abserviert", das heißt natürlich nicht, dass du zu Martin gegangen bist und ihn angemeckert hast. Nein, so eine Blöße würdest du dir niemals geben. Nee, du strafst ihn auf viel subtilere Weise ab: Du guckst ihn

seitdem einfach nicht mehr an – auch nicht von der
Seite. Du tust so, als sei er Luft, ganz einfach! Das
Thema Männer hat sich erledigt und ist abgehakt.
Aus die Maus … Und fertig ist die Lauge!
Männer sind doof, sagt auch Mutti.
Du widmest deine Zeit nun den schönen Dingen des
Lebens und beschäftigst dich mit kulturell hochwerti-
gen und bleibenden Werten wie Musik und Literatur.
In deinem Bücherregal stehen dicke Schmöker – einige
davon hast du sogar gelesen. Um genau zu sein, sind es
zwei – und die hast du regelrecht verschlungen.
Beide sind von Michael Ende und stehen auf der
„Spiegel“-Bestsellerliste: „Momo“ und „Die unendliche
Geschichte“.
Vor allem „Momo“ geht dir unter die Haut, denn die
grauen Herren, die den Menschen die Zeit klauen,
wirken auf dich bedrückend echt und aktuell.
Auch in deiner Welt hat nie jemand Zeit (für dich) –
und alle sind ständig gehetzt und schlecht gelaunt.
Momos Botschaften – zum Beispiel die, sich Zeit zu
lassen und im Hier und Jetzt zu verharren – schreibst
du in Schönschrift auf zwei bunte Zettel und heftest sie
an deine neue Pinnwand. Doch diese Maximen im
Alltag umzusetzen, das ist gar nicht so einfach, stellst
du immer wieder fest.
Außerdem glänzt dein Bücherregal mit einem ganz
dicken Schinken, „Die Nebel von Avalon“ von Marion
Zimmer Bradley, ein Wälzer mit sage und schreibe 1104
Seiten! Du bist stolz darauf, dass dieser Fantasy-Roman

– eine Interpretation der Artus-Sage – in deiner
Sammlung zu finden ist, seit dein geliebter Opa Werner
dir das Werk zu Weihnachten geschenkt hat. Du hast
„Die Nebel von Avalon" gelesen – in Teilen jedenfalls –,
musst aber zugeben, dass du nicht so richtig kapierst,
worum es in der Geschichte eigentlich geht.
Irgendwas mit Liebe, Krieg, Intrigen und Macht,
irgendwas mit schönen Burgfrauen, edlen Rittern und
selbstbewussten Hohepriesterinnen, so viel ist klar.
Aber der Rest bleibt schwammig und verschwimmt im
… ähm … trüben Nebel der Gezeiten halt.
Du beschließt: Fantasy ist nicht so dein Ding. Dich
zieht es eher hin zum knallharten Realismus, der so voll
reinhaut wie das echte Leben – so wie die Musik, die
auf deinem Walkman läuft.
Zur Konfirmation hast du endlich einen Ghettoblaster
mit Radio, CD-Player und Kassettendeck geschenkt
bekommen, deine erste mobile Anlage, die aber viel
zu groß ist, um sie mit nach draußen zu nehmen,
mit Drehreglern für Bässe und Höhen sowie Top-
Lautsprechern!
Nun bist du Weltmeisterin im Kassettenaufnehmen
und hörst ständig Radio, damit du das Beste nicht
verpasst und die heißen Sachen direkt auf einem Tape
mitschneiden kannst.
Im Radio hörst du zum allerersten Mal „1999" von
Prince – eine Offenbarung. Der US-amerikanische
Sänger ist ein erotisches Monster, ein Wesen von einem
anderen Stern, in der Sexyness und Glamour regieren.

Und er ist ein musikalischer Gigant, obwohl er bloß
1,57 Meter groß ist. Der funkige R&B-Kracher „1999" ist
schon ein Jahr alt, aber du hast ihn gerade erst entdeckt
und hörst ihn rauf und runter.

Dass Prince in diesem Song von der Endzeit singt –
und zwar inklusive drohender Apokalypse, die er
auf das Jahr 2000 datiert, rallst du nicht, weil deine
Englischkenntnisse (noch) nicht reichen, um den Text
zu verstehen. Du erfasst aber rein intuitiv, dass Prince
und The Revolution, der Königliche himself und seine
Bandmitglieder, sich nicht nur künstlerisch, sondern
mit jeder Faser ihrer geilen Körper dafür einsetzen,
dass die hohe Zeit gekommen ist, um zu feiern, bis
der Arzt kommt.

Bevor die Welt untergeht, heißt die Devise: Wir machen
Party! Diese Botschaft leuchtet dir unmittelbar ein, und
du machst mit und beginnst, wild in deinem Kinder-
zimmer zu tanzen, als gäbe es kein Morgen. Wahnsinn!
Die Schwemme an fantastischer Mucke ist so groß, dass
du mit dem Kassettenaufnehmen kaum hinterher-
kommst. Und seit es die Sendung „Formel Eins" mit
Moderator Peter Illmann gibt, schaltest du jede
Woche ein und sitzt so gebannt wie ein hypnotisiertes
Kaninchen vor der Glotze, um keinen der hotten
Videoclips von Acts wie Depeche Mode, Nik Kershaw,
Howard Jones, Pat Benatar, Frankie Goes To Holly-
wood, Tina Turner, Queen, RAFF, Billy Ocean oder den
Pointer Sisters zu verpassen.

Musikclips sind das neue heiße Ding – und die meisten

NDW-Künstler haben leider kein gutes Händchen dafür – vielleicht auch einfach keine Kohle –, um echt krasse Filmchen zu drehen.

Es gibt 1984 nur einen Deutschen, der mithalten kann, und zwar auch nur deshalb, weil er sich total verweigert und dem Trend konsequent widersetzt: Herbert Grönemeyer. Den vermeintlich wankelmütigen Wackeldackel gibt dieser überaus erdverwachsene und standfeste Typ höchstens als Performer ab. Denn sobald er seinen Hit „Männer" präsentiert, torkelt er so unbeholfen mit den Beinen hin und her wie ein Tanzbär, der zu viele Gummibärchen eingeworfen hat und sich nicht (mehr) bewegen kann – eine Eigenschaft, die ihn in deinen Augen entwaffnend sympathisch macht. Ansonsten ist nicht mehr viel übrig von der Neuen Deutschen Welle, auf der du so rasant geritten bist. Doch zum Glück gibt es einen viel besseren Ersatz: New Wave … Oder einfacher ausgedrückt: geiler Pop-Shit – und zwar mit, aber auch ohne Synthie-Gedudel. Die richtig guten Sachen kommen in diesen Tagen meist aus Übersee, aus den USA oder von den britischen Inseln, und selbst die Jungs von Alphaville können mit ihrem „Forever Young"-Gejaule nicht dagegen anstinken.

Was du im Moment noch nicht ahnen kannst: An eine deiner 1001 Kassetten wirst du dich auch noch im neuen Jahrtausend – Jahrzehnte später – erinnern, obwohl sie sich Anfang der 90er-Jahre langsam, aber sicher in Bandsalat verwandelt. Dieses Tape ist deine „All Time Fab"-Lieblingskassette. Behutsam schmückst

du sie mit einem Aufkleber, auf dem in fetter Schrift
„Big LOVE: Meine Hits von 1984" steht.

Deinen Urlaub verbringst du 1984 mit deinen Cousinen:
Stefanie ist in deinem Alter, ihre Schwester Birgit hingegen ist schon volljährig und soll auf euch beiden Jüngeren aufpassen. Erneut geht es nach St. Peter Ording,
dieses Mal in eine urige Pension mit einem Zimmer
für euch drei. Wieder am Schauplatz des Geschehens,
denkst du an die romantische Zeit mit deiner großen
Liebe – Marco – zurück ... Oder besser gesagt an die
Zeit, die du an der Küste leider meistens ohne ihn
verbracht hast, obwohl er ganz in deiner Nähe war.
Der Sommer ist fantastisch. Auf dem Weg zum Strand
verschmilzt du förmlich mit den tollen Sounds, die dich
auf all deinen Wegen begleiten wie die frische Meeres-
brise, die dir um die Nase weht. Auf dem Walkman
hörst du „Such A Shame" von Talk Talk, „Smalltown
Boy" von Bronski Beat, „Eyes Without A Face" von
Billy Idol und „Young At Heart" von den Bluebells.
Die Ferientage mit deinen Cousinen bleiben dir noch
lange in Erinnerung – auch weil du das erste Mal in
deinem Leben eine echte Disco von innen siehst: ein
Highlight, das du nicht wieder vergisst. In dieser
hammerharten Hütte, sie heißt „Wilde Maus", spielt der
DJ Madonnas Oberkracher „Holiday"!

Und – um noch einen draufzulegen: Du traust dich
mit deiner jüngeren Cousine Stefanie sogar auf den
Dancefloor, und ihr tanzt zu Madonnas coolen Beats!
Wie geil ist das denn, bitte schön?

Okay – 40 Jahre später blickst du mit Mitte 50 abgeklärter auf die Sache. Denn die sogenannte „Disco" ist nüchtern betrachtet aus Sicht einer Erwachsenen nicht viel mehr als ein Pferdeschuppen mit integrierter Theke, Mini-Lichtanlage und einem jungen Mann, der sich DJ nennt, weil er hinterm Tresen Mucke auflegt. Doch das ändert nichts am großen Vergnügen, das dir dieser Abend in diesem Moment beschert. Stefanie und du, ihr seid begeistert von dieser Party, die bereits gegen 22 Uhr in euren Betten endet – aber auch egal! Du bist deiner älteren Cousine Birgit bis zum Mond dankbar dafür, dass sie eure Aufpasserin spielt und geduldig wartet, bis „Holiday" vorbei ist.
Birgit selbst tanzt aus Altersgründen nicht mit. Sie steht nicht auf Madonna, sondern auf Bands wie die Bay City Rollers, Sweet, KISS und Status Quo. Auch Marc Bolan und Suzi Quatro findet sie dufte. Auf euch wirken diese Stars allerdings schon etwas angemufft und ranzig. Wieder daheim schwärmst du deinen Freundinnen ein ums andere Mal vor, wie toll es in dieser „echten Disco" war und was sie alles verpasst haben. Dein Leben im Jahr 1984 ist schön. Und wenn du Glück hast, begegnest du noch einmal Marco – und ihr zieht zusammen an die Küste nach St. Peter Ording und werdet dort alt mit euren Kindern, Pferden, Hunden, Katzen und all den anderen Tieren auf eurer kleinen Farm!
Als der Herbst beginnt, steht ein weiteres Buch in deinem Regal: „Endlose Liebe". Auch diese Schwarte von Scott Spencer wirst du niemals lesen, aber das spielt

keine Rolle, denn bedeutsam ist der Roman trotzdem für dich. Du hast die Heyne-Taschenbuchausgabe nämlich während des Urlaubs an der Nordsee gekauft und von vorne bis hinten mit persönlichen Notizen versehen, bekritzelt und bemalt.

Auf dem Cover ist ein Bild von der blutjungen Brooke Shields zusammen mit dem ebenfalls blutjungen Martin Hewitt zu sehen, beide im Seitenprofil, ihre Gesichter dicht beieinander. Dieses Motiv aus einer Szene des gleichnamigen Films fasziniert dich. Du bist jetzt kein Kind mehr, auch kein Mädchen, sondern ein 14-jähriger Teenie, der die Titel seiner Lieblingssongs ins Taschenbuch kritzelt: „When Doves Cry" von Prince zum Beispiel.

Du übst dich in der Kunst, Ottifanten zu malen. Und du träumst heimlich von der romantischen Liebe, wie sie womöglich nur schöne Menschen wie Brooke und Martin erleben dürfen.

Und du tanzt heimlich in deinem Zimmer, wenn Lieder wie „Young At Heart" von den Bluebells erklingen – und du machst aus „Young At Heart" in deiner Fantasie ein „Young And Hard". Dein Englisch ist halt noch nicht so gut.

Dass dein unbeschwertes Leben einmal vorbei sein würde, darauf wärst du im Traum nicht gekommen …

Deine späte Pubertät (1985–1989)

Nein, dass es mal ernst werden könnte, damit hast du nicht gerechnet. Doch du musst zugeben: Deine besten Pubertätsjahre sind vorbei – und die Neue Deutsche Welle ist längst tot. Die 99 Luftballons, die Nena hat steigen lassen, sind plötzlich geplatzt – und wenn grausige NDW-Songs wie „Herz an Herz" von Paso Doble im Radio gespielt werden, machst du das Gerät einfach aus. Die Zeiten haben sich definitiv geändert. Man fährt nicht mehr mit bezogener Klorolle auf dem Autorücksitz in den Urlaub – und deine beste Freundin Petra trägt jetzt befranste Cowboystiefel.

Das Gute auf der Habenseite kannst du in einem einzigen Satz zusammenfassen: Petra und du, ihr dürft endlich in „echte Discos" gehen und tut das auch – und zwar regelmäßig! Ihr seid schließlich Jugendliche, und Jugendliche machen so was nun einmal. Jugendliche sind hauptamtlich damit beschäftigt, auszugehen. Ständig, eigentlich immer.

Sie verlassen das Haus so oft wie möglich und flüchten an einen Ort, an dem ihre Eltern nichts zu sagen haben. Das „Manhattan" – eure Lieblingsdisse – ist so eine Stätte. Dort können Mama und Papa euch nicht in irgendwas reinquatschen, weder in eure Angelegenheiten noch in eure Drinks. Denn: Ins „Manhattan" kommen eure Erziehungsberechtigten gar nicht rein – dafür sind sie viel zu alt, und zum Glück haben Papa und Mama diese Möglichkeit auch noch nie ernsthaft in Erwägung gezogen.

Eure Lieblingsdisse ist benannt nach dem „Place to be"-No. 1 – nach dem geilsten Platz auf Erden überhaupt: Manhattan! Der Bezirk liegt mitten in New York, der Stadt, die niemals schläft, und diese Metropole ist Mitte der 80er ein Sehnsuchtsort für junge Leute rund um den Globus. Die Wolkenkratzer und das pulsierende Leben dort sind ein Symbol für alles, was von Bedeutung ist: Freiheit. Reichtum. Popkultur. Nightlife. Glam.

In Manhattan – so stellt ihr euch das jedenfalls vor – geht die Post ab. Und zwar so richtig. Ununterbrochen! Madonna tanzt im Netz-Tanktop und mit halblanger Spandex-Hose, Spitzenhandschuhen, Stilettos und Riesenschleife im Haar durch die Straßen und turnt des Nachts durch die Diskotheken, so wie sie es in dem Film „Susan … verzweifelt gesucht" auch getan hat. Pop-Art-Star Andy Warhol und sein junger Zögling Jean-Michel Basquiat laden Downtown zu einer Vernissage in den Mudd Club ein – und das Who's who der Kulturszene und des coolen Underground gibt sich ein Stelldichein. Mick Jagger, Diana Ross, John Travolta, Truman Capote, Arnold Schwarzenegger und Sylvester Stallone sind natürlich auch dabei.

In der Bronx brennen derweil ein paar Mülltonnen, denn, klar, so ganz ohne Gangster, Bandenkriege, Feuergefechte, Kriminalität und Drogen läuft es auch nicht rund in einer City wie New York. Gleich um die Ecke findet ein Breakdance-Happening mit angesagten

Rappern der HipHop-Szene statt, während in der
U-Bahn vermummte Graffiti-Sprayer verbotenerweise
einen Waggon von innen bemalen.

Mit anderen Worten: Die heitere Wild-West-Stimmung
im „Big Apple" ist so „WOW!" und „BAM!" wie die
Sprüche, Bubbles und Pieces der Street-Artisten, die
überall wie Pilze aus dem Boden schießen. Jeder, der
in dieser Stadt lebt, ist in irgendeiner Weise kreativ tätig
und hat mindestens eine „Message" oder etwas anderes, das er der Menschheit geben möchte, und sei es nur
ein besonders schöner Penis oder einfach die Lust am
Leben. Jeder kann hier berühmt werden! Diese City ist
der wahr gewordene Frank-Sinatra-Traum, an den auch
ihr Mädels insgeheim glaubt: Wenn man es in New
York zu etwas bringt, kann man es überall schaffen –
selbst wenn man sich nur ein paar „Vagabond Shoes"
und keine Stöckelschuhe leisten kann.

Ihr würdet gern in diesem aufregenden „Melting Pot",
diesem Schmelztiegel der Künste, leben, könnt es euch
aber *noch* nicht leisten. Ihr seid leider *noch* minderjährig,
aber zum Glück nicht mehr lange, euren 18. Geburtstag
sehnt ihr täglich herbei.

Bis es soweit ist, kann euch niemand nehmen, von New
York zu träumen. Und darum kleistert ihr wenigstens
die Skyline der Stadt als Poster über euer Bett und stellt
euch vor, wie es wäre, eine Nacht *in* Manhattan – und
nicht bloß *im* „Manhattan" – zu verbringen, am liebsten
an der Seite von so einem rattenscharfen Boy wie Matt
Dillon, den ihr in dem Film „Rumble Fish" gesehen

habt … Oder wie es wäre, mit Madonna „Subway zu fahren" und einen mit ihr draufzumachen – das wäre auch nicht schlecht. Die Lichter der großen Stadt und eure bombastisch aufgeladenen „Bright Light, Big City"-Gefühle verfolgen euch bis in die Schule, sie wühlen euch auf und treiben euch an.

Angeheizt wird der New-York-Trend ab Mitte der 80er-Jahre noch von den sogenannten Yuppies, junge, großstädtische und karrierebewusste Typen, meist Männer, kurz: Young Urban Professionals. Ein „Yuppie" ist die Steigerung von „Popper" oder „Preppie", also noch radikaler und spektakulärer im Auftritt als die beiden Letztgenannten. Im Gegensatz zum eher weichgespülten und verspielten Popper ist der Yuppie nicht nur ein Snob, der sich – in schicke Markenklamotten gewandet – gerne in Szene setzt, sondern ein egomanischer Koks-Freak, der zur Not über Leichen geht, wenn ihm jemand die Sahnehaube auf dem Kuchen wegnehmen will. Konsum und Reichtum sind für ihn zum Selbstzweck geworden – und seine Vollendung findet er in der Figur des Gordon Gekko, gespielt von Michael Douglas in dem Kinostreifen „Wall Street" von 1987.

Gekko ist ein glattrasiertes und ruchloses Charakterschwein mit Pomade im Haar – man könnte auch sagen ein Schmierlappen mit Albert-Thurston-Eton-Stripe-Hosenträgern, wie sie für Banker und Geschäftsleute in den 80ern typisch sind. Gehandelt wird er als „Finanzhai", weil er bereits vor seinem 40. Geburtstag Millionen gescheffelt hat. Sein Büro ist fancy, er selbst dito, und ohne sein Funktelefon, das so groß wie ein Backstein ist, würde er vermutlich auf der Stelle wie Nosferatu bei Sonnenschein zu Staub zerfallen.

Gekkos Auftritt ist aggressiv, in den 80ern wird diese Eigenschaft noch „männlich" gelesen. Seine „Gegner" will er selbstverständlich „fertigmachen". Wirtschaft ist die Fortsetzung des Krieges, nur ohne Atombombe, das ist Gekkos Message. Und so beeindruckt er die von ihm Geblendeten mit markigen Sprüchen der Sorte „Mittagessen ist für Weicheier" und holt sich gierig, was seiner Meinung nach ihm gehört, seien es nun Insider-Infos an der Börse oder Frauen in der Cocktailbar.

Klar wie Kloßbrühe ist, dass Petra und du sich niemals in einen Typen wie Gordon Gekko verlieben könntet, schließlich ist Michael Douglas viel zu alt für euch, und Aktienpakete findet ihr total uninteressant. Insgeheim imponiert seine druckvolle Performance euch aber, obwohl ihr alles andere als Yuppie-Girls seid. Eine Weile schwimmt ihr noch auf dieser temporeichen Welle mit, die schon lange keine „Neue Deutsche" mehr ist. Doch weil die glatten Oberflächen, die Hollywoods Filmindustrie (nicht nur) von New York zeichnet, schnell langweilig werden, stehen Petra und du bald nicht mehr einmal pro Woche an der Bar im „Manhattan", um dort klebrige „Batida de Coco"-, „Baileys"- oder „Blue Curacao"-Drinks zu ordern, mit denen ihr euch sodann möglichst cool an der Tanzfläche platziert, wo das Schwarzlicht euren hellpinken Lippenstift schön zum Leuchten bringt.

Nein, ihr habt keine Lust mehr auf künstliche Angeberdrinks, die ihr euch eh kaum leisten könnt und die so schmecken wie billiges Zuckerwasser-Gesöff. Und so endet eure glorreiche Disco-Ära schneller, als ihr euch schminken könnt. Manhattan, die Stadt, die große, bleibt nur ein kleines Leuchtfeuer in eurem Leben – die Mülltonnen in der Bronx können auch ohne euch weiterbrennen.

Zu Hause reißt du das kitschige Poster mit der Skyline von New York kurzentschlossen ab und wendest dich „darkeren" Themen zu. Der Zeitgeist bringt es ab Mitte des Jahrzehnts mit sich. Wozu langwierig in die Ferne schweifen, wenn das Gute – Großbritannien – so nahe liegt? Eine riesige Welle mit heißen Trends schwappt nämlich nicht von Amerika über den großen Teich zu euch rüber, sondern auf kurzem Weg vom Ärmelkanal. Und diese „Wave" spült die letzten Erinnerungen an die gute alte NDW-Ära fort.

Die angesagten Bands der Stunde kommen fast ausschließlich aus dem Vereinigten Königreich und heißen Depeche Mode, The Cure, Tears For Fears, Simple Minds, U2 und Co. Sie mischen die Szene mit ihren Songs bereits seit einigen Jahren kräftig auf. Doch erst jetzt zeigt sich, dass sie mehr Wumms haben als NDW-Gruppen – und außerdem einen längeren Atem. Vor allem Depeche Mode schwingen sich zu echten Meistern ihres Fachs auf, zu Epigonen, die sich immer wieder neu erfinden. Gefühlt stehen fast alle dieser britischen Bands in der düsteren Tradition der Postpunk-

Formation Joy Division, dessen Sänger Ian Curtis sich 1980 erhängt hatte.

Weil „New Wave" aber gegen Ende des Jahrzehnts fast schon wieder ein alter Stiefel ist, sprechen deine Freunde und du bald nur noch von „Wave" oder „Synthie-Pop", um zwischen den eleganten und gut gekleideten Acts wie Duran Duran und der schwarzen Szene zu unterscheiden, die sich aufsplittet in EMB- und Industrial-Fans, Gothics, Dark Waver, New Romantics, Goth-Punks, Batcaver etc.

Was die sogenannten „Schwarzkittel" eint, ist ihr krasser Hang zur Endzeitromantik. Sie schminken sich weiß, tragen auch im Sommer dunkle Klamotten und sehen aus wie Vampire, die sich für ihren nächsten Gang in den „Gruftikeller", in den Dark-Wave-Club, präpariert und aufgehübscht haben ... Wobei der Begriff „aufgehübscht" in diesem Zusammenhang relativ gemeint und eine Sache der Betrachtung ist: Du findest den dramatisch überzogenen Style der Gruftis total uncool, aber die Schwarzkittel selbst stehen natürlich drauf und kombinieren ihren schrägen Look mit wilden Krähennest- und Trauerweidenfrisuren, langen Röcken, kaputten Netzstrumpfhosen und Rokoko-Corsagen. Oder mit gefärbten Iros, Rüschenhemden, Fracks, Zylindern sowie spitzen Schuhen und klassischen Dr. Martens. Sobald die Frise sitzt, kann der Tanz der Vampire beginnen.

Total creepy, gruselig, findest du ihren Aufzug, doch in den Clubs, die du aktuell besuchst, sind die Gruftis meist in der Überzahl. Es gibt mittlerweile einfach zu viele von ihnen, sie kriechen überall aus ihren Löchern und fluten den Dancefloor mit morbiden, seltsam schaukelnden Totengräber-Bewegungen, die an Unsexyness kaum zu überbieten sind.

Wenn du das Sagen hättest, würdest du die Schwarzkittel gern versammelt auf den nächsten Friedhof zur Andacht schicken – die Macht dazu ist dir aber leider nicht gegeben.

Und so teilt ihr euch denselben Raum, einen dunklen Club in der Stadt, denn die Gruftis stehen wie du auf gute Musik.

Siouxie and the Banshees, Joy Division, The Cassandra Complex, Anne Clark, Fad Gadget und Bauhaus zum Beispiel haben Hochkonjunktur, aber auch Bands, die härtere Gangarten einlegen, wie The Sisters of Mercy und New Model Army um Frontmann Justin „sexy Zahnlücke" Sullivan. Sie alle sind mega angesagt, obwohl einige Songs von ihnen bereits ein paar Jahre auf dem Buckel haben und Ian Curtis längst nicht mehr unter euch weilt. Doch zum Glück ist Aktualität in der analogen Dekade noch Nebensache. Und so schmeißt ihr euch gierig auf Trends, die in Großbritannien schon wieder Schnee von gestern sind, wie etwa Postpunk.

„En vogue" ist der Düster-Look der Gruftis vor allem deshalb, weil er die Endzeitromantik, die euch alle in diesen Tagen erfasst hat, am besten zum Ausdruck bringt. Spätestens mit der Nuklearkatastrophe im ukrainischen Tschernobyl 1986 ändert sich auch dein

Weltbild, das gerade noch von der Neuen Deutschen
Welle geprägt war, radikal. Der Wind hat sich gedreht –
und deine Laune wird deutlich dunkler.

Auf was für einem verrückten Stern lebst du bloß?
Ein „Blauer Planet" kann es nicht sein, denn die Natur
ist krank – und die Menschen sind noch viel kränker.
Entweder sie sterben aus Gründen wie Hunger, Armut
und Gewalt. Oder wegen der tödlichen Strahlung in der
Atmosphäre. Oder sie krepieren, weil sie AIDS haben
und das HIV-Virus ihren Körper zerfrisst.

Dunkelheit überall! Du weißt nicht, was von all den
Bedrohungen die schlimmste ist: Krieg, AIDS oder der
Atompilz, der gefühlt über euren Köpfen schwebt und
euch bis in eure Albträume verfolgt. Da hilft auch kein
„Live Aid" – selbst ein Wohltätigkeitskonzert mit Bob
Geldof und Co. kann die Probleme auf Dauer nicht
lösen, denkst du betreten und versuchst, dich von all
dem Shit abzulenken.

Im Sommer 1988 reist du mit Petra nach Pula, einer
Stadt am Meer in der Sozialistischen Föderativen
Republik Jugoslawien. Eure Eltern sind auch dabei,
die sitzen während der Fahrt dorthin vorne – Papa
am Steuer und Mutti daneben. Doch einmal im
Urlaubsparadies angekommen, habt ihr zwei nur noch
selten Kontakt mit den Erwachsenen.

Ihr tut das, was ihr kennt und am besten könnt: Sonnenbaden am Tag. Und abends nach dem Essen ganz
schnell aus der Gästekantine verschwinden. Bei An-
bruch der Dunkelheit zieht ihr euch dezent in eure Ge-

mächer zurück, um euch für die Nacht vorzubereiten.
Denn ihr wollt die Freiluftdisco auf dem Hotelgelände
undercover und so schnell wie möglich ohne
Erziehungsberechtigte erkunden. Stichwort „Lessons in
Love": Ein paar Unterrichtsstunden in Sachen „analoges
Daten und Anbaggern" stehen auf der Agenda. Und so
präpariert ihr euch für die Party mit Liveband, tauscht
ein paar Kosmetiktipps aus und zieht irgendwann los.
Das Ergebnis gegen Ende der Ferien und mit Beginn
des neuen Schuljahres kann sich sehen lassen:
Ihr könnt jetzt rauchen – und zwar richtig, nämlich
„auf Lunge". Ihr habt es euch selbst heimlich in den
Ferien beigebracht und steht nun zusammen mit den
anderen coolen Kids in der Raucherecke auf dem
Pausenhof rum. Rauchen ist „in", denn es zeigt, wie
erwachsen ihr schon seid.
Ein paar Zigaretten dampfen, etwas Alkohol am
Wochenende trinken und ein gesteigertes Interesse am
anderen Geschlecht bekunden – mit solchen Aktivitäten
kann man sich gut ablenken und die Zeit bis zum
Abitur vertreiben, ohne völlig trübsinnig zu werden.
Auch ernste Literatur gehört für dich zu einem
vollwertigen Lifestyle dazu. Du hast endlich
„Das Parfum" von Patrick Süskind gelesen – absolute
Hochliteratur und so ganz nach deinem Geschmack.
Nach Erscheinung des Buches im Jahr 1985 hält sich der
Titel rund neun Jahre auf der Spiegel-Bestsellerliste
und gibt dir das gute Gefühl, über ein stilsicheres
Urteilsvermögen in Sachen Lektüre zu verfügen.

Auch Mode ist eine hervorragende Ablenkung von allen Dingen, die dir Angst machen, vor allem AIDS und Atombomben. Deine Minderwertigkeitskomplexe wiederum bekämpfst du mit einem anderen Mittel: Du setzt Wet-Gel als effektive Waffe gegen deine Naturkrause ein. Und auch gegen dein rotblondes Haar unternimmst du etwas – die Lösung heißt: blonde Strähnchen!

Styling.

Literatur.

Rauchen.

Trinken.

Freunde treffen.

Quatschen.

Träumen.

Das sind, kurz gesagt, deine Lieblingsbeschäftigungen, mit denen du gerne Zeit totschlägst.

Bis 1989 ist deine Transformation perfekt: Du bist jetzt eine erwachsene junge Frau mit einem Jugendzimmer, in dem einige Hülsta-Möbel stehen. Aber trotzdem bist du nicht rundum glücklich.

Du hast ein tolles Bett, schläfst aber seit einigen Monaten auf dem Boden. Genauer gesagt: auf einer Matratze. Und warum? Weil alle jungen Leute das so machen, denn das Auf-dem-Boden-Schlafen ist ein steil angesagter Trend.

Ansonsten zieren weder romantische Poster noch New-York-Motive deine vier Wände, sondern schicke Collagen, die du selbst im Kunstunterricht kreiert hast.

Irgendwie fühlst du dich wie eine Künstlerin – du weißt
auch nicht, von wem du das hast. Und dazu passt gut
das Rauchen, das zu einem zentralen Lebensinhalt für
dich geworden ist. Du triffst dich mit deinen Freundinnen und Freunden, um zu rauchen. Und um gemeinsam
in deinem Zimmer auf dem Boden oder der Matratze zu
sitzen und Vanille-Tee zu trinken.
Seid ihr die Null-Bock-Generation?
Die Generation Kohl? Oder die Generation Birne?
Du weißt es nicht, und es ist dir auch egal.
1989 hast du endlich dein Abi-Zeugnis in der Tasche –
und obendrauf einen Lappen, einen Führerschein, der
im Innenteil mit einem Verbrecherbild von dir versehen
ist: Du schaust darauf noch griesgrämiger aus der
Wäsche als alle RAF-Terroristen zusammen und bist
stolz auf dein erstes amtliches Fahndungsfoto.
Ach ja, und du hast deine Beziehung mit Martin mal
wieder in den Sand gesetzt – auch das gehört wohl zum
Erwachsenwerden dazu.
Außerdem ist der Konsum von ganz, ganz ernsthafter
Hochliteratur eine Art, dein Erwachsensein zu
demonstrieren. Gegen Ende der 80er liest du Dystopien
wie „1984" von George Orwell oder „Schöne neue
Welt" von Aldous Huxley und verkaufst deine TKKG-
Sammlung auf dem Flohmarkt.
Auch Milan Kunderas „Die unerträgliche Leichtigkeit
des Seins", eine Liebesgeschichte, die dich an das
On-Off-Ding mit Martin erinnert, beeindruckt dich zu-
tiefst und verändert deine Weltsicht nachhaltig.

Lesen.

Rauchen.

Ein paar Drinks mit Freunden nehmen.

Und allen deinen Führerschein, deinen Lappen, zeigen.

Und Autofahren. All das bereitet dir „Big Fun", wie es in einem Song von Inner City heißt.

Du startest als eine andere in das neue Jahrzehnt, in die 90er-Jahre: mit einem Auto unter dem Arsch, wenngleich es nicht dein eigenes, sondern das deiner Eltern ist. Aber auch egal – Hauptsache, du bist zwischendurch mobil und „AUTOnom" unterwegs …

Was sie wohl bringen werden, die 90er? Das fragst du dich und wanderst weiterhin mit Musik in den Ohren und bunten Neonträumen im Kopf durch die Straßen. Solange der Sound so gut klingt, gibt es noch ein bisschen Hoffnung für die Menschheit, meinst du und drehst die Kassette noch einmal um.

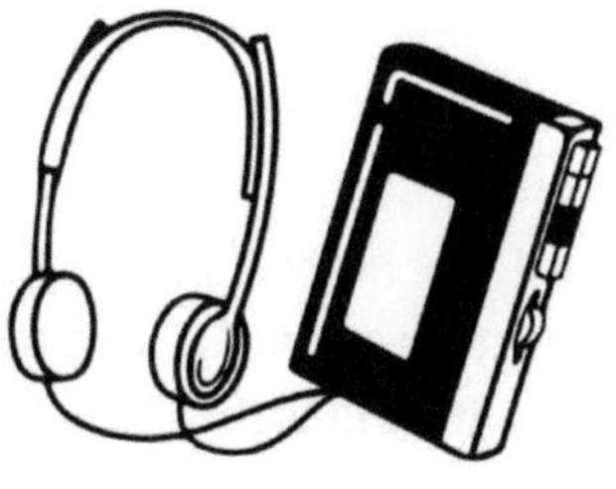

Zu deinen Lieblingsbeschäftigungen in den 80ern
zählen nicht nur das Walkman-Hören, In-die-Disco-
Gehen, Auf-dem-Boden-Schlafen und Vanilletee-
Trinken. Nein, dir gefällt es auch, einfach mal gar nichts
zu tun und bloß dödelig auf dem Sofa abzuhängen.
Oder noch besser: Auf dem Sofa zu sitzen, in den
Haaren zu drehen und dabei die neue „Bravo" zu lesen.
Oder am allerbesten: Auf dem Sofa zu sitzen, in den
Haaren zu drehen, die neue „Bravo" zu lesen und dabei
Vanilletee zu trinken.
*(Oder – die Variante ab 1988: Auf dem Sofa zu sitzen,
in den Haaren zu drehen, die neue „Bravo" zu lesen, Vanille-
tee zu trinken und dabei auch noch zu rauchen.)*
So etwas wird sich die junge Generation im Jahr 2024
nach Christus gar nicht mehr vorstellen können,
nämlich was für ein analoges Vergnügen es ist,
Klatschgeschichten ganz „oldschool" und in traditionel-
ler Manier zu konsumieren – und zwar mithilfe einer
simplen Technik, die man schlicht und ergreifend
„weiterblättern" nennt.
Auf neuen Input und den heißen „Bravo"-Scheiß musst
du in den 80er-Jahren eine ganze Woche warten, denn
so lange dauert es, bis die aktuellste Ausgabe des Magazins wieder auf dem Verkaufstresen liegt. Das heißt:

Sieben Tage Entzug sind angesagt, bevor du erfährst, wie die Story mit Boris Becker und all seinen Geliebten weitergeht. Mit wem er also gerade „Bumm-Bumm" macht, ausnahmsweise nicht auf dem Tennisplatz – oder vielleicht auch dort, wer weiß das schon so genau. Viva-TV gibt es in den 80ern noch nicht. Heike Makatsch kann Boris also nicht kurz mal im Interview frech von der Seite fragen, wie viele Ladys er schon vernascht hat und ob die alle braunhaarig waren. Du hältst dich darum mit „Ronny's Pop Show" auf dem Laufenden – einer Fernsehsendung mit einem sprechen-den Affen. Ronny, der Schimpanse mit der lustigen Menschenstimme vom Band, labert aber leider nur über Musik und weiß nichts vom neuesten Gossip und Pro-mi-Buschfunk. Als eingefleischtes Landei bist du darum immer ganz jieperig, sobald die frischen „Bravo"-Druckexemplare am Donnerstag im Tante-Emma-Laden deines Vertrauens zu haben sind. ENDLICH, jubilierst du dann innerlich und greifst schnell zu, bevor ein anderer Teenie dir zuvorkommt.

Für dich ist es essenziell wichtig, dich auf den neuesten Stand zu bringen, du darfst keinen Trend verpassen. Wenn Madonna ein ganzes Reifenlager am Hals und an den Armen trägt, dann ist das – verdammt noch mal – Gesetz. Und ohne „Bravo"-Starschnitt und Dr. Sommer kannst du dir ein Leben sowieso nicht vorstellen. Sobald du dir einen Vanilletee aufgebrüht hast und mit der aktuellen Ausgabe auf dem Sofa sitzt, ist der Ablauf eigentlich immer ähnlich:

Du schaust dir das neue „Bravo"-Cover mit Nena an …
(Ja, in der Regel ist Nena groß vorne drauf, etwas
seltener Michael Jackson.)
Nachdem du das Titelbild aufmerksam studiert hast,
beginnt das Blättern, Lesen und Gucken – und die Zeit
vergeht wie im Flug.
Du liest.
Und liest.
Und liest.
Und blätterst.
Und guckst.
Zwischendurch schaust du hoch und trinkst etwas
Vanille- oder Rhabarbertee.
*(Denkbar ist auch die Variante ab 1988: Zwischendurch
steckst du dir eine Zigarette an, in deinem Zimmer
hängen dicke Rauchschwaden. Deine Mama stürmt
herein und motzt, ihr streitet euch. Du machst den
„Giftstengel" – so der O-Ton deiner Mutter – aus.
Sie verzieht sich – und du zündest dir die nächste Fluppe an,
sobald die Luft wieder rein ist … – Hallo? Du bist jetzt
18 Jahre alt und kannst in deinem Zimmer selbst über dein
Leben entscheiden!)*
Dann liest du weiter.
Und liest.
Und liest.
Und blätterst.
Und guckst.
Unglaublich, was es in der „Bravo" alles zu entdecken
gibt. Nicht nur Dieter Bohlens Vokuhila und Thomas

Anders' Föhnfrisur, nein, auch lustige Starschnitte mit
Radost Bokel und der kleinen Schildkröte Kassiopeia
aus „Momo".
In der „Bravo" erfährst du alles über den neuen
„Neon"-Look. Oder über den „New Romantic"-Style
von Adam And, der 1981 mit seinem Album „Prince
Charming" und seiner Band The Ants für Furore sorgt
und einfach zum Anbeißen aussieht mit seinen roten
und weißen Streifen im Gesicht und seinem weit
aufgeknöpften Rüschenhemd.
Du liest auch die Geschichte von E.T., der als einziger
Außerirdischer mehrmals das Cover des Magazins ziert
und in voller Größe als Starschnitt erscheint.
Klatsch wird in der „Bravo" großgeschrieben. Die
Heftschreiber nehmen – Achtung, Sparwitz – kein *Blatt*
vor den Mund und verraten, warum die schöne
Stephanie von Monaco so unglücklich ist und immer
Pech mit den Männern hat.
Oder dass Nena alias Gabriele Susanne Kerner genau
wie die Jungs von Extrabreit aus Hagen kommt und
Rolf Brendel ihr fester Freund ist.
Oder dass Markus, der mit Nena „Kleine Taschenlampe
brenn'" gesungen hat, anfangs voll in Nena verknallt
war. Dass aus den beiden aber nichts wurde, weil sie ja
mit dem Rolf liiert ist.
Und dass die Küsse von Markus und Nena in dem Film
„Gib Gas – Ich will Spaß" nur gespielt waren und sie
gar kein echtes Traumpaar sind!
Und du erfährst, warum sich die linken Skinheads mit

Rasierklingen und Sicherheitsnadeln extra hässlich machen – und wie sie Pogo tanzen. Und warum sie andere anspucken.

Oder dass man zum Styling anstelle von gewöhnlichem Haarfärbe-Shampoo auch das Fußpilz-Heilmittel Kaliumpermanganat nutzen kann, um einen coolen Lila-Look am Schopf zu erzeugen.

Oder du findest beim Blättern raus, was der süße Pierre Cosso, der in „La Boum 2" den neuen Freund von Vic, also Sophie Marceau, spielt, am liebsten in seiner Freizeit macht.

Oder wie die Bude vom chaotischen und verrückten Captain Sensible in London aussieht.

Oder was Agnetha von Abba privat gerade treibt.

Oder warum Boy George dauernd Krach mit seinem Papa hat.

Oder wie die Wohnung von Victoria Principal – die Pam in „Dallas" – aussieht.

Oder was im Tour-Tagebuch von a-ha steht.

Oder wie lässig es ausschaut, wenn River Phoenix trendige Klamotten trägt.

Oder was Chris de Burgh unter vier Augen so alles von sich gibt …

Oder. Oder. Oder.

Höhepunkt jeder Lese-Session ist die Dr.-Sommer-Rubrik. Dr. Sommer ist Mediziner und beantwortet alle Fragen von Jungen und Mädchen von elf bis 18 Jahren in der „Bravo". Dabei geht es auch um echt heikle Themen wie Selbstbefriedigung und Petting – beides ist laut

Dr. Sommer nicht schädlich oder ansteckend, erfährst
du.

Die Jugendlichen, die Fragen stellen, zum Beispiel die
13-jährige Sonja oder der 14-jährige Achim, haben
ähnliche Probleme wie du:

Sie sind a) noch Jungfrau und haben b) Angst, das
zuzugeben, c) sie wissen nicht, wie man richtig küsst
oder d) trauen sich nicht, den Freund oder die Freundin
untenrum anzufassen, weil sie e) nicht so genau wissen,
wie das geht, f) sie sind schon länger zusammen und
wollen zusammen schlafen, trauen sich aber nicht,
g) wissen nicht, wie man ohne zu lachen über Sex mit
den besten Freunden reden kann, h) sie sind unglücklich in Susanne oder Simon verliebt oder – noch
schlimmer – in ihren Lehrer oder ihre Lehrerin, i) sie
finden ihren Busen zu groß oder j) ihren Penis zu klein,
k) sie mögen nicht ihr naturkrauses Haar oder ihre
schiefe Nase, l) sie laufen rot an, wenn sie mit ihrem
Schwarm sprechen sollen, m) sie können ihre erste
große Liebe nicht vergessen oder n) hassen sie
mittlerweile abgrundtief, o) sie wollen sich endlich
verlieben und glücklich sein oder p) wenigstens nicht
mehr von den Klassenkameraden gemobbt werden …
Und. Und. Und.

Beim Lesen stellst du immer wieder befriedigt fest,
dass die anderen genauso viele Hemmungen haben wie
du und auch genauso verklemmt sind. Beruhigend
irgendwie! Auch haben die meisten Stress mit ihren
Eltern so wie du – ebenfalls entlastend, beispielsweise

Karsten, 14 Jahre alt:

„Als ich meiner Freundin einen Knutschfleck machte,
sah ihre Mutter den Knutschfleck. Die Mutter fing an
zu motzen und sagte: ‚Er sieht nicht gut aus, er macht
einen schlechten Eindruck, und er ist krebserregend.‘
Stimmt das?“

… Hilfe, Eltern können solche Creeps sein!

Schön, dass du auch in diesem Punkt nicht allein bist
und die anderen Teenies Väter und Mütter haben, die
noch verrückter sind als deine eigenen!

Wenn du dann endlich mit Dr. Sommer durch bist,
kommen noch zwei weitere „Bravo“-Highlights:

die Foto-Love-Story mit tollen Liebesgeschichten zum
Träumen!

Und zweitens ganz konkretes Anschauungsmaterial,
nämlich echte Nackte in deinem Alter!

Die sehen auch nicht besser aus als du – eine Tatsache,
die dich ebenfalls sehr beruhigt.

Nach jeder „Bravo“-Session fühlst du dich beschwingt,
beschwerdefrei und heiter – auf jeden Fall nicht mehr so
mies wie vorher.

Trotzdem sattelst du ab ungefähr 1988 drauf und
blätterst beim Rauchen auf deinem Sofa auch die Zeitschriften deiner Eltern durch, zum Beispiel den „Stern“.

Der Beruf des Journalisten interessiert dich, denn
Reporter fahren schweres Geschütz auf, findest du.

Bewaffnet nur mit einem spitzen Bleistift, Papier und
einer Schreibmaschine setzen sie sich für die Freiheit
des Wortes ein – und präsentieren sensationelle

Lügengeschichten wie zum Beispiel die „Hitler-
Tagebücher". Der helle Wahnsinn!

Im „Stern" liest du zum ersten Mal in deinem Leben
einen echten Horror-Roman als Fortsetzung: „Friedhof
der Kuscheltiere" von Stephen King, eine düstere
Erzählung, die dich nachhaltig beeindruckt und dir fast
noch besser gefällt als die Groschenromane des
Geisterjägers John Sinclair, die du dir jede Woche im
Kaufmannsladen deines Vertrauens holst – und die du
wie eine gierige Leseratte verschlingst.

„Friedhof der Kuscheltiere" ist in gewisser Weise
noch gruseliger als die Sinclair-Chroniken über Untote,
Hexen und Vampire, die es in Wirklichkeit ja gar nicht
gibt. In Kings Buch geht es nämlich um echte
Menschen, um die Familie Creed und ihren schwarzen
Kater, der auf einem nahe gelegenen Indianerfriedhof
begraben wird … Und der bald als Katzenmonster zu
den Lebenden zurückkehrt.

Dir läuft ein Schauer über den Rücken, wenn du an
diesen zombiehaften Stubentiger und das Schicksal der
Creeds denkst. Und du bist davon überzeugt, dass
Stephen King ein ziemlich großartiger Schriftsteller ist,
der der Menschheit noch viele Sternstunden des
Horrors bescheren wird, so begeistert bist du von
seinem Fortsetzungsroman im „Stern".

Die „Stern"-Reporter machen einen guten Job, obwohl
die Chefredaktion mit den „Hitler-Tagebüchern" voll
ins Klo gegriffen hat und seitdem mit ihrem Ruf zu
kämpfen hat. Trotzdem: Müsstest du wählen, würdest

du sämtliche „Bravo"-Ausgaben und nicht den „Stern"
mit auf eine einsame Insel nehmen, denn die „Bravo"
zu lesen ist einfach unvergleichlich!
Du hast ja auch noch keine Ahnung davon, was
dein Alter Ego ein paar Jahrzehnte später mit mehr
als 50 Lenzen auf dem Buckel über dein liebstes Jugend-
magazin denken wird – und dass es sich sogar darüber
lustig machen wird!
Und was du ebenfalls noch nicht wissen kannst:
Dass der US-amerikanische Politiker Sean Spicer,
der eine Zeit lang Pressesprecher von Donald Trump,
45. Präsident der Vereinigten Staaten, gewesen
sein wird, im Jahr 2017 Folgendes über das Fake-
Geschwurbel seines Dienstherren sagen wird:
„Den Scheiß kannste dir nicht ausdenken!"
„Den Scheiß kannste dir nicht ausdenken!" – Mit
diesem Satz kanzelt dein alt gewordenes Alter Ego
im neuen Jahrtausend deine Verirrungen in den 80er-
Jahren ab.
„Modern Talking, ‚Maria Magdalena' und Boy George –
wer hat sich den ganzen Scheiß eigentlich ausgedacht?"
– Diesen Satz wirst du eines Tages selbst sagen, ob du es
nun glaubst oder nicht.
Und was wird dein altes Alter Ego in einigen
Jahrzehnten noch über dich als Teenager denken?
Dass du als junges Ding verdammt viel gemeinsam mit
den Kids hast, die im Jahr 2024 die Erde bevölkern.
Im Jahr 2024 „lesen" die Boys und Girls vor allem Tik-
tok, Instagram und Co. „Lesen" im Sinne von

„Angucken", denn viel zu lesen gibt es auf Social-Media-Plattformen nicht. Und vom Thema „Angucken" verstehst du als eingefleischter „Bravo"-Fan ja ebenfalls einiges.

Neu ist in den 20er-Jahren des neuen Jahrtausends auch, dass die Kids über Social Media in Echtzeit mit ihren Stars, also Influencern und sonstigen Teletubbies, Kontakt aufnehmen können, jedenfalls theoretisch betrachtet.

Kontaktanzeigen wiederum gibt es bereits in der guten alten „Bravo"-Ära.

Na gut, vielleicht klingen Anfragen wie „Flotte Biene gesucht" für alle Leute aus dem Jahr 2024 etwas altbacken – aber auch die haben mal klein angefangen. So wie du als Prilblumenkind der 80er. Du hast erst einmal Briefmarken gesammelt und dir in den Ferien ein paar Kröten bei VW am Band dazuverdient, bevor du nach Ibiza und Lloret de Mar gejettet bist.

Im Jahr 2024 werden die Kids lieber Warentester im Internet – auch nicht viel besser, oder?

Verbrieft und klar wie Kloßbrühe ist und bleibt allerdings folgender Fact: Das Selbst als PR-Nummer – das ist eindeutig eine Erfindung der 80er!

Und sonst? 1985 fällt dir beim Durchblättern deines Lieblingsmags noch nicht auf, dass man Augenkrebs vom „Bravo"-Satz, der schrillen Grafik und den krassen Neonfarben bekommen kann. Dein gealtertes Alter Ego ist im Jahr 2024 hingegen schlauer und fragt sich, ob „Bravo"-Lesen noch ungesünder als Rauchen ist:

Womöglich werden alle ehemaligen „Bravo"-Leser der 80er-Jahre krank, sobald sie in Rente gehen, und leiden dann plötzlich kollektiv an einer seltsamen Seuche namens „neonblind".

Fazit: Wenn du ehrlich bist, gibt es in der „Bravo" gar nicht soooo viel zu lesen. Im Zentrum steht eher das Dr.-Sommer-Studium und das Studieren der vielen Bilder. So gesehen hat deine Generation X verdammt viel mit jüngeren Semestern der Generation Y, Z und Alpha gemeinsam.

Und wer weiß – vielleicht ist die „Bravo" am Ende auch nicht viel mehr als der traurige Versuch, Instagram auszudrucken. So herum muss man es auch mal sehen, denkt dein Alter Ego im Jahr 2024 und schließt das „Bravo"-Kapitel endlich ab. Bravo!

DU – GEFANGEN ZWISCHEN „LINDENSTRASSE" UND „SCHWARZWALDKLINIK"

Wenn du in den 80ern Bock auf „Big Entertainment"
hast, gibt es für dich als Teenager exakt drei Möglichkeiten. Entweder ins Kino gehen, zweitens in die Röhre
gucken. Oder du setzt dich mit deinen Freundinnen vor
die italienische Eisdiele auf dem Marktplatz in eurer
Kleinstadt und ihr beobachtet, was vor eurer Nase
passiert. Euer amtliches Hobby heißt: Glotzen, bis der
Kaffee kalt wird und der Peso wieder besser steht.
Glotzen, bis die Schule endlich brennt.
Das ganz große Unterhaltungsprogramm wird dir und
deiner Peergroup vor der Eisdiele eures Vertrauens
eigentlich nie geboten, aber du hast die Hoffnung noch
nicht aufgegeben. Täglich kannst du dir den Spaß eh
nicht leisten – dafür fehlt dir das nötige Kleingeld.
Deine Eltern schnorrst du aber trotzdem nur in Ausnah-
mesituationen an, in Momenten, in denen es wirklich
um Leben und Tod geht und du UNBEDINGT zum
sechsten Mal mit deiner Cousine Elsbeth die Fortsetzung von „La Boum – Die Fete" im Kino sehen musst.
Meistens hast du mit dieser Masche allerdings keinen
Erfolg und schwenkst erschöpft auf die einfache
Variante um: Du guckst am Wochenende möglichst
nonstop in die Röhre – sofern die Luft gerade rein ist

und deine Alten nicht aus irgendeinem fadenscheinigen
Grund intervenieren, zum Beispiel weil gerade die
„Tagesschau" beginnt und dein Vater ein Rendezvous
mit der Moderatorin Dagmar Berghoff hat.
Fernsehen gucken zwischen 1980 und 1989 – das heißt,
dass es Streamingdienste zwar noch nicht gibt, aber
immerhin mehr als drei Programme, denn Mitte des
Jahrzehnts gehen die ersten privaten Sender an den
Start – RTL, Sat.1, ProSieben, RTL 2, Kabel 1 und Vox.
Du hast plötzlich die Qual der Wahl und musst dich
entscheiden zwischen dem NDR-Walross Antje und
dem „Glücksrad", was sehr schwierig ist. Doch so
aufregend wie eine 90er-Jahre-Soap à la „GZSZ" ist das
lineare Fernsehen der 80er noch lange nicht.
Meistens laufen die Vorbereitungen für ein perfektes
Pantoffelkino-Entertainment wie folgt ab: Ab 19 Uhr
werden die Fernsehapparate im ganzen Land ange-
schaltet – falls die „Sportschau" kommt, natürlich schon
früher. Vor allem am Wochenende ist die Vorfreude
auf einen berauschenden Abend mit bester TV-Unter-
haltung groß. Mutti hat extra einen Schnittchen-Teller
mit Wurst- und Käsestullen vorbereitet, der auf dem
Wohnzimmertisch steht, denn nebenbei darf am
Samstag ausnahmsweise einmal genascht werden.
Und darum gibt es zur Feier des Tages obendrauf ein
paar Erdnussflips.
Wegen akuter Krümelgefahr müssen die Kids – also du
und dein Vater – allerdings empfindlich darauf achten,
dass beim Mampfen nichts daneben geht, warnt Mutti

euch zwei vorausschauend. Am Ende liegt sie natürlich wie immer richtig mit ihrer weisen Prophezeiung: Einige Flips fallen auf den Boden und einige Brösel aufs Sofa. Damit Mutti nicht wütend wird und meckert, setzt Papa sich schnell auf die Brösel drauf und drückt sie in die Sofaritze. Mutti bekommt zum Glück nichts davon mit – sie ist gerade in die Küche gelaufen, um für Getränkenachschub zu sorgen. Alles ganz normal ...
Wenn es gut läuft, kommt „Wetten, dass..?" mit Thomas Gottschalk – das einzige Programm, auf das ihr euch alle einigen könnt. Wenn es noch besser läuft, haut Tommi richtig lustige Sprüche raus, präsentiert spannende Wetten und stellt tolle Gäste vor, zum Beispiel Brigitte Mira, Heinz Sielmann oder Helga Feddersen. Nicht zu vergessen: Steffi Graf oder Boris Becker! Wenn es nicht so gut läuft, müsst ihr euch mit Quizsendungen wie „Erkennen Sie die Melodie?", „Einer wird gewinnen" oder „Der große Preis" begnügen – nicht so prickelnd.
Und was läuft zur Krönung am Sonntagabend?

Tristesse total mit „Tatort"

... Richtig, „Tatort". „Tatort" gab es schon immer und wird es immer geben. Der Krimi im Ersten wird noch laufen, wenn eine KI namens Elon Murks die Menschen schon längst unterjocht hat, denn „Tatort" ist ein deutsches Nationalheiligtum – und ohne diese Sendung werden die Deutschen aufständisch. „Tatort" ist Pflicht und zeigt jedem Einzelnen in der Republik seine Möglichkeiten und Grenzen auf, bevor die Maloche am Montag wieder losgeht.

Die meisten „Tatort"-Kommissare sind folgerichtig Abbilder eines typischen Durchschnittsdeutschen: Sie sind unermüdlich im Einsatz und im Dienst der Aufklärung unterwegs. Sie nehmen eine Menge auf sich und hassen „Pfusch". Sie haben allerdings auch keinen gesteigerten Sinn für intelligenten Lebensgenuss. Anstelle von Heiterkeit herrscht chronisch schlechte Laune vor – totale Tristesse am Tatort gehört zum Standard. Falls einer der ständig getriebenen Ermittler zwischendurch doch einmal etwas Zeit hat, um sich zwischendurch kurz eine Currywurst reinzuschieben, steht er natürlich irgendwo draußen im Regen. Ein Bild, mit dem jeder Deutsche sich identifizieren kann: im Regen stehen. Schon wieder im Regen stehen.

Der Einzige, der in den 80ern komplett aus der Reihe tanzt, ist Schimanski. Das sympathische Raubein mit dem markanten Schnubbi über der Kauleiste sorgt erstmals 1981 für Flimmerkisten-Furore. Als unkonventioneller Haudrauf-Typ aus der schönen Ruhrpottstadt Duisburg schlägt er sich für deutsche Verhältnisse auf ungewöhnliche Weise als Kriminalhauptkommissar durch. Dafür erhält er Pluspunkte, zumal nicht wenige seiner Anhänger auch gern mal so draufkloppen möchten wie er, nämlich auf alles, was täglich nervt.

Schimanski macht als „Bulle vom Dienst" vor, wie es
geht: Als Ordnungshüter zeigt er physische Präsenz,
prügelt sich des Öfteren durchs Bild, trinkt gern mal
einen über den Durst und flucht wie ein Kesselflicker.
Schimanski macht das Wort „Scheiße" salonfähig, er ist
der Action-Held, nach dem die Deutschen sich immer
gesehnt haben. Currywurst gehört zu seinen
Grundnahrungsmitteln, aber auch Frauen.

Seinen Fans kommt er großzügig entgegen: Er schenkt
ihnen die „Schimanski"-Jacke, eine wetterfeste Out-
door-Joppe für jede Gelegenheit – eigens nach ihm
benannt, ein stylishes Teil in Steingrau für den saloppen
Mann von Welt, wind- und wasserabweisend, mit großen aufgesetzten Pattentaschen, Messingreißverschluss,
Schulterklappen, hochstellbarem Kragen, Klettverschluss und einem Kordelzug an der Taille. Geiles Teil!

Schimanski, Vorname Horst, schreibt „Tatort"-Ge-
schichte – und nach ihm ist nichts mehr wie zuvor. So
einen Ermittler kannte man bis dahin nicht in Deutschland. Als Erik Ode Ende der 60er-Jahre die Titelrolle in
„Der Kommissar" spielte, war die Welt noch gesittet.
Ode war ein Mann der alten Schule mit Charme und
Grandezza. Er löste fast jeden Fall, obwohl er – wie für
die Nachkriegsgeneration üblich – sehr viel rauchte und
trank. Persönliche Probleme hingegen gab es bei einem
wie ihm natürlich nicht. Kummer und Sorgen? Nee, nie!

Und auf einmal das: Mit dem ruppigen Schimanski
dreht sich der Wind. Alle Fahnder nach ihm haben nur
eine Chance, gegen diesen Haudegen anzustinken:

Sie müssen *noch* neurotischer und frustrierter agieren als er. In späteren „Tatort"-Jahren wird dann ein Zoom auf das ausdruckslose Gesicht von Charlotte Lindholm alias Maria Furtwängler reichen, um auch als Zuschauer an depressiver Verstimmtheit zu erkranken.

So weit bist du in den 80ern noch nicht, denn Lindholm ist eine Erfindung der Zukunft. Trotzdem spürst du bereits als Teenager ein Unbehagen, sobald die „Tatort"-Titelmelodie am Sonntagabend erklingt. Als Greenhorn bist du leider nicht in der Lage, dich von dem toxischen Sog zu lösen, den das ganze Gewese und die Aufregung um diese dusselige Sendung erzeugt.

Erst als junge Frau wirst du dich gänzlich von dieser Serie loseisen und dich für ein autonomes Leben ohne „Tatort"-Gruppendruck und -Guck-Zwang entscheiden. Soll die Menschheit deinetwegen gerne sämtliche „Tatort"-Folgen als „Weltkulturerbe" ins All schießen – du machst bei diesem Irrsinn nicht mit ... Oder sollen die Aliens dich etwa für einen Freak halten?

Hättest du die Macht dazu, würdest du deiner Familie das „Tatort"-Gucken verbieten und stattdessen „Columbo" zum Pflichtprogramm erheben: Den ulkigen Kriminalinspektor von der Mordkommission des L. A. Police Departments findest du zum Knuddeln. Vor allem, sobald er einen Bösewicht kurz vor der Auflösung eines Falls keck und mit blitzenden Augen anschaut, um ihn anschließend nonchalant zu entlarven und hochzunehmen ... Zu schade, dass die Filme mit ihm erst beginnen, wenn du ins Bett musst.

Lustige Abenteuer mit Maja und Hannilein

Was das In-die-Röhre-Gucken angeht, unterscheidest du zwischen einer Früh- und einer Spätphase. In der Frühphase, die bis 1986 dauert, bist du noch restlos begeistert von der Erfindung des Fernsehens und seinem Programm. In dieser Zeit schlummern in dir noch viele kindliche Anteile, die versorgt werden wollen. Und so schaust du mit großem Vergnügen Formate, für die du eigentlich schon zu alt bist – Formate für kleine Fleckenzwerge.

Dazu zählt die Trickfilmserie „Die Biene Maja", die im ZDF erstmals 1976 zu sehen ist und dich komplett vom Hocker haut, weil Maja quasi ein naturgetreues Abbild deines inneren Sonnenkindes ist, nur eben in Form einer Biene. Als echte Wuchtbrumme ist Maja offenherzig, neugierig, abenteuerlustig und aufmüpfig. Kein noch so strenges Gesetz ist für sie in Stein gemeißelt. Sie hinterfragt alles und flieht aus der Enge ihres Bienenstocks. Grashüpfer Flip und der etwas begriffsstutzige Bienenjunge Willi („Maja, flieg nicht so schnell!") folgen ihr. Und zusammen erleben die drei lustige Abenteuer mit schrägen Gestalten wie Peppi, dem Rosenkäfer, Puck, der Stubenfliege, Thekla, der Kreuzspinne, und Oberst Paul Emsig, Chef der Ameisen-Soldatentruppe.

„Echt jetzt, ein sprechendes Insekt?" – Nicht alle Erwachsenen können deine kindliche Begeisterung für Maja begreifen und gucken dumm aus der Wäsche, wenn du laut mitsingst, sobald die Titelmelodie, präsentiert von Karel Gott, erklingt. Du kannst umgekehrt einen Erwachsenen nicht ernstnehmen, der den Zauber von übermenschlichen Figuren wie Maja und ihrer Schwester im Geiste, Pippi Langstrumpf, nicht erkennt. Denn es liegt doch auf der Hand, warum die beiden die Größten sind: Sie machen die Welt mit ihrem Charme zu einem besseren Ort – und mehr geht ja nun wirklich nicht!

Ähnlich wohlige Gefühle erzeugen in dir Serien wie „Luzie, der Schrecken der Straße" und Quizshows für Kinder wie „1, 2 oder 3", „Löwenzahn" und „Dingsda" mit tollen Talkmastern und Erklärbären wie Michael Schanze, Peter Lustig und Fritz Egner.

Fester Bestandteil deiner Sehgewohnheiten ist in den Sommermonaten ab 1980 an erster Stelle das Ferienprogramm mit dem Schlagersänger Benny und der schlagfertigen und hübschen Anke Engelke. Anke ist bloß fünf Jahre älter als du, sie ist aber bereits Moderatorin und interviewt in ihrer kecken Art interessante Gäste wie den Flugkapitän Hermann Terjung oder einen Computerfreak namens Herr Günther. Anke kann einfach alles und stand sogar schon als Sängerin auf der Bühne, zum Beispiel mit Udo Jürgens. Zusammen mit anderen Teens hat sie außerdem „Das Lied von Manuel" eingespielt, einen Song, den du 1979 hoch und runter gehört hast. Und wenn Anke einmal nicht am Mikrofon steht, laufen von montags bis freitags im zweistündigen Ferienprogramm fantastische Filme wie „Boomer, der

Streuner", „Die Bären sind los", „Flipper", „Sindbad",
„Calimero", „Pinocchio", „Die kleinen Strolche",
„Lassie", „Manni, der Libero", „Ferien auf Saltkrokan",
die „Muppet Show" oder die amerikanische Tierfilm-
serie „Daktari" mit dem schielenden Löwen Clarence
und der Schimpansin Judy: absolut sagenhaft!
Getoppt wird das Programm nur noch von der Zeichen-
trickserie „Es war einmal … der Mensch". Sofern du im
Alter von etwa zehn Jahren aufwärts nicht gerade
damit beschäftigt bist, Comics zu lesen oder in deinem
Forscherlabor (Kinderzimmer) Ideen für Dinge
auszutüfteln, die es noch nicht gibt, wie etwa „den
Stuhl ohne Beine", schaust du gebannt „Es war einmal
… der Mensch".
Im Vorspann der Reihe wird im Zeitraffer die
Geschichte der Menschheit erzählt: Eben liefen deine
Vorfahren noch als behaarte Halbaffen mit Keulen
durch die Pampa. Und auf einmal sitzen sie in einer
Mondrakete, während Udo Jürgens dazu singt.
Donnerschlag, was für ein Fortschritt! Erst war da
lange (gar) nichts. Und auf den letzten 50 Metern haben
deine Ahnen so richtig Gas gegeben und sich selbst ins
Weltall katapultiert: der helle Wahnsinn!
Nicht nur das Staunen gehört zu deinen Lieblingsbe-
schäftigungen, auch lachen möchtest du möglichst
täglich und ununterbrochen. Und darum schaust du in
den 80ern generell sehr gerne Musik-Comedy-Shows,
die wie Pilze aus dem Boden schießen. Mit „Klimbim"-
Sketchen und dem Slapstick von Didi Hallervorden und

seiner Sendung „Nonstop Nonsens" bist du in den 70ern aufgewachsen. Diese Formate werden jetzt von Ulk-Revues abgelöst, die noch witziger sind – zum Beispiel von „Rudis Tagesshow" mit Rudi Carrell. Oder von „Sketchup" mit Dieter Krebs und Beatrice Richter. Oder von „Bananas" mit der schönen Olivia Pascal und dem Spaßmacher Frank Zander. Und – noch besser! – von „Känguru" mit dem blutjungen Hape Kerkeling, der während der Show in verschiedene Rollen schlüpft und sich in den vorlauten Bengel Hannilein oder in den einfältigen Siggi Schwäbli verwandelt.
Als Moderator sieht Hape mit seiner feschen New-Wave-Frise und Kajal um die Augen nicht nur verdammt süß aus, er hat auch einen umwerfenden Humor. Deshalb bist du dir sicher: Sobald du 18 bist, willst du ihn kennenlernen und heiraten – ihr seid das ideale Paar und wie füreinander geschaffen. So viel ist klar.

Hau-drauf-TV mit „Shogun" und Co.

Auch Hau-drauf-Fernsehen mit einer gehörigen Portion Romantik gefällt dir gut. 1979 schaust du mit Begeisterung „Sandokan – Der Tiger von Malaysia" und verknallst dich spontan in den glutäugigen Sandokan, der als Pirat gegen die Briten kämpft, der echte Tiger bändigen kann und – anders als Hape – mit dem Auf-

tragen von Kajal nicht zimperlich umgeht. Sandokan ist
im Grunde genommen eine Frühversion von Johnny
Depp als Jack Sparrow in „Fluch der Karibik". Er liebt
leidenschaftlich Marianna, die Nichte von Lord
Guillonk. Mehrmals läuft Sandokan deshalb Gefahr,
von den Briten gestellt zu werden.
Eines Tages entführt er seine Marianna auf ihren
eigenen Wunsch hin. Die beiden heiraten und leben
glücklich zusammen … Und wenn du könntest,
würdest du es Marianna gleichtun und mit Sandokan
in den Dschungel ziehen, sofort!
Aber bereits ein Jahr später, 1980, vergisst du den
schönen Piraten wieder, denn ein anderer Mann tritt in
dein Leben: Shogun! Zusammen mit Richard Chamber-
lain, der in der gleichnamigen TV-Serie die Hauptrolle
des englischen Offiziers John Blackthorne spielt, ziehst
du jetzt (in deinen Träumen) von Indien in das Japan
des 17. Jahrhunderts. Im Land der aufgehenden Sonne
wird Blackthorne bei einem Schiffunglück an die Küste
gespült. Er verliebt sich in seine Übersetzerin, die ver-
heiratete Mariko, und wird später vom Kaiser zum
Shogun ernannt: furchtbar aufregend!
Viel Schmalz und ein bisschen Action – Filme wie „Shogun" sind ganz nach deinem Geschmack. Nur sobald
echte Kung-Fu-Streifen über die Mattscheibe flimmern,
stellst du den Apparat aus. Bruce Lee hat zwar krasse
Bizeps, Trizeps und Trapezmuskeln, aber er guckt
immer so griesgrämig aus der Wäsche und hält ständig
seine geballte Faust in die Kamera. Außerdem scheint

er überhaupt keinen Humor zu haben – und erst recht keine romantische Ader. Da kann Carl Douglas noch so oft „Kung Fu Fighting" singen – auch mit diesem Hit kann man dir Bruce Lee nicht schmackhaft machen!

Tiere im Fernsehen

Großartig findest du außerdem Tierdokus aller Art – beispielsweise „Expeditionen ins Tierreich" mit Heinz Sielmann. Oder „Tiere vor der Kamera" mit Bernhard Grzimek und „Unsere Welt ist schön" mit Horst Stern. Wenn es wieder einmal besonders schlecht läuft und du mit einer Fünf in Mathe nach Hause kommst, pfefferst du deine Sachen nach der Schule in die Ecke und möchtest so schnell wie möglich Tierfilme schauen, denn die entspannen dich und beruhigen die Nerven. Prinzipiell gibt es für dich nichts Meditativeres, als bräsig auf dem Sofa abzuhängen und den possierlichen Viechern dabei zuzusehen, wie sie alltägliche Dinge verrichten und das tun, was auch Menschen gerne machen ... Fressen. Schlafen. Poppen. Raufen. Einfach leben. Ommm ... Während die Braunbären ein paar Lachse schlagen, schlabberst du nebenbei ein Langnese-Eis und vergisst den sauren Regen für ein paar Stunden. Es ist ja auch zu putzig, was für lustige Vögel die Evolution hervorgebracht hat – ganz abgesehen vom Homo sapiens. Du chillst, denkst nicht mehr über deinen blöden Lehrer nach und verfolgst gebannt die Wanderung einer Karibuherde durch die arktische Tundra. Dank moderner Filmtechnik ist es möglich, fantastische Aufnahmen von verspielten Eisbären zu sehen oder den Biss eines frechen Gepards, der seine Reißzähne nach erfolgreicher Jagd in den Hals einer zierlichen Antilope schlägt. Ein Wahnsinn – diese Naturbilder aus dem Garten Eden! In Tierfilmen ist immer was los, und nur die Mattscheibe trennt dich vom endlosen Horizont in der Kalahari. Du beobachtest, wie eine Goldene Radspinne einen Abhang runterrollt, lustig! In der Wüste herrscht mächtig Verkehr an einem Wasserloch, dort scharen sich die Massen wie bei einem Fußballfest. Bei den Mandrillaffen gewinnt der bessere Poser: Nach dem Kräftemessen steigt der Testosteronspiegel des Siegers so sehr an, dass seine Nase tiefrot leuchtet und sein Hinterteil in violetter Pracht erstrahlt: Der schönste Arsch zieht die meisten Weiber an – das kennst du bereits aus der Schule!

Des Nachts tut sich ein Spitzmaulnashornbulle beim Liebesakt schwer. Ihm gelingt es nicht, das auserkorene Weibchen zu besteigen, das sich schroff abwendet und schlafend stellt. Auch solche Geschichten soll es in deinem privaten Umfeld geben ... Und auch der Kampf zwischen dem alten und dem jungen Giraffenbullen um ein Stück Revier erinnert dich massiv an lumpige Alltagssituationen: Für eine Handvoll grüner Blätter bringen die Viecher sich gegenseitig um – das kommt in den besten Familien vor.

Draußen in der Wildnis in der Haut eines Tieres zu stecken – das möchtest du aber trotzdem nicht. Heinz Sielmann und Bernhard Grzimek erklären schließlich ein ums andere Mal, wie gefährlich das sein kann.

Und auf Dauer würde dir da draußen auch der Humor fehlen: Mal angenommen, du wärst ein Affe mit dicker Penisnase im Gesicht, dann könntest du noch nicht mal über dich selbst lachen, einfach deshalb nicht, weil dir nun mal das Bewusstsein dafür fehlen würde, wie komisch du mit deiner Penisnase aussiehst – und das wäre doch irgendwie total traurig.

Müsstest du den Rest des Lebens auf einer einsamen Insel verbringen und dürftest nur einen einzigen Film als VHS-Kassette mitnehmen, würdest du dich für „Die Wüste lebt" entscheiden – den besten Streifen, den du in der Kategorie „Naturdoku" jemals gesehen hast. Entfernt erinnert dich das bunte Treiben der Tiere – vor allem das der Affen – an dein eigenes Schicksal, doch warum, das weißt du nicht so genau.

Anderen Primaten bei ihren putzigen Aktivitäten zuzuschauen, ist wohl generell eine gute Ausbildung fürs Leben, vermutest du. Denn aus der Dummheit der anderen lässt sich immer etwas lernen, sofern man genau hinsieht. Dies ist auch der Grund dafür, warum du als Pubertier irgendwann auf den Trichter kommst, regelmäßig Talkshows zu schauen ...

Menschen vor der Kamera

Wer meint, dass alle Dämme des guten Geschmacks erst
in den 90er-Jahren brechen – und zwar mit unerhörten
Entkleidungstänzen vermeintlich normaler Leute, die
sich bei Hans Meiser, Arabella Kiesbauer und Bärbel
Schäfer zu TV-Horsts der Nation machen, der kennt die
munteren Quasselkreise nicht, die in den 80ern im
dritten Programm laufen, zum Beispiel die „NDR Talk
Show" und „3 nach 9" mit legendären Moderatorinnen
und Moderatoren wie Wolfgang Menge, Hermann
Schreiber, Wolf Schneider, Alida Gundlach, Giovanni di
Lorenzo, Lea Rosh, Jobst Plog, Dagobert Lindlau,
Günther Nenning, Margarethe Schreinemakers, Carlo
von Tiedemann und weiteren Koryphäen der relaxten
Fernsehunterhaltung.
Das Tolle an den abendlichen Diskussionsrunden ist
nicht nur der narzisstische Mehrwert, den du daraus
ziehst – du erzählst deinen Freunden nämlich, dass
du die Sendungen so gerne „wegen intellektueller
Weiterbildung" schaust. Tatsächlich ist es aber weniger
dein Bildungshunger, der dich antreibt, sämtliche Talkshows bis Mitternacht durchzusuchten.
Nö, vielmehr ist es deine entfesselte Gier nach Klatsch
und Tratsch, die du stillen willst. Denn: Es gibt ja in
diesen Tagen noch nicht das riesige digitale Zerstreu-
ungs-Entertainment mit Apps wie Tiktok und Co, mit
dem man sich als Heranwachsende vom Unbill des

Lebens ablenken kann. Es gibt nur die „Bravo" und ein
paar TV-Sender. Punkt. Und das war's auch schon wieder.

„Explosiv – Der heiße Stuhl" mit Ulrich Meyer startet
erst 1989 – Mitte der 80er hingegen sieht die TV-Land-
schaft in Deutschland in Sachen „Seelenstriptease" noch
total grau aus. Die britischen Royals ziehen erst in den
90er-Jahren mit Tampon-Skandalen etc. blank.

Und da sie es sind, die das Taktgefühl im zwischen-
menschlichen Sektor vorgeben, wird auch in normalen
Haushalten der meiste Dreck noch ganz bieder unter
den Teppich gekehrt.

An heiße Gossip-Ware ist nur schwer ranzukommen –
meistens bist du gefangen zwischen Ekel Alfred und
dem „Internationalen Frühschoppen" mit Werner Höfer
und anderen alten weißen Männern, die im Fernsehen
viel rauchen, trinken und so lange miteinander diskutie-
ren, bis der Letzte umkippt. Du bist gefangen zwischen
„Ehen vor Gericht" und „Familie intakt", zwischen
dem „Gottesdienst im ZDF" und der „Hobbythek". Und
gefangen zwischen „Kennzeichen D", „Bonn
direkt" und der Sendung „Du und Dein Haustier" ...
Nein, es ist nicht alles Gold, was da glänzt, schon gar
nicht im Pantoffelkino der 80er. Und darum freust du
dich über jede Abweichung von der Regel, die dir in
den Talkshows geboten wird. Freilich nicht in jeder
Sendung, auch hier musst du dich größtenteils mit spär-
lichen Häppchen begnügen. Aber wenn dann echt mal
etwas Verrücktes passiert und ein Gast so richtig aus

der Reihe tanzt, steht die TV-Nation wach im Sessel.
Als eine der großen Sternstunden der Heiterkeit
verzeichnest du 1984 den Auftritt der Feministin und
Autorin Gerlinde Schilcher in „3 nach 9". In der
Talkrunde mit ihr geht es um brisanten Stoff: um
Prostitution und Menschenhandel. Zu Gast sind auch
der Bordellchef Karl-Heinz Germersdorf aus Hannover,
seine dritte Ehefrau, eine Thailänderin, und ein Rechts-
anwalt, der die dunklen Machenschaften des Bordell-
chefs verteidigt und sich eine Redeschlacht mit der
SPD-Politikerin Herta Däubler-Gmelin liefert, die sich
wiederum übelste sexistische Beleidigungen von einem
Heiratsvermittler anhören muss ...
Gerlinde Schilcher bekommt während dieser Diskussi-
on offensichtlich Schnappatmung – du siehst ihr an,
dass ihr die Düse geht und sie gleich platzen wird.
„Mir ist schlecht", sagt sie schließlich, sie könne die
Lügen der Männer nicht länger ertragen.
Als der Bordellchef sie daraufhin eine „Träne" nennt,
steht sie wutentbrannt auf und kippt ihm ein Glas Wein
in den Nacken. Großes Kino für Flimmerkisten-Verhält-
nisse, findest du!
Dass der Auftritt der Frauenrechtlerin eines Tages –
nämlich kurz nach der Wende – noch einmal getoppt
werden wird, das kannst du Mitte der 80er noch nicht
ahnen: 1992 gerät die Abtreibungsgegnerin Karin Struck
in der „NDR Talk Show" in einen Streit mit Angela
Merkel, Bundesministerin für Frauen und Jugend.
Als der Moderator Wolf Schneider schlichten will, rastet

Karin Struck plötzlich komplett aus. Sie schreit laut
rum, steht auf, schiebt ihren Rock vor den Augen aller
und der schockierten Angela Merkel nach oben, reißt
sich das Mikro vom Kleid, schleudert es in die Menge –
und danach noch ein Glas Rotwein hinterher, bevor sie
abdampft und das Studio verlässt. Krass, da steht
nicht nur dein Mund offen, auch die Talkgäste gucken
ziemlich verdattert aus der Wäsche.
Zugegeben, am spannendsten sind Sendungen, in
denen es „körperlich" so richtig zur Sache geht und
auch Dinge unterhalb der Gürtellinie behandelt werden.
Legendär ist etwa ein Auftritt von Klaus Kinski, der die
NDR-Moderatorin Alida Gundlach 1985 fortwährend
nach ihrer Unterwäsche fragt. Der Skandalschauspieler
läuft seit den späten 70ern in allen Talkshow-Formaten
zur Höchstform auf und avanciert mit seinen
Ausrastern zum „King of Zankapfel".
Nicht nur der Regisseur Werner Herzog leidet
unter Kinskis Tobsucht, sondern auch die meisten
Journalisten. Einige reagieren mit Unterwürfigkeit auf
seine Wutausbrüche, was den Irren vom Dienst noch
mehr anstachelt.
Sein Schimpfwörter-Arsenal ist zwar nicht facettenreich,
dafür aber unerschöpflich und gepfeffert: Du dumme
Sau! Fuck you! Leck mich doch am Arsch! Merde!
Scheißgesindel! Cretin! Fresse! Diesen Schwachsinn
kann sich kein Mensch anhören! Mach doch deinen
Scheiß allein! So poltert Kinski ein ums andere Mal los.
Alida Gundlach gegenüber ist er vordergründig hand-

zahm, wirkt aber extrem abstrus. Ständig rollt er mit seinen Riesenaugen, fasst sich ans schlohweiße Haupthaar, macht obszöne Zungenbewegungen, gestikuliert wild und rudert mit den Armen. Obwohl der geifernde Streithammel ein Härtefall ist und er Alida Gundlach permanent sexistisch beleidigt, bleibt die Moderatorin cool und hält sich mit witzigen Sprüchen („Sie scheinen heute ein Frisurenproblem zu haben!") wacker. Trotzdem – und das ist heftig – kapituliert sie am Ende und lässt Kinski einfach wirres Zeug reden. Gegen diesen Typen ist einfach kein Kraut gewachsen!

Über das Seifenoper-Grauen im Glottertal, Horror in der „Lindenstraße" – und Dracula

Nicht nur gegen einen Brüllaffen wie Klaus Kinski ist kein Kraut gewachsen. Auch gegen den Horror, der in den 80er-Jahren im Fernsehen läuft – allen voran „Die Schwarzwaldklinik" und die „Lindenstraße" –, kann kein Gewächs anstinken. Die Seifenoper aus dem Glottertal mit Professor Klaus Brinkmann und seinem Krankenhaus-Clan einerseits und die Schauer-Soap aus dem Münchener Panikhaus des Schreckens, in dem Familie Beimer ihr Unwesen treibt: Beide Serien haben gleich mehrere Generationen komplex traumatisiert – und zwar mit miefig-piefigen Gruselgeschichten aus dem Herzen des deutschen Spießertums.

Auch du bist unter den Opfern. Das Grauen, das die anschwellende „Lindenstraße"-Melodie sonntags pünktlich ab 18.50 Uhr in dir erzeugt, und die depressiven und problembeladenen Szenen, die danach folgen, lösen einen unkontrollierbaren Würgereflex in dir aus. – Nein, diesen Shit kannst du dir kaum ansehen, dein Leben ist nicht nur zu kurz dafür, es ist auch zu „problembeladen", um es mit noch mehr zwischenmenschlichem Ballast, krassen Ehe- oder Pubertätskomplikationen etc. zu belasten.

Noch schlimmer ist „Die Schwarzwaldklinik". Auf den ersten Blick wirkt die Produktion von Wolfgang Rademann modern und aufgeklärt. Bei näherer Betrachtung entpuppt sie sich aber als absolut hinterwäldlerisch, denn sie ist nicht mehr als die Fortsetzung eines verkitschten Groschenromans für romantisch veranlagte Leute, die die Welt am liebsten aus der rosaroten Perspektive betrachten, also für Frauen über 50, findest du. Das ist auch der Grund dafür, weshalb ein Mann die Hauptrolle in diesem Vorabend-Herz-Schmerz-Streifen spielt: Klausjürgen Wussow übernimmt den Part des fürsorglichen Halbgottes in Weiß und mimt den edlen Prof. Dr. Klaus Brinkmann, Chefarzt der Schwarzwaldklinik im schönen Glottertal, der immer ein offenes Ohr für seine Patientinnen und Patienten und deren Nöte hat. Sobald ein neuer Notfall in die Schwarzwaldklinik eingeliefert wird, ist der Professor zur Stelle – sogar, wenn es sich dabei um einen „Frauenmörder mit Darmgeschwür" handelt: „Der Mann wird bis zur Operation

unter ständiger Bewachung stehen – er ist ein Mörder",
gibt Brinkmann in so einem Moment moderierend und
gleichmütig zu Protokoll. Und seine größtenteils weiblichen Untergebenen stehen stramm, denn sie lieben
ihren Halbgott in Weiß und wissen, wie kompetent und
gerecht er sich in jeder Sekunde seines Daseins verhält.
Folgerichtig verknallt die Krankenschwester Christa
Mehnert (Gaby Dohm) sich in den Doktor – und nicht
etwa in seinen attraktiven Sohn Udo (Sascha Hehn),
der Christa ebenfalls hart anflirtet, aber keine Chancen
bei ihr hat, obwohl er alle Register zieht, die einem
jungen Don Juan wie ihm zur Verfügung stehen.
Im weiteren Verlauf der Vorabendserie verwandelt Udo
sich natürlich irgendwann von einem gewissenlosen
Frauenhelden in einen treusorgenden Familienvater –
klar, so eine Wendung vom Saulus zum Paulus ist für
jeden nachvollziehbar!
Christa und Prof. Dr. Klaus Brinkmann wiederum
werden ein Paar und erleiden einige Schicksalsschläge,
aus denen sie freilich gestärkt hervorgehen. Dazu zählt
etwa Brinkmanns schwerer Herzinfarkt gegen
Ende der ersten Staffel, den der Arzt nach längerer
Rekonvaleszenzzeit selbstredend komplett genesen
übersteht … Fazit: Schmonzetten-Alarm auf ganzer
Linie, angefangen von der ersten Einstellung bis zur
behäbigen und tröteligen Titelmelodie.
Es ist einerlei, ob nun gerade die inhaftierten
Mietskasernen-Insassen aus der „Lindenstraße" –
Helga Beimer, Else Kling, Vasily Sarikakis, Anna Zieg-

ler, Carsten Flöter und Konsorten – im Anmarsch sind oder Prof. Dr. Klaus Brinkmann mit seiner Mischpoke, für einen Teenager wie dich ist dieses Schauerkabinett kaum zu toppen.

Nur mit wirklich harten Bandagen gelingt es schließlich einem Einzigen, dich noch mehr aus der Façon zu bringen als diese gruseligen Gestalten, und sein Name ist: Dracula. Genauer gesagt: Christopher Lee in seiner allerbesten und lebensnahen Rolle als untoter und blutrünstiger Vampir.

Die Hammer-Film-Studios sind schuld daran, dass du – wie die meisten anderen Kids deiner Generation – an einem inoperablen Vampir-Trauma leidest, das erst im späten Erwachsenenalter vollständig ausheilen wird. Die gleichnamige britische Produktionsfirma Hammer mit Sitz in London hat sich bereits in den düsteren 30er-Jahren auf Genres wie Horror und Thriller spezialisiert und schickt seitdem Darsteller wie Bela Lugosi vor die Kamera, um der Welt das Fürchten zu lehren – und zwar mit Monstern aus einer anderen Welt. Dazu zählen Halbtote und/oder mühselig Zusammengeflickte wie Frankenstein, Mr. Hyde, Mumien, Yetis, Zombies, Werwölfe, Aliens, Bestien, Freaks, Dämonen, Hexen, Maskenmänner, Geister, Gespenster und Teufelsanbeter, aber auch wahnsinnige Mönche, mörderische Piraten und der Satan höchstpersönlich: **DRACULA!** All diese Creeps jagen dir eine Heidenangst ein, sobald sie aus ihren Gräbern und Löchern kriechen und der Fernsehapparat zufällig noch an ist. Aber nur Dracula –

also Christopher Lee mit seinen spitzen, langen Zähnen und seinen weit aufgerissenen und blutunterlaufenen Augen – hat dir eine Angstneurose eingebrockt. Seit du ihn das erste Mal als blutige Dracula-Anfängerin im Alter von zehn Jahren unverhofft auf der Mattscheibe erblickt hast, ist nichts mehr wie zuvor. Denn seitdem bedeckst du des Nachts deinen Hals – und ziehst dir auch bei hochsommerlichen Temperaturen die Bettdecke bis über beide Ohren. Außerdem prüfst du täglich sorgsam vor dem Schlafengehen, ob Dracula sich eventuell in deinem Bettkasten versteckt hat. Oder im Schrank. Oder unter dem Sofa. Oder hinter der Tür! Diese Zubettgeh-Routine pflegst du auch noch im Alter von 13 Jahren – ein Geheimnis, das du niemandem verraten kannst, noch nicht einmal deiner besten Freundin Petra. Teil deiner Angstneurose ist überdies eine ausgewachsene Kistenphobie, die dich plagt, seit du erstmals mit ansehen musstest, wie Dracula aus seinem Sarg steigt. Darum gehst du nicht mehr allein in den Keller, denn dort unten stehen diverse Kisten, die dich an sein Totenbett erinnern. Zwar sind die Behältnisse viel kleiner als Draculas aufklappbare Schlafbox, aber unheimlich sind sie dir trotzdem. Wer weiß schon, wozu der alte Blutsauger fähig ist? Womöglich kann er sich ganz kleinmachen – so wie ein Geist in der Flasche! Im Übrigen wagst du dich im Dunklen auch nicht mehr an der „Truhe des Schreckens" vorbei – der verschlossenen Edelholzkiste mit großem Deckel in eurem Flur, in der seit deiner Konfirmation deine „Aussteuer"

aufbewahrt wird. „Aussteuer" – das bedeutet nicht
etwa, dass darin wertvolle Goldtaler lagern, sondern
altmodische Tischdecken und Bezüge, die du später,
sobald du volljährig und „unter der Haube" bist,
bekommen sollst. Du bist dir aber sicher: In diesem
Behältnis schlummert das Böse! Dracula lebt darin.
Und darum wirst du die Truhe eines Tages ungeöffnet
auf dem Scheiterhaufen – also auf dem Misthaufen
vor eurer Tür – entsorgen und verbrennen ... Und zwar
zusammen mit deiner Aussteuer!

Es muss nicht erwähnt werden, dass du auch brenzlige
Situationen in der Dämmerung meidest, die dich direkt
in die Hände des bestialischen Pfählers treiben könnten.
Das heißt: Wenn dein Vater von dir verlangt, nach
Einbruch der Dunkelheit den Müll nach draußen zu
bringen, verweigerst du den Dienst. Und wenn du
nachts mal pinkeln musst, bleibst du lieber wach, bis
die ersten Sonnenstrahlen dir ein Gefühl von Schutz
vermitteln: Lieber auf Nummer sicher gehen, sonst
rammt Dracula dir in einem unbedachten Moment doch
noch seine Reißzähne in den Hals!

Du bist der Meinung: Knoblauch ist nicht nur gesund,
sondern auch gut gegen Vampire. Also isst du so oft
wie möglich Unmengen an Tsatsiki beim Griechen.
Lieber aus allen Poren stinken als dem Bösen ein Ein-
fallstor zum Angriff bieten.

Schlimm ist nicht nur, was so ein Blutsauger anrichten
kann, schlimm ist auch, dass du als Teenager ganz
allein auf der Welt bist mit deiner kindlichen Angst

vorm Vampir und dich nicht mitteilen kannst: Papa,
Mama, Petra oder deine Cousine Irmgard – sie alle
würden dich laut auslachen, wenn du ihnen erzählst,
dass du dich vor Truhen und Kisten fürchtest. Dracula-
Selbsthilfegruppen existieren Anfang der 80er-Jahre
fatalerweise auch noch nicht, und deshalb versuchst du,
dein Trauma möglichst still zu verarbeiten.
Verhindert werden konnte es leider sowieso nicht –
denn Helikopter-Eltern gibt es weit und breit noch
nicht. Im Gegenteil: Deine alten Herrschaften – und
dafür liebst du sie ja auch – lassen dir alle Freiheiten
der Welt, kontrollieren also auch nicht deinen Fernsehkonsum.
Und darum lief halt eines Abends Christopher Lee
als Dracula über den Bildschirm – und, logisch, du
konntest deinen Blick nicht von ihm abwenden und bist
zur Salzsäule erstarrt, als er seine Hammerzähne in den
jungfräulichen Hals eines Londoner Minimädchens
schlug!
Oh-Gott-oh-Gott-oh-Gott, zum Glück gibt es Van
Helsing, den tapferen Vampirjäger, oft gespielt von
Peter Cushing, der den bösen Grafen am Ende meistens
zur Strecke bringt. Van Helsing ist dein einziger Licht-
blick in dieser dunklen Zeit, in der ständig englische
70er-Jahre-Hammer-Movies im deutschen Fernsehen
laufen, obwohl die Hochzeit des Unternehmens längst
vorbei ist und Filme wie „Der Fluch von Siniestro“ und
„Dracula jagt Minimädchen“ bereits viele Jahre auf
dem Buckel haben. Was diese Schrecken bewirkenden

Produktionen in 11- oder 12-Jährigen Girls und Boys deiner Generation auslösen, wird im neuen Jahrtausend immer noch nicht ausreichend erforscht sein – bedauerlicherweise!

Bemerkenswert ist allerdings, dass du deine pubertäre Dracula-Phobie in späteren Jahren abstreifst wie einen alten Hut und deine einstige Angst sich in Lust und Nostalgie verwandelt: Als 32-Jährige denkst du eines Tages plötzlich verklärt an deine Kinder- und Teenagerjahre zurück. Auch an dein frühes Trauma, das du nun nachträglich abfeierst: mit einer stattlichen Hammer-Movies-DVD-Sammlung. Dein Ü30-Ich verwandelt sich – womöglich ausgelöst durch einen unbemerkten Insektenbiss – auf einmal in eine leidenschaftliche „Vampiristin". Das einstige Entsetzen weicht einem prickelnden Genuss – als Erwachsene liebst du Horrorfilme der 60er-, 70er- und 80er-Jahre und fürchtest dich nicht mehr vor untoten Flattermännern. Im Gegenteil, dein Ü30-Alter-Ego verteidigt Christopher Lee als „Vampir der alten Schule" sogar und sagt Sätze wie die folgenden: *Niemand geisterte jemals wieder so entsetzenerregend durch die Kulisse eines verrotteten Schlosses! Niemand erhob sich je wieder mit so viel Grandezza wie er aus einem quietschenden Sarg in einer vermoderten Gruft! Niemand wandelte nachts je wieder so angsteinflößend wie er über einen nebelverhangenen Friedhof! Niemand jagte seine Opfer je wieder so wie er mit der Würde des bösen Bestienmannes – Lee ist der beste Dracula-Darsteller ever!* Dein Ü40-Alter-Ego setzt in den Zehnerjahren des neuen Jahrtausends noch einen drauf: Es kann Teenie-Serien wie „Vampire Diaries" nicht ernstnehmen und macht sich lustig über „weichgespülte Blutsauger" à la Robert Pattinson, die nicht angsteinflößend wirken, sondern so verführerisch wie Märchenprinzen und gut erzogene Popstars mit glitzernden Wangen.

Dein Ü40-Alter-Ego will sich partout nur vor einem gruseln – vor dem alten Haudegen Christopher Lee. Und darum hält es das Andenken an diese düstere Nachtgestalt in späteren Jahren regelmäßig mit einem Ritual hoch: Es holt seinen alten DVD-Player aus dem Keller und schließt ihn an. Wenn die Sonne im Dezember dann den tiefsten Stand des Jahres erreicht hat und die Nächte ganz besonders dunkel sind, legt es andächtig eine alte Hammer-Edition-Kassette aus der Mottenkiste ein und schaut – eingemummelt auf dem Sofa – einen Vampirfilm … Wie schön, dass es sich nicht mehr einpinkelt, sobald Christopher Lee sein Maul aufreißt und Peter Cushing ihm einen Pflog ins untote Herz rammt. Nö, es findet die Szene sogar irre komisch und gluckst vergnügt wie ein Baby vor sich hin. „Die alten Hammer-Movies haben ein großes satirisches Potenzial", denkt es und grunzt belustigt.

Dass man über Lee auch lachen kann, kannst du dir als Teenager natürlich noch nicht vorstellen.

Vorläufiges Fazit:

a) Untote sind mit Vorsicht zu genießen, denn ihre Wirkung ist nachhaltiger als Prof. Dr. Klaus Brinkmanns Injektionen.

b) Müsstest du wählen zwischen Roman Polanskis
„Tanz der Vampire" in Dauerschleife und Hans W.
Geißendörfers „Lindenstraße", Folge Nummer eins bis
Folge Nummer 1758, würdest du dich immer wieder für
Polanskis Meisterwerk entscheiden.
Denn was ist die Steigerung von grau?
Richtig: Lindenstraße!

Geld oder noch mehr? Über den Glam der frühen „Dallas"- und „Denver Clan"-Jahre

Bereits als Teenager hast du ein feines Gespür für
heißen Scheiß und meidest Serien wie die „Lindenstraße", bei denen du schon während der Einstiegsmusik
wieder aussteigst. Zum Glück ist aber nicht alles so trist
wie diese Vorabendproduktion, nein, es gibt Licht-
blicke, mausgrau ist kein Grundton. Manches funkelt
zum Beispiel so garstig und gemein wie die Augen von
J.R. Ewing in „Dallas", gespielt von Larry Hagman, der
den fiesen Möpp lebensecht verkörpert.
Die US-amerikanische Soap setzt seit 1978 Maßstäbe
in Sachen High-End-Entertainment, und J.R. ist in
gewisser Weise ein Pendant zu Dracula – nur mit dem
Unterschied, dass so einer wie J.R. wahrscheinlich „in
echt" irgendwo da draußen im verrückten Amerika
frei herumläuft, eventuell aber ohne Cowboyhut und
stattdessen mit gelben Haaren am Kopf.

Das wertvolle Brillanten-Collier von Alexis Carrington
Colby (Joan Collins) wiederum funkelt geheimnisvoll
und fast dämonisch, sobald sie ihre Rivalin Krystle
Carrington (Linda Evans) ins Visier nimmt und der
armen Frau das Leben schwer macht – nämlich mit
Arglist einmal pro Woche ab 1983 im „Denver-Clan“.
„Dallas“ und „Denver Clan“ – das sind Seifenopern
auf hohem Guilty-Pleasure-Level – Serien mit tollen
Intros und starken Cliffhangern, packende Soaps mit
reichen und schönen Leuten, die vormachen, wie stil-
und niveauvoll das Leben sein kann, wenn man Geld
wie Heu hat und sich – wie die Familie Trump oder die
Familie Hilton – ein protziges Dasein leisten kann.
Und um was geht es in den beiden Drehbüchern?
Verkürzt gesagt: um heimtückische Machenschaften,
ruchlose Winkelzüge, verwerfliche Geschäftspraktiken
und niederträchtige Intrigen einiger Reichenprolls aus
Dallas und Denver, die sich um Geld, Macht, Öl und
scharfe Frauen zanken.
Oder noch kürzer zusammengefasst: Es geht um Kabale
und Liebe und die ewige Frage: *Wer hat den Längsten?*
Um Themen also, mit denen sich schon der große
Shakespeare intensiv auseinandergesetzt hat, denn auch
bei ihm bilden der Fight um den schnöden Mammon
und schöne Muttis die Grundlage für ein gepfeffertes
Menü, das alle Zutaten menschlicher Hinterfotzigkeit
vereint. Ein Starkoch und Steuerhinterzieher wie Alfons
Schubeck würde im Jahr 2024 wohl sagen: Da ist alles
drin, was jeder täglich an Nährstoffen braucht.

Rückblickend und aus der Zukunft betrachtet wird man
über „Dallas" und den „Denver-Clan" sogar behaupten:
Da ist drin, was man aus dem echten Leben von amerikanischen Präsidenten der Marke Donald Trump kennt.
Bloß mit dem Unterschied, dass J.R.s Geschichte nur
erfunden ist und sie auch kein schönes Ende findet, weil
der Bösewicht schließlich erschossen wird.
Who shot J.R.? Wer hat J.R. erschossen? Mit dieser Frage
ist das Fernsehpublikum Anfang der 80er-Jahre schwer
beschäftigt, mehr als 300 Millionen Zuschauer fiebern
weltweit mit, als John Ross Ewing (Junior), im TV das
Zeitliche segnet und ein hysterisches Rätselraten um
seinen Tod beginnt. Wer ist der Mörder? Etwa seine
Mutter, Miss Ellie? Oder sein Vater Jock? Etwa seine
alkoholabhängige Frau – Sue Ellen? Oder gar sein treu-
herziger Bruder Bobby und dessen Frau Pamela? Bis
rauskommt, dass Sue Ellens Schwester Kristin Shepard
auf J.R. gezielt hat, der Fiesling aber „zum Glück" noch
lebt und weiterhin sein Unwesen auf der Southfork-
Ranch treiben darf, müssen Fans sich gedulden:
nämlich bis zum Start der vierten Staffel, eine Zerreiß-
probe auch für Hartgesottene!
Erst als die „Dallas"-Drehbücher 1986 immer fragwür-
diger werden – was sie zuvor natürlich nie waren –, tritt
J.R. endgültig ab und begeht Selbstmord … „Oh, mein
Gott!" Das sind die letzten Worte von Bobby, als der
seinen Brudi tot auffindet. Schrecklich dramatisch, das
Ganze! Als Bobby Ewing am 29. April des gleichen
Jahres wiederum im deutschen Fernsehen stirbt, berich-

tet die Tagesschau vom Reaktorunglück in Tschernobyl:
Der Tag ist verdammt unheilvoll – und viele fragen
sich: Ist das bloß ein Zufall? Oder steckt mehr dahinter,
eventuell sogar eine weltweite Verschwörung?
Ähnlich verwegen geht es im „Denver Clan" zu.
Geboten wird die gleiche Soße, nur in Grün, die Farbe
der Smaragde, die die weibliche Serientäterin Alexis so
gerne trägt. Nur einige Details sind anders. So wird die
ländliche Southfork-Ranch ersetzt durch dynastischen
Glam und eine barocke Villa, in der der mächtige
Öl-Magnat Blake Carrington mit seiner Familie und
seiner neuen Frau, der gutgläubigen, total einfältigen
und blonden Krystle lebt. Alles könnte schön sein wie
im Märchen, wäre da nicht das ewige Biest, Alexis,
Blakes rachesüchtige Ex, eine schwarzhaarige Hexe mit
Hang zum pompösen Auftritt.
Während Blake mit seinem Konzern Denver-Carrington
beschäftigt ist, kümmert Krystle sich aufopfernd ums
Personal und Blakes Sohn Steven. Außerdem muss sie
sich zwischendurch mit Alexis rumschlagen, nicht nur
sprichwörtlich, sondern handfest in Szene gesetzt. Prinzipiell geht es aber wie in „Dallas" immer wieder um
dieses toxische On-Off-Ding – nicht nur in Bezug auf
die Liebe, sondern auch im Hinblick auf die ewige
Geldmacherei. Die Palette ist breit gefächert – im Fokus
stehen Alkohol- und Drogenmissbrauch, kriminelle
Energien, Sexaffären, Betrug und – logisch – Frauen
am Rande des Nervenzusammenbruchs.
Sobald du – aufgehoben im Schoße deiner Familie –

wieder eine Folge „Dallas" oder „Denver Clan" gesehen hast, bist du geläutert und ziemlich zufrieden mit deinem jugendlichen Schicksal. Du fühlst dich kathartisch gereinigt und reich an neuen Erkenntnissen wie der, dass du doch lieber bettelarm als Clochard auf der Straße leben möchtest, statt so ein dreckiges Dasein wie die Schönen und Reichen fristen zu müssen, denn die sind in Wirklichkeit doch alle total fertig und kaputt! Auch aus feministischer Perspektive und mit den Augen von Alice Schwarzer betrachtet sind beide Soaps grottig, denn sie erzählen eine einzige Männerfantasie: die von coolen Mackern, die hoch pokern, und von Frauen, die sich anzicken, bis die Fetzen fliegen …
Wobei der Fight der Ladys natürlich gekonnt und sexy in Szene gesetzt wird, schließlich drehen sich ihre Streits auch wieder um ein paar doofe Typen, die sich einbilden, sie hätten den Längsten.
Selbstredend gibt es in deiner Teeniezeit auch witzige Serien wie „Magnum", „Miami Vice", „Raumschiff Enterprise" und „Alf", doch die sind dir entweder zu männerlastig. Oder du verpasst sie ein ums andere Mal, weil du etwas Besseres vorhast – Hausaufgaben machen etwa oder über Martin nachdenken.
Und so musst du am Ende dieses schrillen Jahrzehnts in Sachen Fernsehkonsum zugeben, dass dich am meisten qualitativ hochwertige Psychodramen zu späterer Stunde fesseln, also TV-Erlebnisse, die von der Beschissenheit der Welt künden und die nicht verschweigen, wie mies alles ist. Du bleibst J.R. folglich

lange treu, erwischst dich manchmal aber auch beim
„Traumschiff"-Gucken mit Charakterdarsteller
Sascha Hehn, von dessen Qualitäten du dich bereits in
der „Schwarzwaldklinik" überzeugen konntest.
1989 erreichst du endlich die allgemeine Hochschulreife
und feierst feucht-fröhliche Abi-Feten mit deinen Schul-
kollegen und Freundinnen. Das Jahrzehnt endet trotzdem mit einem schalen Beigeschmack, Motto: Außer
Spesen und billigen Soaps irgendwie nix gewesen.
Aber dann besinnst du dich eines Besseren. Nix gewesen? Von wegen! Du bist zwar noch Jungfrau, hast aber
zusammen mit Martin das Küssen und Fummeln gelernt. Mit Fug und Recht kannst du behaupten: Nur die
Liebe zählt! Und das gilt auch fürs deutsche Fernsehen.
Das Thema L.O.V.E. wird im TV großgeschrieben –
und du bist Feuer und Flamme, sobald die Flirtshow
„Herzblatt" mit dem fantastischen Rudi Carrell läuft.
Oder der Ratgeber „Eine Chance für die Liebe" mit der
Sexpertin Erika Berger. Oder die Kuppelsendung „Geld
oder Liebe" mit Jürgen von der Lippe. Oder die eroti-
sche Spielerevue „Tutti Frutti" mit Hugo Egon Balder.
Sie alle revolutionieren das Programm – und zwar mit
echter Aufklärung.
Da, wo Oswalt Kolle und Dr. Sommer angefangen
haben, machen diese Leute konsequent weiter und
ersetzen das langweilige „Was bin ich?" mit Robert
Lembke durch flottes Entertainment mit barbusigen
Superweibern. Fazit: Das Pantoffelkino der 80er schreit
nach Wiederholung!

KINO, POPCORN UND VHS-KASSETTEN – ODER: „DAS LEBEN DES BRIAN" UND DEIN EIGENES

Kino ist in den 80er-Jahren nicht gleich Kino, denn tolle Filme gibt es nicht nur auf der großen Leinwand, sondern auch auf Video zu sehen. Das Jahrzehnt der VHS-Kassetten ist angebrochen. Und so schaust du – so oft es geht – Spielfilme auf die eine oder andere Weise. Entweder auf die feudale Art mit deiner Clique, Cola und Popcorn im Lichtspielhaus deines Vertrauens, was deinen Geldbeutel arg strapaziert und nicht so häufig vorkommt. Oder du bleibst gemütlich zu Hause auf dem Sofa sitzen und freust dich auf extralange Abende mit spannenden Heimvideos am laufenden Band.
Ins Kino gehst du, wenn wirklich etwas Bahnbrechendes läuft, also zum Beispiel „La Boum 2 – Die Fete geht weiter" oder „Star Wars" ... Was allerdings den „Krieg der Sterne" angeht, musst du zugeben, dass du dir den dritten Teil der Saga – „Die Rückkehr der Jedi-Ritter" – nur angeschaut hast, weil Martin ein riesiger „Star Wars"-Fan ist und dich mit ins Cinéma geschleppt hat. Doch obwohl er dich geduldig mit allen Details der Story und sämtlichen Figuren von Luke Skywalker bis Prinzessin Leia Organa vertraut gemacht hat, hast du bloß Bahnhof verstanden und nicht kapiert, was es mit

dem Todesstern auf sich hat und warum Darth Vader einen Helm trägt und immer so schwer atmet.

Am meisten beeindruckt bist du vom „Star Wars"-Vor- und Abspann und dem neuartigen Dolby-Surround-System. Das Hörerlebnis im Kinosaal ist bombastisch und führt direkt ins Geschehen hinein. Auch macht die martialische und militärisch klingende Titelmelodie Bock darauf, unversehens mit den Sternenkriegern in die nächste Schlacht zu ziehen und „Das Imperium schlägt zurück" noch einmal in allen Einzelheiten mit deinen Barbies – eventuell auch mit Martins alten Lego-Figuren – zu reinszenieren. Aber ansonsten bleibt dir die Geschichte etwas suspekt. Harrison Ford als Han Solo ist mit seinem Lichtschwert zwar sexy, aber zu alt für dich. Und welche Rolle die fette Kröte Jabba The Hutt spielt und was das Galaktische Imperium schon wieder Böses im Schilde führt, das ist dir – intellektuell betrachtet – eindeutig zu hoch. „Star Wars" spielt einfach nicht in deiner Liga, du vermutest, dass es da einen Geschlechter-Gap zwischen dir und Martin gibt, einen Graben, der kaum zu überwinden ist, weil er meist „Männerfilme" sehen will, während du dich eher für das „echte Leben", also Streifen wie „La Boum" interessierst. Und so diskutierst du kontrovers mit Martin darüber, warum der fiese Darth Vader ausgerechnet der Vater von Luke Skywalker sein soll – in deinen Augen macht das alles keinen Sinn. Immerhin haben die „Star Wars"-Maskenbildner sich wirklich ins Zeug gelegt, was das Styling angeht:

Geschöpfe wie R2-D2, der kleine Jedi-Meister Yoda
und der behaarte Wookiee Chewbaccag erinnern dich
wahlweise an die Muppets und dein altes Lieblings-
stofftier, den süßen Monchhichi Waldemar. Wenigstens
in diesem Punkt kannst du das Spektakel von George
„Möge die Macht mit dir sein" Lucas abfeiern und bist
dankbar dafür, dass du in einer ultramodernen Zeit
lebst, in einer Dekade, in der sich die Programmkinos
langsam in Kinokomplexe, in Megakolosse des Enter-
tainments, verwandeln. Und diese Entwicklung ist nur
folgerichtig, glaubst du, schließlich kann die Menschheit sich in den großen Kinosälen mit Dolby-Surround-
System am besten vom drohenden Atomtod ablenken.
Die Top-Regisseure der Szene tun auf jeden Fall alles,
um spannende Storys abzuliefern, und engagieren für
ihre teuren Vorhaben oft umwerfende Schauspieler.
Die Liste an namhaften Künstlern ist schier unendlich
und reicht aufseiten der Kreativen hinter der Kamera
von Stanley Kubrick, Martin Scorsese und Francis Ford
Coppola über Woody Allen bis Steven Spielberg, David
Lynch, Terry Gilliam, Oliver Stone, Roman Polanski,
Jim Jarmusch, Doris Dörrie, Bernd Eichinger, Peter
Greenaway, Dario Argento, Tim Burton, Ridley Scott,
Wolfgang Petersen, David Cronenberg und Brian de
Palma, um nur einige zu nennen.
Was die Stars vor der Kamera betrifft, so kannst du
dich gar nicht entscheiden, wen du am besten findest,
so groß ist die Auswahl: Winona Ryder, Molly
Ringwald, Meg Ryan, Meryl Streep, Whoopi Goldberg,

Juliette Binoche, Béatrice Dalle, Isabella Rossellini, Kim Basinger, Charlotte Rampling, Jodie Foster, Isabelle Adjani, Sigourney Weaver, Demi Moore, Andie MacDowell, Ally Sheedy, Jane Birkin, Jamie Lee Curtis, Valérie Kaprisky, Susan Sarandon, Catherine Deneuve, Mia Farrow, Michelle Pfeiffer, Melanie Griffith, Kirsten Alley, Diane Lane, Anjelica Huston, Bette Midler, Carrie Fisher, Frances McDormand, Jennifer Connelly, Glenn Close, Brooke Shields, Sally Field, Julia Roberts, Daryl Hannah, Sissy Spacek, Bo Derek, Anne Archer, Maggie Cheung, Kathleen Turner, Jennifer Grey, Geena Davis, Jessica Lange, Cher, Sophie Marceau und Emmanuelle Seigner, um nur einige zu nennen.

Aufseiten der männlichen Schauspieler geht es weiter mit Robert De Niro, Jack Nicholson, Richard Gere, Daniel Day-Lewis, Eddie Murphy, Sean Penn, Al Pacino, Mel Gibson, Charlie Sheen, John Travolta, Johnny Depp, Matt Dillon, Michael J. Fox, Kiefer Sutherland, River Phoenix, Corey Feldman, John Cusack, Billy Crystal, Steve Martin, Nicolas Cage, Bill Murray, Tom Cruise, Val Kilmer, Clint Eastwood, Rob Lowe, Danny DeVito, Sylvester Stallone, Bruce Willis, Ben Kingsley, William Hurt, Michael Douglas, Dustin Hoffman, Dennis Hopper, Mickey Rourke, Willem Dafoe, Jeff Bridges, Robert Redford, Antonio Banderas, Andrew McCarthy, Emilio Estevez, Ray Liotta, Anthony Hopkins, Morgan Freeman, Richard Dreyfuss, Patrick Swayze, Michael Keaton, Bruno Kirby, Kevin Costner und, und, und … Die Liste an fantastischen Stars ist unendlich lang,

ganze Bücher könntest du damit füllen. Allerdings
nimmt deiner Meinung nach nur einer von ihnen einen
Sonderstatus ein: Robert De Niro. Die 80er-Jahre sind
sein Jahrzehnt. Der US-amerikanische Schauspieler,
Oscar-Preisträger und Produzent erlangt bereits in
den 70ern mit Filmen wie „Der Pate – Teil II",
„Der letzte Tycoon" und „Taxi Driver" einen Kultstatus.
Von seinem Ruhm bekommst du anfangs nichts mit,
schockverliebst dich als Jugendliche aber in ihn, als du
ihn zum ersten Mal via VHS-Kassette in Augenschein
nehmen kannst.

Nacheinander schaust du, was es in der Videothek
von ihm gibt, angefangen von „Wie ein wilder Stier"
(1980) über „Es war einmal in Amerika" (1984) und
„Angel Heart" (1987) bis „Taxi Driver" (1976). Du weißt
nicht genau, wieso er dich so sehr fasziniert und was er
eigentlich unternimmt, dass du am Bildschirm kleben
bleibst, sobald er vor der Kamera agiert. Meistens spielt
er geheimnisvolle, dämonische und teuflische Männer,
brutale, irre, manische und verkappte Typen, Versehrte
mit kurzer Zündschnur, die aus dem gesellschaftlichen
Rahmen fallen und kaum zu kontrollieren sind.

Ein Blick von ihm genügt, um dich zu betäuben – das
hat vor ihm nur Dracula geschafft. Im Gegensatz zum
untoten Beißer schlägt De Niro dich aber mit seiner
Schauspielkunst in den Bann und nicht bloß mit
brachialen Fratzen und viel Kunstblut. De Niro braucht
keinen guten Maskenbildner, um präsent zu sein. Sogar
in handlungsarmen Szenen versteht er es, dich mit

seinem reduzierten Mienenspiel bei der Stange zu halten. Dass die fabelhaften Bananarama-Girls von ihm schwärmen, ist kein Wunder, er hat es einfach drauf und spielt alle anderen gegen die Wand.

Ihm zu Ehren fertigst du ein „Filmlexikon" mit persönlichen Kritiken und Bewertungen an, eine Kladde, die du vorne und hinten mit Bildern von Filmstars aus der „Bravo" beklebst, sortiert nach Genres von der Komödie bis zum Thriller. Du beschließt spontan, dass du eines Tages Filmkritikerin werden wirst, allein schon deshalb, um De Niro einmal persönlich auf dem roten Teppich in Cannes zu begrüßen. Und Sophie Marceau – klar, die natürlich auch!

Dein „Filmlexikon" dient auch dazu, einen Überblick über die Fülle an Produktionen zu behalten. Mit dem Schauen kommst du kaum noch hinterher, seit ein „entfernter Verwandter" sich einen zweiten Videorekorder zugelegt hat, um „nur für den privaten Gebrauch" Spielfilme auf VHS-Kassetten zu archivieren – oder anders ausgedrückt: um den Kopierschutz für urheberrechtlich geschütztes Material auf simple Weise zu umgehen.

Und so kommt deine Familie in den Genuss, zig Highlights der Kinokultur zu Hause gucken zu können, was in der VHS-Pionierzeit noch ein Luxus ist. Und weil du ein neugieriges Girl bist, konsumierst du (fast) alles, was dir nicht verboten wird, egal, ob es sich dabei um „Ein Mann sieht rot" mit Charles Bronson handelt, um einen Disney-Streifen wie „Bernard und Bianca –

Die Mäusepolizei" oder um einen Historienschinken
wie „Highlander – Es kann nur einen geben".

Gegen Ende der 80er-Jahre flaut der VHS-Boom etwas
ab. Mit Beginn deiner Volljährigkeit haben die Leute
sich längst an „heiße Ware" aus der Videothek gewöhnt. Du fährst jetzt auch mal mit Petra in die Stadt,
um neuen Traumfabrik-Stoff zu besorgen, wobei euch
gemischte Gefühle befallen, sobald ihr die Videothek
eures Vertrauens betretet: Auf euch wirkt der fensterlo-
se Laden verrucht, schmierig und muffig, wahrscheinlich wegen der vielen Männer, die immer wieder hinter
einem Vorhang verschwinden, um in die Nische mit
den Pornos zu gelangen – Sexvideos haben nämlich
Hochkonjunktur. Auch ihr hattet bereits das zweifelhaf-
te Vergnügen, einen Einblick in billige Streifen der
Marke „Schlüsselloch-Report" zu bekommen, und findet entblößte Geschlechtsteile in Nahaufnahme in erotischer Hinsicht nicht gerade prickelnd. Und dann auch
noch das ganze Gestöhne! Einfach nur oberpeinlich!
Nein, du versteifst dich lieber auf das Thema Kinokultur statt VHS-Trash und führst dein Filmlexikon
akribisch und mit viel Liebe zum Detail. Gleichgültig,
ob es um die Bewertung von „Die unendliche
Geschichte" (1984), „Dirty Dancing" (1987) oder
„Porky's" (1982) geht. Oder um „Amadeus" (1984),
„Der Name der Rose" (1986), „Rain Man" (1988), „Pla-
toon" (1986), „Zurück in die Zukunft" (1985), „St. Elmo's Fire" (1985), „Absolute Beginners – Junge Helden"
(1986), „Der Elefantenmensch" (1980), „Der Club der

toten Dichter" (1989), „Stand by Me" (1986), „Flash-
dance" (1983), „Footloose" (1984), „Shining" (1980),
„The Day After" (1983), „Beverly Hills Cop" (1984),
„Full Metal Jacket" (1987), „Stirb langsam" (1988),
„Indiana Jones: Jäger des verlorenen Schatzes" (1981),
„Ghost Busters" (1984), „Top Gun" (1986), „Die nackte
Kanone" (1988), „Der Prinz aus Zamunda" (1988),
„Kuck mal, wer da spricht!" (1989), „Blade Runner"
(1982), „Aliens – Die Rückkehr" (1986), „Tanz der Teu-
fel" (1981), „Mad Max" (1979/1980), „Freitag, der 13."
(1980), „Das Boot" (1981), „Rambo" (1982) oder „Terminator" (1984). Du machst dir fleißig Notizen – und
dokumentierst deine Beobachtungen. Auch für die
sicherlich wissbegierige Nachwelt …

Kleines privates Lexikon der Filmkunst, 1980 bis 1989*
(in Auszügen und ohne Gewähr und Anspruch auf
Vollständig- oder Gerechtigkeit)*

Besondere Kinderfilme:
„E. T. – Der Außerirdische" (1982)
Inhalt: Schrumpeliger Alien hat Heimweh und
will nach Hause telefonieren … Mit Schnurtelefon –
oder was?
Kommentar: Nichts für 12-jährige Teenager, die schon
„La Boum – Die Fete" gesehen haben! Eine Ausnahme

gibt es: Martin. Ein „Star Wars"-Enthusiast wie er hat logischerweise ein Faible für kleine Außerirdische mit telekinetischen Fähigkeiten.

Besonders humorvolle Filme:
„Der Sinn des Lebens" (1983)
Inhalt: Die britische Komikergruppe Monty Python sucht nach dem Sinn des Lebens – und findet ihn nicht! Geburt, Schule, Sex, Organspende, Tod – alles sinnlos. Woher kommen wir, wohin wollen wir, und warum ist es schon wieder so spät? Keine Antwort auf gar nichts!
Kommentar: Martin findet Monty Python genial, ich habe – ehrlich gesagt – nicht jeden Witz verstanden, aber das Gefühl, dass ich noch hineinwachse, also in den Stiefel britischer Humor. „Das Leben des Brian" ist lustiger, finde ich. Trotzdem 10 von 10 Punkten, denn nichts geht über Monty Python. Monty Python ist Gesetz und noch besser als Otto!

Frauenfilme:
„La Boum 2 – Die Fete geht weiter" (1982)
Inhalt: Vic Beretton ist 15 Jahre alt und begegnet auf der Rückreise aus den Sommerferien dem 17-jährigen Philippe, gespielt von dem unglaublich attraktiven Pierre Cosso. Vics Freundin Pénélope nimmt schon die Pille und macht jede Woche mit einem anderen Typen rum. Vic ist noch Jungfrau. Als sie zum ersten Mal mit Philippe ausgeht, spitzt sich die Lage zu: Ist er der Richtige für sie? Und was ist mit Philippes Exfreundin Catherine, auf die Vic total eifersüchtig ist? Bis Vic und

Philippe endlich ein echtes Paar werden, geht es hoch
her – und am Ende gibt es eine Überraschung.

Kommentar: Bahnbrechend, Sophie Marceau ist einfach
umwerfend! Sie ist eine richtige Frau geworden, mit
Rundungen und Kurven, sagt auch meine Cousine
Irmgard, mit der ich den Film schon dreimal im Kino
gesehen habe. Demnächst gehe ich mit Petra rein.

**Männerfilme: „Rocky III –
Das Auge des Tigers" (1982)**

Inhalt: Rockys Traum, Weltmeister im Schwergewicht
zu werden, ist zwar in Erfüllung gegangen. Er kann
sich auf einmal alles leisten, wovon er schon immer
geträumt hat. Aber seine Probleme werden nicht
weniger.

Kommentar: Rocky ist plötzlich ein Star und kein armer
Boxer mehr, aber der Film mit Sylvester Stallone ist
trotzdem scheiße. Der erste Teil ist besser, sagt auch
Papa, mit dem ich den Film zu Hause geguckt habe.
Einziger Pluspunkt: Das Lied „Eye Of The Tiger" von
Survivor haut voll rein.

**Lustige Filme für Frauen und Männer:
„Harry und Sally" (1989)**

Inhalt: Harry (Billy Crystal) und Sally (Meg Ryan) kennen sich schon lange und streiten sich über die Frage,
ob Männer und Frauen auch Freunde sein können.

Kommentar: Bis auf die Szene, in der Sally in einem
Restaurant einen täuschend echten Orgasmus vor-
täuscht, ist „Harry und Sally" ein eher langweiliger

Laberfilm. Es funzt einfach nicht so richtig zwischen den beiden, sie reden zu viel, und es knistert zu selten! Kein Vergleich mit „La Boum".

Filme mit sexy Männern und Frauen:
„Betty Blue – 37,2 Grad am Morgen" (1986)
Inhalt: Es geht um die obsessive Leidenschaft zwischen Zorg und Betty. Zorg führt ein einfaches Leben an der französischen Küste, bis er der schönen und unberechenbaren Betty begegnet. Sie erobert sein Herz im Sturm, doch schon bald stellt sich heraus, dass sie an einer Borderline-Persönlichkeitsstörung leidet! Als sie erfährt, dass sie wider Erwarten nicht schwanger ist, verstümmelt sie sich selbst und wird später im Krankenhaus sediert und ans Bett gefesselt. Da es keine Hoffnung mehr gibt, erstickt Zorg Betty mit einem Kissen.
Kommentar: Gut aufgelegt ins Kino gegangen, mies gelaunt wieder rausgekommen. Trotzdem wertvoller Film, modisch voll auf der Höhe! Béatrice Dalle und Jean-Hugues Anglade geben ein schönes Paar ab. Dalle ist so sexy! Ich werde mir wie sie einen blauen Hosenanzug kaufen und meine Lippen knallrot schminken. Ein Tipp für Fans von „9½ Wochen" (1986) und „Blue Velvet" (1986)!

Endfertige Filme:
„Christiane F. – Wir Kinder vom Bahnhof Zoo" (1981)
Inhalt: Die 13-jährige Christiane F. lebt in Berlin und verliebt sich im „Sound", Europas modernster Disco,

in den drogensüchtigen Detlef, der ihr den ersten Trip
gibt. Die beiden werden ein Paar, und schon bald hängt
Christiane wie Detlef an der Nadel. Sie spritzt „H",
Heroin, und prostituiert sich, um an Kohle für neuen
Stoff zu kommen. David Bowie ist ihr großes Idol, mit
Detlef und der Drogenclique erlebt sie den Star live bei
einem Konzert.

Kommentar: Die Geschichte ist nicht erfunden – Chris-
tiane F. gibt es wirklich! Im Film wird sie aber von Natja
Brunckhorst gespielt, die noch hübscher ist als die echte
Christiane. Beide Frauen sieht man nun immer öfter in
Zeitschriften und Magazinen, zum Beispiel im „Stern"
oder in der „Bravo". Der Film ist zwar erschreckend,
aber David Bowie einfach der Allergrößte. „Station to
Station" ist mein neues Lieblingslied – und Kirschsaft,
Christianes Lieblingsgetränk, der beste Drink ever.

Kulturell hochwertige Filme:
„Die unerträgliche Leichtigkeit des Seins" (1988)
Inhalt: Kopf oder Zahl? Wahrheit oder Pflicht? Liebe
oder Freiheit? – Denkt man länger über solche Fragen
nach, wird einem ganz schwindelig in der Birne.
Logisch – denn es ist nicht leicht, sich auf etwas (oder
einen Menschen) festzulegen. Und man will ja auch
nichts falsch machen, keinen verletzen und immer
sofort die richtige Entscheidung treffen: Mit genau
diesem Dilemma kämpft auch der freiheitsliebende
Tomas (Daniel Day-Lewis), der Teresa (Juliette Binoche)
in Prag kennenlernt und sich fragt, ob er mit ihr
zusammenleben will – oder ob er es besser bleiben

lassen sollte. Die beiden werden ein Paar, doch Teresa ist eifersüchtig auf die schöne Künstlerin Sabina, mit der Tomas eine Affäre hat ...

Kommentar: Tomas kommt zu dem Schluss, dass es völlig normal ist, nicht zu wissen, was man will. Das Problem ist nämlich, dass man nur ein Leben hat und im Nachhinein nicht überprüfen kann, ob eine Entscheidung richtig oder kacke war.
Insgesamt ein tiefgründiger Streifen mit philosophischer Message. Das Buch von Milan Kundera ist allerdings noch besser als der Film. Ich war mit Martin im Kino. Das Feuer zwischen uns ist nun wieder entfacht – hammerharter Knutschalarm während des Abspanns! Jetzt muss ich mir überlegen, was ich eigentlich will im Leben. Will ich fest mit Martin zusammen sein, obwohl der sich nicht so richtig für mich entscheiden kann und genauso rumeiert wie Tomas im Film?

Geile Jugendfilme: „Breakfast Club" (1985)

Inhalt: Fünf Jugendliche müssen zusammen nachsitzen. Brian ist als Streber verschrien, John als Rebell, Andrew ist Sportler, Claire der absolute Schulliebling und Allison Außenseiterin. Im Laufe des Tages lernen sich alle besser kennen – und werden Freunde.
Kommentar: Toller Film, fast so gut wie „La Boum"! Habe mich spontan in Judd Nelson verguckt, der den Rebell John spielt. Kann mich am ehesten mit Molly Ringwald identifizieren, die ein Auge auf John wirft. Molly hat rote Haare – so wie ich.

Lange bevor Kategorien wie androgyn, metrosexuell, queer und LGBTQIA+ in Mode kommen, gibt es sie bereits: Wesen ohne eindeutige Geschlechtsidentität und Geschöpfe der reinen Fantasie. Theoretisch betrachtet existieren sie schon seit einer Ewigkeit, wenigstens solange der Homo sapiens träumen kann. Praktisch gesehen hüpfen sie allerdings erst in den schrillen 80ern wie frisch geschlüpfte Pfauenbabys aus ihren Nestern und mischen sich für alle sichtbar unters Volk.

Die Rede ist nicht vom weißen Glücksdrachen Fuchur, auch nicht von der Kindlichen Kaiserin, Herrscherin über Phantásien in Michael Endes „Die unendliche Geschichte". Nein, gemeint sind fabelhafte Mischwesen, so eine Art 80s-Anime-Charaktere, die real existieren und sich – unabhängig von ihrer sexuellen Orientierung – optisch nicht auf eine Geschlechterrolle festlegen lassen: Frauen, die aussehen wie Männer. Oder Leute, die weder aussehen wie Frauen noch Männer. Und Männer, die aussehen wie Frauen.

Zum Beispiel Männer mit wilder Kriegsbemalung wie Adam Ant. Männer, die sich schminken wie Pierrots, oder solche, die wirken, als seien sie von einem anderen Stern herabgestiegen, wie Steve Strange und David

Bowie. Männer, die modisch besser gestylt sind als
Lady Di, etwa die Boys von Duran Duran und Spandau
Ballet. Männer, die Kajal tragen und mit ihren Frisuren
verstörend schön wirken wie der schillernde Sänger
Marilyn und Philip Oakey von The Human League.
Langhaarige Männer mit bunten Sturmfrisuren und
ausgefallenen Outfits wie die Jungs von Kajagoogoo
oder Dead or Alive. Oder auch Männer mit dicker
Schmolllippe wie der wasserstoffblonde Edelpunk Billy
Idol.
Um diese Männer – Männer, die aussehen wie Frauen –
geht es hier. Geschichtlich betrachtet sind sie kein neues
Phänomen. Doch in den 80er-Jahren zeigen sie der
Menschheit erstmals, wo der Frosch die Locken hat,
und schmücken die Titelseiten fast aller Musik- und
Modemagazine. Die Zeit ist reif für sie.
Sie sind heterosexuell, transgeschlechtlich oder schwul,
erfährst du aus Jugendzeitschriften wie „Pop Rocky"
und „Bravo". Wobei „schwul" in den 80ern ein ganz
normales Wort ist. Man sagt es, ohne es abwertend zu
meinen, auch Homosexuelle nennen sich so, beispielsweise der Comiczeichner Ralf König, der seine Geschichten unter dem Label „SchwulComix" veröffentlicht. Unabhängig davon könnte es dir eh latte sein, wie
all die paradiesvogelgleichen Popstars sexuell veranlagt
sind, hättest du nicht insgeheim ein erotisches Interesse
an einigen von ihnen. Und darum möchtest du gerne
wissen, ob deine persönlichen Lieblinge auf Frauen
stehen, OBWOHL sie selbst wie welche aussehen und

sehr feminin wirken. Du bist schließlich in der Pubertät, findest zig Typen rattenscharf und weißt nicht, wo du deinen Hormonüberschuss sonst abladen solltest.

Zwar lassen sich deine Favoriten in Bezug auf ihre sexuelle Identität nicht alle über einen Kamm scheren. Was sie aber gemeinsam haben, ist die Tatsache, dass sowohl ihre männlichen als auch ihre weiblichen Attribute ihren erotischen Reiz noch potenzieren. Dazu trägt auch ihr bizarrer Style bei, eine wilde Kombi aus Mode und Hairstyle. Fast alle von ihnen sind geschminkt und tragen Kajal. Viele von ihnen kommen aus England und haben den Londoner In-Club Blitz in Convent Garden schon mal von innen gesehen. Und ihr Aushängeschild ist ab 1982 eindeutig: Boy George.

Zum ersten Mal erblickst du Boy George im Winter 1982 in der TV-Sendung „Musikladen", wo er „Do You Really Want to Hurt Me" live vorstellt. Im Frühjahr 1983 ist das Video mit seiner Band Culture Club außerdem in der neuen Musikshow „Formel Eins" mit Moderator Peter Illmann zu sehen – und jedes Mal bist du von ihm geblendet.

Hallo? Wer ist das denn? Was ist er bloß für ein Geschöpf, dieser weiß geschminkte Weiße mit Rastazöpfen, runder Sonnenbrille und schwarzem Riesenhut? Dieser attraktive Sänger mit der tiefen und zugleich weichen Stimme, der mit lasziven Bewegungen wie ein Mädchen durch die Menge tanzt und davon singt, dass er gar nicht „echt" sei, dass es ihn in Wirklichkeit gar nicht geben würde …

Dieser rebellische Künstler, der ein langes Sweatshirt
mit aufgedruckten Symbolen trägt, so als sei er ein
Rapper aus der Bronx.

Dieser provokative und polarisierende Boy, der sich
George nennt, und frech die verschiedensten Stile
miteinander kombiniert, jede Beschränkung
überschreitet und sich scheinbar nicht auf eine Rolle
festlegen lassen will?

Auf jeden Fall ist er ein großes Fragezeichen für dich,
dieser geheimnisvolle Brite. Alles an ihm ist neuartig,
schön und fluide. Du bist so fasziniert von ihm, dass du
nicht sicher bist, ob du in Boy George verknallt bist, ob
du so sein willst wie er – oder beides auf einmal.
Eigentlich stehst du auf Kerle mit eindeutiger
Geschlechtsidentität, doch bei Boy George machst du
eine Ausnahme, seine Ausrichtung ist dir egal. Dass er
ein Mann ist, der aussieht wie eine Frau, findest du
aufregend und verführerisch zugleich. Er ist
umwerfend. Und von „Do You Really Want to Hurt
Me" kannst du gar nicht genug bekommen.

Natürlich wird der Song ein Hit und belegt allein in
Deutschland sieben Wochen lang den ersten Platz in
den Charts. Die beiden ersten Alben von Culture Club –
„Kissing To Be Clever" und „Colour by Numbers" –
sind weltweit erfolgreich, und die Band beglückt die
Menschheit mit Krachern wie „Time (Clock Of The
Heart)", „Karma Chameleon", „It's A Miracle",
„Church Of The Poison Mind", „Miss Me Blind",
„Victims" und vielen weiteren Liedern.

Nicht nur der Hype um den Culture-Club-Sound ist
groß, sondern mehr noch die Aufregung um den
Sänger. Boy-George-Lookalikes schießen wie Pilze aus
dem Boden und bevölkern die Fußgängerzonen mittel-
großer Kleinstädte. Bekleidet mit bedruckten weißen
Laken und riesigen Hüten, sind seine Fans größtenteils
weiblich, denn vor allem pubertierende Girls wie du
scheinen für Boy George zu schwärmen. In der
Hoffnung auf einen Durchbruch im Showbiz kopieren
in seinem Windschatten aber auch einige Künstler
seinen Style, zum Beispiel das New-Romantic-Duo
Haysi Fantayzee, das allerdings so schnell von der
Bildfläche verschwindet, wie es gekommen ist.
Du bist ebenfalls von Boy George beeinflusst, hängst
diese Tatsache aber nicht an die große Glocke und dir
auch kein Poster von ihm an die Wand. Desgleichen
sind Rastalocken nichts für dich. Was trotzdem von
ihm an dir kleben bleibt, kannst du täglich im Spiegel
betrachten: Es ist der schwarze Kajal an deinen
Augenlidern. Du bist gerade einmal 13 Jahre alt, aber
ohne Kajal läuft nun nichts mehr. Ohne Kajal gehst du
nicht aus dem Haus und vor die Tür. Du trägst ihn auch
nachts im Bett, nonstop auf Klassenfahrt und sogar,
wenn du krank bist und ein Schnupfen dich plagt.
Du beschließt: Ohne Kajal wird die Menschheit dich nie
mehr zu Gesicht bekommen. Oder erst wieder, wenn
du alt bist, also circa in 20 Jahren. Mit Kajal sieht einfach
jeder Mensch besser aus – nicht nur Boy George, du
oder Prince. Nein, auch Kleopatra. Die hat schon 69 vor

Christus zum Kajalstift gegriffen, und du machst es
nach. Morgens vor der Schule, abends vor dem
nächsten Discobesuch und nachts in der Disco vorm
Toilettenspiegel.
Mit Kajal um die Augen sieht die Welt gleich viel besser
aus – und du auch. Dank dieser Erfindung und
Kulturtechnik traust du dich endlich, den Blickkontakt
beim Flirten mit den Jungs etwas länger zu halten. Du
bist so froh, dass der Kajalstift in dein Leben gekommen
ist – und Boy George dich darauf gebracht hat.
Nur einer verpennt den Trend natürlich wieder:
Herbert Grönemeyer. Der schwimmt nicht nur gegen
die (Neue Deutsche) Welle an. Der geht auch –
wahrscheinlich für immer – ungeschminkt ins Bett.
Ansonsten gibt es kaum eine Person, die Anfang der
80er ohne Kajal, Rouge und Make-up aus dem Haus
läuft. Auch nicht die Frauen, die aussehen wie Männer,
etwa Annie Lennox, die Frontfrau des Popduos
Eurythmics. Annie hat zwar eine raspelkurze Frisur
und karottenrote Haare, doch ohne Kajal lässt auch sie
sich draußen nicht blicken!
Kajal ist einfach sexy.
… Und was aus Popstars wird, die älter werden und
irgendwann keinen Kajal mehr tragen, das wirst du dir
in rund 40 Jahren im Internet anschauen. Doch – freilich
– mit Zukunftsmusik beschäftigst du dich als Teenager
noch nicht.

Was haben folgende Personen gemeinsam:
Julia Roberts, Thomas Anders, Madonna, Patrick
Swayze, Sabine Christiansen, Morten Harket, Demi
Moore, Michael J. Fox, Isabelle Adjani, Brad Pitt, Bo
Derek, Richard Gere, Christie Brinkley, Johnny Depp,
Kim Basinger, Mickey Rourke, Nena und Sascha Hehn?
– Richtig, in den 80er-Jahren sind sie alle verdammt
jung und attraktiv – und somit als Idole für
schwärmende Teenies bestens geeignet.
Unglaublich gut aussehende Stars und Sternchen
bevölkern in dieser Zeit den Planeten Erde und steppen
über das Discoparkett, das die Welt bedeutet, findest du
und schwärmst mit in diesem Jahrzehnt der großen
Schwärmerei.
Allerdings wählst du einen Sonderweg, du bist
schließlich Individualistin – nicht nur im Hinblick auf
deinen Style, auch in Bezug auf Männer. Und um die
geht es schon wieder. Du träumst nicht – wie die
anderen Girls aus deiner Klasse – ganz schnöde von
Thomas Anders oder Tom Cruise, das ist dir zu billig.
Nö, du suchst nach außer- und ungewöhnlichen
Gesichtern und Charakteren, nicht jeder kommt in die
Tüte, das wäre ja noch schöner!
Auch legst du dich nicht gern auf einen bestimmten

Typ fest, dein Geschmack ist breit gefächert und reicht
von Matt Dillon bis Dirk Darmstaedter und von Christopher Lampert bis Captain Future ... Deinem Tagebuch
vertraust du dich in dieser Angelegenheit am liebsten
an und dokumentierst deine passionierten
Anwandlungen auch für die Nachwelt, wenngleich du
nicht sicher bist, ob die sich eines Tages dafür
interessieren wird.

**Kleines privates Lexikon der attraktiven Männer
von 1980 bis 1989***
***(*ohne Gewähr und Anspruch auf Vollständig- oder
Gerechtigkeit)***

**Die „Baby Boomer"-Boys feat.
Matt Dillon, das Teenie-Idol**

Wie viele pubertierende Mädchen deiner Generation
richtest du dein Augenmerk gerne auf ältere Jungs, die
schon fünf, sechs Jahre mehr auf dem Buckel haben als
du, die also schon „reif" sind und bereits Erfahrungen
in Sachen Petting, eventuell auch Sex vorweisen
können und nicht so verklemmt sind wie deine Schulkameraden und – wenn du ehrlich bist – auch du selbst.
Für erfahrene Männer zu schwärmen, das hat deiner
Meinung nach gleich mehrere Vorteile:
1) Sie sind in der Regel größer als die gleichaltrigen
Jungs aus deiner Klasse. Die sind nämlich meistens

einen Kopf kleiner als du und noch zu sehr mit ihrem Stimmbruch und der Tatsache beschäftigt, dass sie mit 14 noch aussehen wie Achtjährige.

2) Ältere Jungs der Generation „Baby Boomer" interessieren sich in der Regel überhaupt nicht für dich, weil sie wissen, dass du erst 13 bist, noch keine sexuellen Erfahrungen gesammelt hast und dich in Liebesdingen verhältst wie ein Backfisch, also rot anläufst, wenn man dich unverhofft anspricht, oder verschämt zur Seite guckst, sobald du einen muskulösen Body im Freibad erblickst.

Das heißt: Du kannst nur heimlich (und nicht öffentlich) völlig ausgelassen, hemmungslos und gefahrlos für ältere Boys schwärmen und dir die tollsten Sachen mit ihnen ausmalen. Passieren wird eh nix – vom bloßen Gucken und Schwärmen wirst du nicht schwanger, das hast du im Sexualkundeunterricht und von Dr. Sommer gelernt. Du musst also weder die Pille nehmen noch dich intensiver mit Dingen beschäftigen, die am Ende kompliziert werden könnten wie Sex und der ganze Kram, der da noch dranhängt.

„Baby Boomer"-Boys, kurz BBBs, sind somit eine ideale Steilvorlage für deine wildesten Tagträumereien.

Dass BBBs durch dich hindurchgucken, ist also nicht schlimm. Im Gegenteil – das macht sie ja so attraktiv! Der reizvollste von ihnen ist eindeutig Matt Dillon. Dieser Ansicht bist nicht nur du Anfang der 80er, auch die „Bravo" berichtet geradezu exzessiv und manisch über den Traumboy mit den brünetten Locken, die sein markantes Gesicht zärtlich umfloren. Der US-Amerikaner mit den tiefliegenden Augen, sinnlichen Lippen und weißen Zähnen ist wie gemacht für einen „Bravo"-Starschnitt. Geboren 1964, spielt er bereits als Teenager in der Jugendkomödie „Kleine Biester" an der Seite von Tatum O'Neal und Kristy McNichol mit.

Der Plot: Angel (Kristy McNichol), die burschikose Göre aus der Arbeiterschicht, und Ferris (Tatum O'Neal), das verwöhnte Kind reicher Eltern, treffen in einem Ferienlager aufeinander und wetteifern um „das erste Mal" und die Gunst der jungen Männer. Die beiden minderjährigen Girls wollen endlich ihre Unschuld verlieren – und ein potenzielles Objekt ihrer Begierde ist Randy (Matt Dillon) …

Der Film schlägt ein wie eine Bombe, O'Neal, McNichol und Dillon werden als Teenie-Stars gefeiert – und auch du bist vollkommen von ihnen begeistert. In der „Bravo" erfährst du alles über deinen Schwarm Matt Dillon, der im Heft zum Beispiel seine tollsten Privatfotos veröffentlicht und auf einem Bild nur eine Jeans anhat: Unten ist er barfuß und oben nackt, der helle Wahnsinn! Zu schade, dass du Anfang der 80er zu jung für ihn bist und er in einer ganz anderen Liga spielt. Schmachtend notierst du 1983 Folgendes in deinem allerersten Tagebuch, einer Kladde im angesagten Japan-Style, die du im Teehaus deines Vertrauens gekauft hast, zusammen mit einem halben Pfund Darjeeling mit Rhabarber-Erdbeer-Geschmack:

Tagebucheintrag vom 22.11.1983

„Ich fange heute an mit dem Tagebuchschreiben, weil ich
schon die ganze Woche dazu Lust habe. Leider vollende ich
fast nie was, also wahrscheinlich auch nicht das Tagebuch.
Aber ich versuche es. Es währ nämlich toll, wenn man mal
lesen kann, was man so alles geschrieben hat. Aber vorerst
schreibe ich lieber mit Bleistift, damit ich es später noch
wegradieren kann.
Gestern war ich auf einer Fete im Sporthaus. Da war ich
öfters schon, aber gestern war es bescheuert. Da war gar
nichts los, weil auch die meisten auf einer anderen Fete
waren, der Schulfete im Gymnasium. Ich wollte da sehr gerne
hin, aber Petra und Else nicht.
Heute habe ich bis neun geschlafen und beim Frühstück was
in der „Bravo" über Matt Dillon gelesen. Den finde ich toll.
Eigentlich gibt es kaum einen, der besser aussieht.
Beziehungsweise stimmt das nicht. Neulich kamen wir vom
Schwimmunterricht wieder in die Schule, da habe ich
plötzlich einen Schneeball an den Kopf gekriegt, von einem
Jungen aus der 8. Klasse. Den hat Petra mir dann gezeigt.
Ich kannte ihn bisher nur vom Sehen und fand ihn nicht so
sonderlich. Aber da habe ich mich in ihn verknallt.
Komisch, das kommt bei mir immer ganz schnell! Ich glaube
aber, dass er mich gar nicht so gut findet, na ja!
Auch als wir in Sankt Peter-Ording vom Sportverein aus
Urlaub gemacht haben, ist mir so was passiert, da ist mir ein
Junge aufgefallen, Marco ..."

Nick Kamen, der Elvis für Arme

Lange bevor Brad Pitt Anfang der 90er-Jahre seine
Karriere mit einer Levi's-Jeans-Werbung so richtig in
Fahrt bringt, geht ein anderer für das gleichnamige
Textilunternehmen in den Waschsalon und lässt vor Ort
neben seiner Levi's-501 fast alle Hüllen fallen – nur
nicht seine Boxershorts: Nick Kamen. Der smarte Brite
mit Elvis-Schmalztolle und seidiger, bronzefarbener
Haut schießt 1984 mit seinem Levi's-501-Auftritt den
Vogel ab und mausert sich in kürzester Zeit zum
Schwarm zahlreicher Teenager rund um den Globus.
Nicht nur Madonna wirft ein Auge auf ihn, auch du
und vor allem Petra sind sehr interessiert an dem Mann
mit den grünen Augen und dem Schönheitsfleck auf der
linken Wange. Ihr seid überzeugt: Wer sich so sexy zu
Marvin Gayes „I Heard It Through The Grapevine"
entkleiden kann, der muss einfach ein guter Mensch
sein.

1986 legt Nick Kamen nach und landet mit dem Song
„Each Time You Break My Heart" in den Charts. Petra
bleibt ihm auch in dieser Zeit treu, obwohl er in dem
Musikvideo zum Lied einen rosafarbenen Bolero trägt
und damit fast so cringe aussieht wie Thomas Anders in
seinen übergroßen weißen Sakkos.

Du steigst spätestens aus der Nick-Kamen-Schwärmerei
aus, als du sein dünnes Stimmchen hörst. „‚Each Time
You Break My Heart' ist noch schmalziger als seine
Schmalzlocke", so lautet dein vernichtendes Urteil.

Die Housemartins mit ihrem sympathischen Arbeiter-

kinder-Charme sind 10.000-mal besser als diese lahme
Eintagsfliege, findest du und hörst lieber den ganzen
Tag lang das erste Album der fantastischen
Housemartins, „London 0 Hull 4" ... Genau: Nick
Kamen 0 und Housemartins 4 Punkte!
Was von Kamen bleibt, das ist deine nachhaltige Liebe
für Jeanshosen, mit denen du sogar baden gehst,
damit sie ordentlich einlaufen. Auch deine Leidenschaft
für die großen Soul-Hits der 60er-Jahre ist Kamens
Vermächtnis: Du kennst sie, weil Levi's Werbung damit
macht. Und so tanzt du nicht nur einen Sommer lang zu
unkaputtbaren Evergreens wie „Wonderful World" und
„Stand By Me".
Dass der Sänger 2021 im Alter von gerade einmal
59 Jahren sterben wird, wird dein Best-Ager-Alter-Ego
eines Tages etwas traurig stimmen und in ihm ein
Gefühl von Nostalgie erzeugen. Doch das neue
Jahrtausend ist noch fern – und Nick Kamen steht wie
du in der Blüte seiner Jugend.

Tony Hadley, die Sahneschnitte

Auf einmal steht er da, in einem schwarzen Anzug mit
Überlänge, und intoniert mit samtweicher Stimme:

„Huh huh huh hu-uh huh ..."

Den Sänger der New-Romantic-Group Spandau Ballet,
Tony Hadley, siehst du zum ersten Mal in dem
1983-Video zum Song „True", und du weißt nicht, was
du von ihm und seinen Band-Kollegen halten sollst.

Eigentlich ist er zu alt für dich. Und eigentlich fehlt nur noch eine Rose in seiner Hand, dann würdest du ihn wie Nick Kamen in die Kategorie „Schmalz" einsortieren. Doch irgendetwas hindert dich daran. Du bleibst hängen – an seinen Lippen, seinem adretten Look, seinem Seitenscheitel, seinem Gesicht, das er immer wieder keck zur Seite wendet, an seinen gestelzten Gesten und seiner dramatischen Performance, die in dieser Form wohl nur ein Brite wie er abliefern kann. Und du denkst, „wow, dieser Mann ist sexy", behältst diese Information aber lieber für dich, weil du auf keinen Fall in die Nähe von Schmalz, Gefühlsduselei und Sentimentalität rücken willst. Dennoch musst du zugeben: Für Tony Hadley wurde das Wort „Sahneschnitte" eigens erfunden! Wenn nicht für ihn, für wen dann, bitte schön?
Die anderen Girls aus deiner Klasse schwärmen für New-Wave-Gruppen wie Duran Duran, allen voran für den hochgewachsenen Bassisten der Band, John Taylor, der die Mädchen mit seinem süßen Hundeblick unter verwuschelter Haarmähne bezaubert. Oder für Frontmann Simon Le Bon, der mit einem selbstbewussten Auftritt und sexy Posen überzeugt. Doch du findest insgeheim den Softy Tony Hadley interessanter, deeper, tiefgründiger irgendwie. Eigentlich magst du keinen Schmalz, aber von ihm lässt du ihn dir ausnahmsweise gefallen.

Christopher Lampert – das Tier im Mann

Er schlürft Suppe aus einem Teller wie Orang-Utan-Klaus. Er hat keine Tischmanieren und weiß nicht, wie man ein Besteck richtig benutzt. Er kann noch nicht einmal sprechen, fast ist es so, als sei er ein Riesenbaby aus dem Urwald … Und doch verliebt sich Andie MacDowell – oder zumindest die Figur, die sie spielt, also Jane, unsterblich in ihn, in Christopher Lambert, in den Wilden, den er im Film „Greystoke – Die Legende von Tarzan, Herr der Affen" mimt.
Und nicht nur sie ist hin und weg – du natürlich auch schon wieder. Wie sollte es auch anders sein bei diesem Anblick: Der Halbaffe, Tarzan, kommt aus dem Dschungel und sieht aus wie Jesus. Langhaarig, ober-körperfrei und nur mit einem knappen Schurz an den Lenden bekleidet, wird Christopher Lambert in seiner Rolle als Orang-Utan-Klaus zum „Traum aller Frauen" – so wie Fred vom Jupiter, nur mit dem Unterschied, dass Tarzan nicht auf einem anderen Stern von Aliens großgezogen wird, sondern von einer Schimpansen-horde im Busch. Alles ganz normal!
Der Amerikaner mit französischen Wurzeln hat zwar einen krassen Silberblick und eine riesengroße Nase – er ist keine Norm-Schönheit, wie man später einmal in den 20er-Jahren des neuen Jahrtausends sagen wird. Nein, aber er hat das gewisse Etwas, auf das Frauen stehen: dieses animalische Etwas, das wahrscheinlich auch irgendwo in dir selbst schlummert, nur hast du es noch nicht entdeckt und lässt es lieber weiterpennen.

Du bleibst Lambert in Gedanken treu bis 1986, als er an der Seite der schönen Isabelle Adjani den wasserstoffblonden Punk Fred in Luc Bessons „Subway" spielt. Danach verliert sich seine Spur in den dunklen Gängen der Pariser Métro.

Als er sich im selben Jahr in den „Highlander – Es kann nur einen geben" verwandelt, interessiert er dich nicht mehr. Du hast umgesattelt, denn …

Rupert Everett, der elegante Verführer

… auch Rupert Everett ist ein attraktiver Mann. Schlagartig bekannt wird er, als der Film „Another Country" 1984 in die Kinos kommt und für die Goldene Palme nominiert wird. Everett wirkt auf dich wie der Inbegriff des kultivierten und gebildeten Briten. Emotional kühl, aber dafür in jeder Lebenslage elegant agierend, scheinen die Wirren der Existenz an ihm abzuperlen wie an einer Teflonpfanne. Mit anderen Worten: Er ist das glatte Gegenteil von dir – und dafür liebst du ihn! 1987 gefällt er dir sehr gut in „Chronik eines angekündigten Todes", der Verfilmung des gleichnamigen Romans von Gabriel García Márquez. Everett spielt in der Erzählung den gutsituierten Bayardo, der seine Braut, die schöne Angela (Ornella Muti), kauft, nur um sie kurz darauf von sich zu stoßen, als er merkt, dass sie keine Jungfrau mehr ist. Obwohl Bayardos Charakter zwielichtig ist, sieht Rupert Everett auf der Kinoleinwand einfach fantastisch aus – zumal er einen Hut mit breiter Krempe trägt, der ihm ausgezeichnet steht.

Du schaust dir den Streifen mit Petra an – und kapierst wie immer: nichts. An Gabriel García Márquez beißt du dir schon zum zweiten Mal die Zähne aus. Du raffst einfach nicht, was dieser Jahrhundertschriftsteller von dir will. Márquez wird in den 80ern gehypt, was das Zeug hält. Doch du musst passen. So bist du bereits an seinem Buch „Die Liebe in den Zeiten der Cholera" gescheitert, einer arschlangweiligen, absolut lang-atmigen und deprimierenden Geschichte über einen Mann, der sich unsterblich in die Tochter eines Maultierhändlers verliebt, sie aber nicht haben kann – und trotzdem weiter von ihr träumt, was ihn auf Dauer verständlicherweise unglücklich macht.

Und jetzt stehst du wieder wie der Ochs vorm Berg und weißt nicht, was Gabriel García Márquez dir eigentlich mit seinem Eifersuchtsdrama sagen will: Bayardo will Angela zunächst um jeden Preis der Welt für sich gewinnen, wirft sie dann aber sofort raus, bloß weil Angela kein Jungfernhäutchen mehr hat ... What? Ja, wo leben wir denn – noch im Mittelalter, oder was? Warum die Menschen in den Geschichten von Márquez immer so schnell ausflippen, überschnappen und durchdrehen, das ist dir ebenfalls ein Rätsel und bleibt ein böhmisches Dorf für dich. Liegt es etwa an ihrem lateinamerikanischen Temperament, an ihrem Blut, das zu schnell hochkocht?

Du rallst nicht, warum Márquez 1982 den Nobelpreis bekommt. Du stehst nicht auf seinen Schreibstil, liebst dafür aber die Romane seiner spanischsprachigen Kollegin Isabel Allende, die Anfang der 80er mit „Das Geisterhaus" alle Rekorde bricht und weltweit Ruhm erntet. Glücklicherweise bist du nicht die Einzige, die „Chronik eines angekündigten Todes" nicht toll findet: Die Adaption von Francesco Rosi floppt in den Kinos – und du wendest dich spontan von deinem Schwarm Rupert Everett ab, der eh homosexuell ist und somit nicht in dein Beuteschema passt. Schade, aber nicht schlimm, denn: Es gibt ja noch andere, die als Projektionsfläche infrage kommen.

Rob Lowe und Andrew McCarthy – das Brat-Pack-Dreamteam

Geschichten aus dem College oder Internat haben Mitte der 80er Hochkonjunktur und gehören in der komplizierten Zeit des Erwachsenwerdens auch für dich zu den bevorzugten Drogen – zumal du keine echten nehmen darfst.
Die besten Teenager-Filme sind jene mit einer Clique aufstrebender Schauspieltalente – dem sogenannten „Brat Pack" –, die immer wieder in unterschiedlicher Besetzung zusammen auftreten und zu denen Demi Moore, Ally Sheedy, Molly Ringwald, Lea Thompson, Kevin Bacon, Charlie Sheen, Jon Cryer, Sean Penn, Matthew Broderick, John Cusack, Emilio Estevez, Kiefer Sutherland, Jami Gertz, Robert Downey Jr., Judd Nelson, Tom Cruise, Nicolas Cage und weitere zählen. An vorderster Front mit dabei, sind es aber vor allem Rob Lowe und Andrew McCarthy, die es dir angetan

haben. Beide spielen Hauptrollen in „Class" (1983) und
„St. Elmo's Fire" (1985). Und beide gehören für dich in
die Kategorie „Sexiest Man Alive", wobei du nur in
einen von ihnen verknallt bist: in Andrew McCarthy,
der oft den schüchternen Außenseiter mimt und – wie
du – mit einer Menge ernsthafter Probleme zu kämpfen
hat.

„St. Elmo's Fire – Die Leidenschaft brennt tief" erzählt
die Geschichte von sieben Jugendlichen, die nach ihrem
Examen ins Berufsleben eintreten und versuchen,
ihren Weg zu finden: Billy träumt von einer Karriere
als Musiker, verfällt aber dem Alkohol. Die kokainab-
hängige Jules schläft mit ihrem Chef, um die Karriere-
leiter hochzuklettern. Sozialarbeiterin Wendy kommt
nicht von den Eltern los. Jurastudent Kirby verliebt sich
in die angehende Ärztin Dale. Yuppie Alec arbeitet für
einen Senator und will Architekturstudentin Leslie
heiraten. Und Kevin (Andrew McCarthy) ist ein roman-
tischer Träumer. Er will Schriftsteller werden – und ist
hoffnungslos in Leslie verliebt ...
Noch dramatischer fällt die Handlung von
„Class – Vom Klassenzimmer zur Klassefrau" aus:
Der unerfahrene und schüchterne Jonathan (Andrew
McCarthy) stolpert von einem Fettnäpfchen ins nächste.
Zu allem Überfluss verguckt er sich ausgerechnet in die
reife Ellen (Jacqueline Bisset), die er zufällig in Chicago
kennenlernt. Als die zwei sich wiedersehen, gibt er sich
ihr gegenüber als Doktorand aus, obwohl er noch zur
Highschool geht.

Sein neuer Mitbewohner Skip (Rob Lowe) hatte ihn zuvor zu dieser Notlüge ermutigt, allerdings ohne zu wissen, dass die ältere Frau, die sein Freund datet, seine eigene Mutter Ellen ist! Zu spät: Ellen hat Jonathan bereits verführt und „entjungfert" – nun ist die Kacke hart am Dampfen! Es kommt zum Beef zwischen Jonathan und Skip – ihre Freundschaft steht auf dem Spiel.
Der Film, der als „erotischer Schmunzelspaß" beworben wird, ist für dich alles andere als lustig. Im Gegenteil: Die Thematik geht dir richtig nahe und wühlt dich auf, schließlich geht es ums Ganze, um echte Leidenschaft und eine tiefgründige Verbindung, die kippt, nur weil gesellschaftliche Konventionen es nicht zulassen, dass ein junger Mann eine Ältere liebt, und zwei Freunde sich deshalb streiten!
Unbedarft und naiv wie du bist, kannst du noch nicht ahnen, dass ein Film wie „Class" in den 20er-Jahren des neuen Jahrtausends wahrscheinlich auf dem Index stehen würde, weil der Tatbestand des sexuellen Missbrauchs – eine Ältere verführt einen Minderjährigen – offensichtlich erfüllt ist. Aber so weit denkst du Mitte der 80er noch nicht.
Ungezählte weitere Schwärmereien pflastern deinen Weg. Mal träumst du von James Bond, dann von Ben Volpeliere-Pierrot, dem süßen Sänger von Curiosity Killed The Cat, weil der so gut tanzen kann, dich ein bisschen an James Dean erinnert – und dich auf rosarote Wolken schickt, sobald er „Down To Earth" trällert.
Im nächsten Moment erblickst du bei „Formel Eins" ein

anderes Gesicht und verguckst dich plötzlich in
Paul Weller, den sexy Styler von The Style Council.
Oder in Dr. Robert, den Frontmann der Blow Monkeys,
der im Video zu „Digging Your Scene" den schmierigen
Verführer gibt und ein lebender Beweis dafür ist, dass
echter Style die Lösung für alles ist – seien es nun
Pickel, miese Gefühle oder ein schlechtes Selbstwert-
empfinden.
Oder du schwärmst Petra eine Arie von Nick Beggs vor
– das ist der süße Bassist von Kajagoogoo, der mit sei-
nem weißen Flaum auf dem Kopf aussieht wie ein nied-
liches Küken – du hast ihn einfach zum Knuddeln gern.
Oder du verknallst dich in Mozart beziehungsweise
in Tom Hulce, der den ausgeflippten Komponisten in
Milos Formans Film „Amadeus" spielt.
Hach, es gibt so viele tolle Männer in diesen Tagen.
Und wenn du ewig Zeit hättest und nicht zwischendurch für die Schule büffeln müsstest, dann wäre dein
Hobby: Männerglotzen, bis der Mond vom Himmel
fällt. Männerglotzen, bis der Postbote liefert. Männerglotzen, bis der Nubbel brennt. Männerglotzen, bis der
Rauchmelder piept.
Dass junge Männer auch mal älter werden, darüber
denkst du noch nicht nach.
Ist aber so, stellt dein Alter Ego irgendwann in ferner
Zukunft fest und kann nicht mehr so recht begreifen,
warum die Jungs in den 80ern dich so sehr in Wallung
gebracht haben. Auch Tagebucheinträge helfen da
nicht weiter, dein altes Alter Ego blättert und liest in

den alten Kladden und denkt im Stillen bei sich:
„Kinder, Hilfe!"

Tagebucheintrag vom 3.1.1985

*„Ich denke an Martin. Eigentlich wollte ich ihn heute
anrufen, aber ich traue mich nicht. Ich weiß auch nicht,
warum, aber ich glaube, daß ich Angst davor habe, daß ich
wieder nicht weiß, was ich sagen soll. Das ist echt schlimm,
diese dämliche Stille. Ich suche krampfhaft nach etwas, was
ich ihm erzählen könnte, aber mir fällt nichts ein. Eigentlich
sollte man sich als Paar alles anvertrauen können,
das Gegenteil ist der Fall.
Gerade ist ein Vogel am Fenster vorbeigeflogen, jetzt sitzt er
auf dem Baum. Komisch, daß man manchmal den Wunsch
hat, auch ein Vogel zu sein. Fliegen zu können. Manno,
anscheinend habe ich heute meinen poetischen Tag! Na ja …"*

„FLASHDANCE" IM KINDERZIMMER – DEINE 80S-HITS VON „OBERCOOL" BIS „KANN WEG"

Wir schreiben das Jahr 1989 – und du bist hoffnungslos überfordert. Deine Abi-Klausuren liegen hinter dir, die großen Ferien vor dir, und du hast endlich Zeit für freudvolle und vollkommen nutzlose Beschäftigungen. Eigentlich war dein Plan, eine Liste mit den besten und grauenvollsten 80s-Songs zu erstellen – auch für die Nachwelt, sofern die sich eines Tages dafür interessieren sollte. Doch wo sollst du anfangen, wo aufhören? Die Aufgabe scheint noch komplexer und komplizierter zu sein als die binomischen Formeln, die Theorie der Redoxreaktionen in wässrigen Lösungen und die mündliche Mathe-Prüfung zusammen. Und es wird nicht besser, denn mit jedem neuen Video auf dem Markt taucht gefühlt auch eine brandneue Musikrichtung auf. Das bedeutet: Pop, Rock, Metal, Hardcore, Punk, Wave, Blues, Folk, Jazz, Swing, Weltmusik, Samba, Latin, Disco, Soul, Funk, R&B, HipHop und elektronische Sounds sind lediglich Hauptfächer. Daneben gibt es weitere ungezählte Subgenres von Speed- bis Trash-Metal, Country- bis Electric-Blues, Gothic- bis Artrock, Cool- bis Piano-Jazz und Oi!- bis Funpunk.

Ganz zu schweigen von der Tatsache, dass es auch in den einzelnen Subgenres noch weitere Unterteilungen und Fächer gibt, etwa im Bereich Wave und Postpunk: Synthpop, New Wave, New Romantic, Postpunk, Darkwave, Coldwave, Industrial, Electro, EBM, Shoegazing, Italo-Disco und so weiter und so fort. Am einfachsten wäre es, die Interpreten nach ihrem Erscheinungsbild zu kategorisieren – und zwar von „vollkommen peinlich" über „aufgebrezelt" bis „cool". Dann hättest du sie fast alle im Sack – New-Wave-Bands wie die Simple Minds („cool"), Punk-Kombos wie die Sex Pistols („hässlich aufgebrezelt"), New Romantics wie Soft Cell („schön aufgebrezelt"), Ska-Formationen wie Madness („sehr cool"), Art-Rocker wie Yes („seltsam cool"), Synthiepopper wie The Human League („eindeutig cool"), NDW-Acts wie UKW („peinlich"), Hairmetal-Gruppen wie Bon Jovi („vollkommen unterirdisch, also peinlich"), Stars der dunklen Szene wie The Sisters Of Mercy („ziemlich aufgebrezelt"), HipHop-Pioniere wie Grandmaster Flash & The Furious Five („obercool") sowie die ersten House- und Dance-music-Helden, zum Beispiel Technotronic und Marshall Jefferson („saucool"). Doch wo sollst du hier Nicoles „Ein bißchen Frieden" (1982) einordnen? Die Schlagersängerin ist schließlich weder vollkommen peinlich noch aufgebrezelt oder cool – sie kommt schlicht und ergreifend noch aus dem letzten Jahrhundert und ist total aus der Zeit gefallen!
Du könntest deine persönliche Best-of-Hitparade auch

chronologisch sortieren, wäre dieses Verfahren nicht
so stinklangweilig. Und außerdem müsstest du unter
diesen Umständen Nino de Angelo und „Jenseits von
Eden" zusammen in eine Kiste packen mit PILs „This Is
Not A Love Song", die beide von 1984 sind – sprich: In
diesem Fall könntest du auch gleich sämtliche Charts-
Listen aus der „Bravo" in dein Tagebuch kleben, was
dein ambitioniertes Projekt ad absurdum führen würde.
Obendrauf gibt es immer noch ungezählte Sonderfälle,
die in kein Schema passen und aus dem Raster fallen,
etwa besonders schräge und abseitige Acts wie die
Horrorpunker Misfits um Sänger Glenn Danzig. Oder
eine Independent- und Krach-Formation wie die Ein-
stürzenden Neubauten um Frontmann Blixa Bargeld.
Oder Eintagsfliegen wie Geier Sturzflug und Rodgau
Monotones. Oder Sonderlinge wie das deutsche Trio
Trio. Oder eine ambivalente Ausnahmeerscheinung wie
Falco, der 1998 kurz vor seinem 41. Geburtstag bei
einem Autounfall in der Karibik ums Leben kommt und
in der kurzen Zeit seiner Karriere immer wieder für
Skandale sorgt. Oder einer wie Grönemeyer, der mit
seiner ganzen Gewöhnlichkeit in den 80ern zu einer
unaufgebrezelten Randgruppe gehört, in die nur er
passt, und der mit dieser „Masche", die gar keine ist,
dauerhaft Erfolg hat.
Oder die Kölschrocker von BAP, die niemand versteht,
die aber trotzdem alle hören wollen, obwohl sie kein
Hochdeutsch können. Oder die wenigen Superstars, die
jeder kennt und die man einfach nicht hinter denselben

Karren wie die anderen spannen kann: U2, Michael
Jackson, Madonna, Prince, Bruce Springsteen, David
Hasselhoff und Modern Talking.

Die 80er – so lautet dein vorläufiges Urteil – sind wie
ein schlecht sortierter Swingerclub, in dem es zwar
unterschiedliche Areas vom Darkroom bis zum Dancefloor gibt, in dem sich aber alle am Buletten-
Büfett treffen, angefangen von den Pogo-Punks, zu
erkennen an ihren Sicherheitsnadeln und den leeren
Bierdosen in der Hand, bis zu den Poppern mit ihrem
Faible für Neon-Lippenstift und billiges „Dolce Vita"-
Gehabe à la Ryan Paris.

„Alles kann, nichts muss" – so scheint das Motto der
Swinger in diesen Jahren zu lauten, denn von wild und
laut über langatmig bis barock überladen und schwüls-
tig ist alles dabei. Du beschließt deshalb, eine „intuitive
Liste" zu erstellen – und legst ganz spontan los, ohne
länger darüber nachzudenken. Einen konzeptuellen
Ansatz brauchst du nicht – du bist schließlich kein
Artrocker, sondern eher ein Punk, jedenfalls im Geiste.

Kann weg

„Mama" von Genesis: Wenn du auf die 80er schaust,
dann denkst du zuerst an Nenas Achselhaare und den
Hintern von Bruce Springsteen – sofern der Knackarsch,
der auf dem Cover zu „Born In The USA" zu sehen ist,
überhaupt der echte Popo von ihm ist.

Ach ja – und dir fällt noch etwas ein: „Mama", in
diesem Fall nicht deine eigene, sondern die von Gene-

sis, nämlich die fiktive Mutti, die die britische Super-
group in dem gleichnamigen Megahit besingt, ein Song,
um den ab Oktober 1983 niemand mehr herumkommt.
Die Prog-Rocker Genesis sind in dieser Zeit omni-
präsent – allen voran der Sänger Phil Collins, dessen
Gesicht im „Mama"-Video bildflächenfüllend einge-
blendet wird und der mit eindringlicher Stimme über
einen psychisch kranken Sohn mit Mutterkomplex
singt. Dramaturgisch gekonnt in Szene gesetzt,
verwandelt Collins sich im Video vom gebeutelten jungen Mann, der unter dem Gebaren seiner Mum leidet,
in einen Prostituierten-Killer mit teuflischem Lachen.
Von seinem diabolisch intonierten „Hahaha" – unterlegt
von einer harten Drumcomputer-Sequenz – bekommst
du Albträume. Du bist halt kein genialer Rapper wie
Grandmaster Flash, der sich vom irren Gelächter mal
eben inspirieren lässt und Phils „Hahaha" gekonnt im
eigenen Track „The Message" aufgreift und sampelt.
Fazit: Genesis – altgriechisch für „Schöpfung, Entste-
hung, Geburt" – ist nicht gerade deine Marke und die
Musik der Band viel zu alttestamentarisch. Für deinen
Geschmack ist Genesis ein Relikt aus den 70ern und
nicht cool genug für die 80er. Zwar geben die Briten
zusammen mit Yes und Konsorten Anfang des Jahrzehnts den Ton an, sie sind dir aber einfach zu „konzer-
tant". Zugegeben: Phil Collins ist ein Weltklasse-Schlag-
zeuger, der mit diversen Projekten und Songs wie „Easy
Lover" und dem Supremes-Cover „You Can't Hurry

Love" veritable Smasher präsentiert. Doch dein Herz
kann Phil nicht erobern.

„Touch Me (I Want Your Body)" von Samantha Fox:

Es gibt Dinge, Begebenheiten und Leute in den 80ern,
die man am liebsten verdrängt – Samantha Fox gehört
aus deiner Sicht dazu. Die Popsängerin mit den üppi-
gen Formen landet 1986 mit „Touch Me" einen Hit in
den europäischen, amerikanischen und kanadischen
Charts – und gilt als ehemaliges „Mädchen von Seite 3"
des britischen Boulevardblatts „The Sun" als Inbegriff
durchschnittlicher Männerfantasien der Marke „Wenn
das Oben-ohne-Girl morgens um 8 Uhr zweimal klingelt". Weil Samantha über eine ausgesprochen große
und natürliche Oberweite verfügt, wird sie zum be-
kanntesten Pin-up-Girl Englands. 1983 lässt sie sich ihre
Brüste für 500.000 Dollar versichern. Drei Jahre später
ist sie in aller Munde. Die Gazetten reißen sich um sie,
und das Computerspiel „Samantha Fox Strip Poker"
mit Monochrom-Bildern von ihr sorgt für Furore.
Mögen die Männer auch blind vor Lust sein, sobald
sie die Blondine erblicken, du lässt dich nicht von ihr
einlullen. Ihr Rumgestöhne in „Touch Me" geht dir
gewaltig auf den Rucksack. Und – noch schlimmer – ihr
Outfit ist deiner Meinung nach schon Mitte der 80er
mega-out. Ihr Stonewashed-Jeans-Dress in Kombi mit
zu viel Modeschmuck-Klimbim an Hals und Ohren,
dazu der obligatorische Schwarzleder-Handschuh – das
geht gar nicht. Und eine hochtoupierte Frise taugt maxi-

mal noch etwas in einer Werbung für Drei-Wetter-Taft-Haarspray. Wahrscheinlich kräuseln sich nicht nur deine Fußnägel bei ihrem Anblick, sondern auch die von Karl Lagerfeld. Und eine Modedesignerin wie Jil Sander würde das hinterwäldlerische Frauenbild, für das Samantha Fox steht, erst recht nicht durchgehen lassen, da bist du dir sicher.

Ironie des Schicksals: Dass die Sängerin sich im neuen Jahrtausend als lesbisch outen und die Menschheit dann erfahren wird, dass ausgerechnet sie nicht auf Männer steht, kannst du 1989 noch nicht ahnen. Erst als sogenannte „Best Agerin" wirst du irgendwann im Jahr 2024 begreifen, warum man vom „Clash der Generationen" spricht. Ganz einfach: Wer die Samantha Fox aus dem Jahr 1986 neben die Billie Eilish aus dem Jahr 2024 stellt, der versteht intuitiv, dass ein sehr, sehr großer Graben zwischen der Generation X und Z liegt.

„Love Missile F1-11" von Sigue Sigue Sputnik:

Musik wie ein Atomunfall, gemacht von scheinbar größenwahnsinnigen Typen, die beim Feiern den Super-GAU erlebt haben und komplett zugekokst auf die Bühne stolpern – so wirken sie, die New-Wave-Punk-'n'-Roller der englischen Band mit dem bekloppten Namen Sigue Sigue Sputnik.
Wie echte Neoliberale wünschen sie sich „Sex, Spaß und Erfolg" – tun aber offensichtlich nicht viel dafür. „Shoot it up" – so lautet eine Zeile aus ihrem Hit „Love Missile F1-11". Aber wer soll hier abgeschossen werden?

Du ahnst zwar, dass ihr Auftritt nur ironisch gemeint
ist, findest sie aber trotzdem doof.

1989 lösen sie sich auf. Dennoch bleibt etwas von
ihnen übrig – nämlich das Branding, das dir und deinen
Altersgenossen schon bald anhängen wird und das
ihren Frontmann Tony James und Edelpunk Billy Idol
eint: *Generation X* heißt nämlich die Punk-Combo,
die Billy Idol 1976 gegründet hatte und in der auch
Tony James mitspielte.

Der Begriff *Generation X* wird für dich und deine
Freunde schon bald zum Programm – spätestens mit
der Veröffentlichung des gleichnamigen Romans von
Douglas Coupland Anfang der 90er-Jahre. Dank des
kanadischen Schriftstellers und Künstlers wisst ihr
in den 90er-Jahren endlich, wer ihr seid, nämlich die
sogenannte *Generation X*, junge Leute, die keine Erfahrungen mit dem Krieg haben. Heranwachsende, die frei
und ungebunden sein wollen und auf althergebrachte
Sicherheiten wie ein eigenes Haus mit angeschlossenem
Garten pfeifen. Junge Erwachsene, denen es – ökono-
misch betrachtet – ziemlich gut geht, die aber andererseits wissen, dass die Gesellschaft eines Tages für ihre
dekadenten Sünden büßen muss, weshalb ihr eine
Lessness-Strategie bevorzugt, eine „Weniger ist mehr"-
Philosophie, gepaart mit geradezu exhibitionistischer
Bescheidenheit, die den Musikern von Sigue Sigue
Sputnik ganz offensichtlich abgeht – und das, obwohl
sie zu jenen gehören, die euch den Stempel „Gen X"
aufgedrückt haben.

„Life Is Life" von Opus:

Von „It's My Life" über „Life in a Northern Town" bis
„Come Into My Life" wird das Leben in den 80ern oft
hymnisch besungen – du hast nicht mitgezählt, wie oft.
Die Krönung ist „Life Is Life" von der Ösi-Band Opus.
Der Song erscheint Ende 1984 und wird in den Folge-
jahren in Endlosschleife auf jeder Party gespielt – auf
Dorffesten im Bierzelt, auf Hochzeiten, Geburtstagen,
Fußballsausen und Abi-Feiern, von überall her dröhnt
es aus den Boxen – und die Besoffskis grölen mit.
Du hasst dieses bräsige Lied, das 1985 internationalen
Hit-Status erlangt, kannst dich aber zugleich nicht
dagegen wehren und singst es nachts vermutlich unbe-
wusst beim Schlafwandeln mit.
Von der Pest bis zur Cholera – die Menschheit war noch
nie gegen Seuchen gewappnet, auch nicht gegen diese:
„Life Is Life" …
Viele weitere Songs, die peinlich sind und wegkönnen,
pflastern deinen steinigen Weg in den 80ern. Wenn du
daran denkst, bekommst du schlechte Laune, weshalb
du schnell einen Haken hinter deine „Kann weg"-Liste
setzt, denn sonst wirst du nie damit fertig und verpasst
noch das Abendbrot.

Peinlich, aber geil

„Peinlich, aber geil"? Du überlegst, wo du hier anfangen beziehungsweise aufhören sollst, denn „peinlich,

aber geil" ist das meiste in diesem Jahrzehnt des herrlich schlechten Geschmacks.

„Words" von F. R. David ist superpeinlich. Faktentechnisch betrachtet zählt dieser Song aber zu denen, die du im Sommer 1982 am häufigsten gehört und heimlich nicht nur unter der Dusche mitgesungen hast. Auch gefiel dir der französisch-tunesische Sänger mit seiner putzigen Sonnenbrille 1982 ganz gut. Thematisch gesehen traf F. R. David in dieser Zeit eh des Pudels Kern. Denn dass Wörter – „Words" – nicht einfach so kommen, das konntest du damals schon unterschreiben. Und heute als Volljährige mit Schulabschluss in der Tasche immer noch.

„Maid of Orleans (The Waltz Joan of Arc)"
von Orchestral Manoeuvres in the Dark, kurz OMD, ist eine weitere deiner ungezählten Jugendsünden. Die britische Synthiepop-Band schießt 1982 mit ihrem Lied in die deutschen Charts – und du bist hin und weg von ihrer theatralischen Videoperformance, von Sänger Andy McCluskey und von seinem schicken Norweger-Pulli.
Während er in den höchsten Tönen von der französischen Heiligen und Gotteskriegerin Jeanne d'Arc singt, erscheint im „Maid of Orleans"-Video eine schöne Frau in Ritterrüstung auf einem weißen Schimmel. Während sie behäbig zu walzerähnlichen 6/8-Takten durch eine imposante Schneelandschaft reitet, scheint im Hintergrund ein ganzes Dudelsack-

Orchester eine markante Melodie zu spielen, was völlig
entrückt und abgespact wirkt.

Leider altern die Songs von OMD sehr schlecht und
können schon bald nicht mehr mit zeitlosen Evergreens
von Größen wie New Order mithalten: peinlich, aber
wahr – und ein wichtiger Teil der Musikgeschichte, der
nicht unterschlagen werden sollte.

„Rain in May" von Max Werner aus dem Jahr 1981
weckt ebenfalls höchst widersprüchliche und leicht
ambivalente Gefühle in dir. Der niederländische
Schlagzeuger zeigt sich bei seinem ersten Auftritt in
der ZDF-Musiksendung „Disco" in einem weißen Ganz-
körper-Overall. Dazu trägt er einen langen Ohrring und
eine neonfarbene, nach oben offene Sonnenvisier-Kap-
pe: sehr neckisch insgesamt.

Allein mit seinem Outfit wirkt er bereits wie ein Außerirdischer. Hinzu kommt noch, dass er sein Drumset im
Stehen bearbeitet, was einen unglaublich größenwahnsinnigen Eindruck hinterlässt, andererseits sexy ist.

Sein Stück „Rain in May" haut dich vollends von den
Socken, es ist eines deiner Lieblingslieder.

Wahnsinn, Max Werner ist ein Trommelgott, denkst
du … Und schämst dich einige Jahre später für deinen
schlechten Geschmack. Trotzdem hörst du „Rain in
May" alle paar Jahre wieder – und sei es nur aus dem
Grund, um endlich mal wieder von früher träumen zu
können. Manchmal singst du den Song auch laut und
falsch unter der Dusche mit.

Zig weitere **80s-Tracks** landen auf deiner „Peinlich, aber geil"-Liste, allen voran der Italo-Disco-Kracher **„Comanchero"** (1984) von Sängerin Moon Ray, die in ihrem ultrabunten Green-Screen-Video krasse Voodoo-Tänze in einem quietschgelben Squaw-Outfit aufführt – und somit auf der Peinlichkeitsskala ganz oben mit Modern Talking und Sandra rangiert.

In die gleiche Kerbe schlagen Acts wie Fox The Fox mit dem Euro-Disco-Track **„Precious Little Diamond"** (1981), der italienische Sänger Gazebo mit **„I Like Chopin"** (1983), **„Self Control"** (1984) von Raf bzw. Laura Branigan und die Italo-Disco-Hymne **„Hypnotic Tango"** (1983) von My Mine, ganz zu schweigen von **„Vamos a La Playa"** von Righeira (1983).

Auch **„1000 und 1 Nacht"** von der Deutschrock-Band Klaus Lage bringt dich irgendwie in Wallung, lässt dich aber auch unangenehm erschauern, wahrscheinlich weil du das Lied 1000-mal zu oft auf irgendwelchen Abi-Feten gehört hast. Und last, but not least gehört auch die Band Münchener Freiheit mit ihren Schmon-zetten, allen voran **„Ohne dich (schlaf ich heut Nacht nicht ein)"** (1986) in diese Kategorie.

Irgendwie peinlich, aber trotzdem geil sind aus deiner jugendlichen Sicht überdies cool-uncoole Dudes wie Udo Lindenberg, Peter Maffay, Rio Reiser, die Boom-town Rats, Mike Oldfield, Rick Astley, Tina Turner, Lionel Richie, Cool And The Gang, Saga, Supertramp und a-ha.

Ja, sogar a-ha zählt dazu, denn die Songs des

norwegischen Trios kommen dir aus den Ohren raus, seit keine Party mehr ohne das obligatorische **„Take On Me"** (1984) auskommt. Gleiches gilt für Sängerin Irene Cara und **„Flashdance … What A Feeling"** (1983) und die kanadische Combo Men Without Hats mit ihrem **„Safety Dance"** (1982/83). Du hast einfach zu oft heimlich in deinem Kinderzimmer zu ihren Stücken getanzt: total peinlich!

Peinlich sind rückblickend gesehen auch einige rare, fast schon wieder vergessene, aber relevante Größen wie The Art Of Noise mit ihrem aufgeblasenen Track **„Moments Of Love"** (1985) und die australische Synthiepop-Band Real Life mit ihrem schlecht gealterten Hit **„Send Me an Angel"** (1983).

Peinlich sind außerdem einige Interpreten großer Megakracher und unvergessener Schnulzen, zu denen deiner Meinung nach auch die echten Giganten ihres Fachs zählen, Weltstars wie Lou Reed, Whitney Houston und Elton John zum Beispiel. Oder Paul Young. Oder Peter Gabriel mit seinem ewigen „Sledgehammer". Oder Milli Vanilli. Oder. Oder. Oder. Dass du deine Meinung im Laufe der Jahrzehnte noch oft ändern wirst, davon weißt du 1989 ja noch nichts.

Voll in die Fresse – Die Songs deines Lebens von revolutionär bis tanzbar

Kurz mal die 80s-Songs deines Lebens aufzulisten ist ein äußerst ehrgeiziges, vielleicht sogar unmögliches Unterfangen. Du versuchst es trotzdem und wirst das

Abendbrot deshalb wahrscheinlich verpassen, denn das Angebot in den Hauptsparten 80s-Avantgarde, NDW, Synthiepop, Wave, Indie, Punk, Postpunk, Hardcore, Rock'n'Roll, Rock, Metal, Pop, Soul und HipHop sowie Dance, Elektro und Electronic Body Music (EBM) ist riesig.

Darum gehst du ganz intuitiv und subjektiv vor und packst alle Interpreten auf die Liste, die dir spontan einfallen. Alle anderen haben Pech gehabt, mögen sie auch noch so wichtig für eingefleischte Musiknerds wie Martin sein.

„**Spacer**" (1979/1980) von Sheila and B. Devotion und die Synthiepop-Hymne „**Fade To Grey**" (1980) von Visage sind in den frühen Jahren, in denen du noch voll auf Disco bist, nicht nur bombastische Dancefloor-Kracher, sondern auch zukunftsweisende Tracks, dicht gefolgt von dem Lesley-Gore-Cover „**It's My Party**" (1981), das Dave Stewart und Barbara Gaskin zusammen aufgenommen haben, und „**Don't You Want Me**" (1981) von The Human League.

Mit auf deiner Best-of-Liste landen außerdem 80s-Avantgardisten und Helden wie Depeche Mode mit „**Just Can't Get Enough**" (1981): Mit diesem Song wurde die Band bekannt – und du erinnerst dich allzu gerne daran, als du die Briten erstmals im Fernsehen gesehen hast. Sänger Dave Gahan sah damals noch aus wie ein kleiner Welpe mit Igelfrisur und Martin Gore wie ein Küken mit Kükenfrisur: unglaublich süüüüßßßßß!

Weitere Songs der Kategorie „Fresh, innovativ und tanzbar" sind „**The Look of Love**" (1982) von ABC, „**Temptation**" (1983) von Heaven 17, „**Doot-Doot**" (1983) von Freur, „**West End Girls**" (1984) von den legendären Pet Shop Boys, „**Love & Pride**" (1984) von King, „**Midnight Man**" (1984) von Flash and The Pan, „**Sex Crime**" (1984) von Eurythmics und „**Imagination**" (1985) von Belouis Some.

Mit NDW und der Geburtsstunde der Independent-Labels sind sodann Wave der dunkleren Gangart, Postpunk und Ska in dein wohlbehütetes Leben gekommen – eine Offenbarung. Und eine Erfahrung, die man nicht so einfach in Best-of-Listen packen kann, wie du nun merkst, eine Aufzählung der größten Heroes muss also reichen: **Joy Division! New Order! Ideal! The Smiths! Blondie! DAF! Fehlfarben! The Cure! The B-52s! Violent Femmes! Talk Talk! Talking Heads! Dinosaur Jr.! Billy Bragg! Madness! Joe Jackson! Pixies! Dead Kennedys! The Clash! The Style Council! Captain Sensible! Ian Dury! The Specials! Peter and the Test Tube Babies! New Model Army! Working Week! Die Ärzte! Die Goldenen Zitronen! United Balls ...**

… Land ist immer noch nicht in Sicht, denn nun geht es weiter mit den 80s-Acts, die du auf keinen Fall vergessen darfst, angefangen von **Michael Jackson, Prince** und **Madonna** über **U2, David Bowie** und **Iggy Pop** bis **Kraftwerk, The Buggles, The Housemartins, The Beautiful South, Hipsway, Fairground Attraction, Kim Wilde, Roxy Music, Sting, Fine Young Cannibals,**

Wham!, De La Soul, Spliff, Nena, Foreigner, Kate Bush, Joachim Witt, Meat Loaf, Shannon, Snap!, Evelyn Thomas, S'Express ... Udo Jürgens!
Und auch die **Stones** und die **Beatles** – solo oder im Paket – mischen in den 80ern noch kräftig mit! Und Jazz-, Weltmusik-, Soul- und HipHop-Größen wie **Marvin Gaye, Kurtis Blow, Chaka Khan, Terence Trent D'Arby, Matt Bianco, Midnight Oil, Kid Creole & The Coconuts, Freeez, Miami Sound Machine, Commodores** und die **Four Tops**, um nur einige zu nennen. Und Abseitiges und Schräges wie **Foyer des Arts** und **Palais Schaumburg** kommt auch noch dazu! Oder fantastische Indie-Formationen, die kaum jemand kennt und die sich leider viel zu früh wieder aufgelöst haben wie die norddeutsche Garage-Rock-Combo **The Strangemen** und das hannoversche Funpunk-Trio **Storemage**.

Hilfe! Du kapitulierst und legst dein größenwahnsinniges Projekt beiseite. Ende im Gelände! Du hast Kohldampf und möchtest das Abendbrot lieber doch nicht verpassen. Deine Best-of-Hitparade bleibt damit – wie so vieles in deinem Leben – unvollendet. Schade irgendwie, aber auch nicht schlimm, findest du. Du kannst ja auch nicht ahnen, dass es im neuen Jahrtausend möglich sein wird, Songlisten auf dem Handy zu erstellen und der Reihe nach abzuspielen – ein Wahnsinn, den du dir 1989 nicht ausmalen kannst.

HIGH FASHION –
VON MODE, SÜNDEN,
MENSCHEN UND BODYS

Aufrüstung ist in den 80ern ein zentrales Thema, nicht
nur in der Politik, auch modisch gesehen. Schließlich
ist ein riesiges Arsenal an Utensilien nötig, um hier als
Player an der vordersten Front mitspielen zu können
und als „echte Rakete" und „sexy Bombe" durchzuge-
hen – Marschflugkörper sind damit aber nicht gemeint.
Wer dabei sein will, muss auf jeden Fall leiden. Denn
einerseits sind die meisten Fummel in dieser Dekade
höchst unbequem, im Grunde genommen gar nicht für
den Homo sapiens gemacht und geradezu menschen-
feindlich, man denke nur an luftundurchlässige
Windjacken, enge Korsett- und Miederkleidung aus
Lack und Leder oder spitze Gothic-Spikes und
thrombosefördernde Schnabelschuhe.
Doch weil du hipp sein willst, sorgst du dich natürlich
nicht um negative gesundheitliche Aspekte und
mögliche Styling-Nebenwirkungen und zwängst dich
in klobige Doc Martens, obwohl du auf der Tanzfläche
ständig über deine eigenen Füße stolperst, weil die
Stiefel so schwer wiegen. Die Hauptsache ist, dass
du mitreden kannst und nicht von deiner Peergroup
ausgestoßen wirst, das wäre das Allerletzte. Und so
hältst du dich modisch auf dem neuesten Stand.

Überhaupt Mode – das ist ein großes Wort. Und was fällt dir zuerst dazu ein?

Richtig, die größten Modesünden kommen dir in den Sinn: Ballonhosen und -röcke, Beinstulpen im Hochsommer, Netzhemden, Puffärmel, Karottenhosen, ultraschmale Lederkrawatten mit freakigen Mustern, Stehkragen- und Satinblusen, Leggins, Schulterpolster, Stirnbänder, karierte Sakkos und Turnschuhe mit Klettverschluss.

Bei einigen dieser Sünden machst du mit, ohne nachzudenken, weiße Tennissocken gehören zum Beispiel dazu. Und eine Weile lang stehst du ernsthaft auf Netzhemden, nur weil Vic in „La Boum 2 – Die Fete geht weiter" eins trägt, in dem sie wirklich scharf aussieht. Cowboystiefel sind dir hingegen ein Gräuel, sie erinnern dich an den plumpen J.R. Ewing. Das größte modische Utensil ist allerdings kein heißer Fummel aus der Klamottenkiste, keine auffällige Brosche oder fette Halskette. Nein, es ist dein Körper, seine Ausformungen und seine Ausstattung, denn die Dekade der uneingeschränkten Selbstoptimierung ist angebrochen, Stichwort: Body Building.

Arnold Schwarzenegger macht vor, was man alles mit diesem Utensil namens Body anstellen kann, ihn aufpolstern zum Beispiel. Doch auch andere Varianten sind möglich. An ihm rumschneiden, fräsen, hämmern, sägen, ihn mit Silikon unterfüttern, die Zähne bleachen, die Haut peelen oder ordentlich abdecken, rumzuppeln, und, und, und …

Wer etwas auf sich hält, arbeitet mit seinem Kapital –
seinem Leib – und beschäftigt sich auch intensiv mit
dem Thema Wellness, um nicht auszubrennen und fit
zu bleiben. Wer beim großen Rennen namens Leben
vorne dabei sein will, wird also in den 80ern zum
Selbstoptimierer, zu einer Person, die den fröhlichen
Geist der Anarchie weitgehend aus ihrem Alltag
verbannt, schließlich treffen nur heruntergekommene
Punks und todessehnsüchtige Gothics unvernünftige
Entscheidungen und schießen sich mit Drogen ab.
Die Apologeten einer neuen Gesundheitskultur
kommen natürlich aus Amerika und sehen entweder so
aus wie Sydne Rome und Jane Fonda. Oder sie heißen
Arnold „Arni“ Schwarzenegger, schlucken bedenkenlos
Anabolika und ahnen nicht, dass diese Stoffe ebenso
schädigend sein können wie Heroin und bei Männern
ein Schrumpfen der Hoden befördern.
Nicht nur antike Philosophen oder Christen haben
sich Gedanken darüber gemacht, wie man den Körper,
dieses gemeine Tier, in den Griff bekommt. Nein, auch
die neuen Ikonen aus Übersee builden ihren Body
und entwickeln Konzepte zur Seelenbalance. In diesen
Tagen bürgert es sich ein, täglich „am Körper zu
arbeiten“, um ihn möglichst lange zu konservieren.
Wenn sie Arnis Muskelpakete sehen, staunen Normal-
bestückte aus aller Herren Länder nicht schlecht. Der
Preis, den der gebürtige Ösi dafür zahlt, ist allerdings
hoch, denkst du und stellst dir Arnis Tagesablauf vor:
Morgens um 5.30 Uhr steht der Terminator aus dem

Amiland auf und hopst dann mit einer Möhre als
Frühstücksproviant bewaffnet in den Fitnessraum –
ausgestattet mit 180 Hanteln in allen Größen –, während
seine Liebste sich noch ein paarmal im Bett umdreht
und eine weitere Runde ratzt.
Etwas später bewundert sie dann das Ergebnis
seiner Körperertüchtigungsmaßnahmen im
Badezimmerspiegel: Wow, Arnis Body ist einfach nicht
mit dem Unterschichtenkörper eines x-beliebigen Man-
nes vergleichbar, er ist einfach nicht von dieser Welt!
Ebenfalls aus Amerika kommt ein anderer Trend,
den du nicht mitmachen kannst, Stichwort: Maximal-
pigmentierung. Der Körper in den 80ern ist braun ge-
brannt. Braun, brauner, am braunsten, knackebraun –
wer hat den schönsten Teint? Mit dieser Frage musst du
dich nach den großen Ferien regelmäßig in der Schule
rumschlagen. Deine Freundinnen erzählen von ihrem
Spanienurlaub und legen ihre gebräunten Unterarme
demonstrativ zum Vergleich auf den Klassentisch.
Du schneidest bei diesem Schönheitswettbewerb mies
ab, denn deine Arme sind entweder rot oder käsig.
Als Rothaarige – du sprichst von *Rotblond* mit
Betonung auf *Blond* – hast du bei diesem Contest keine
Chance, obwohl du dich am Strand in Jugoslawien
redlich bemüht hast.
Der Begriff „Lichtschutzfaktor 50" ist noch unbekannt,
also haust du dich ohne schützende Creme in die pralle
Mittagssonne, während die mit Sonnenöl benetzte Haut
deiner brünetten Freundin Claudia perfekt bronzefar-

ben schimmert, ein Effekt, der noch von ihrem neongelben Bikini und dem türkisfarbenen „Delial"-Handtuch, auf dem sie liegt, unterstrichen wird.

Im folgenden Sommer verziehst du dich nach dem Bad im Meer flugs untern Sonnenschirm, derweil die anderen arglos weiter in der Hitze brutzeln wie tote Hähnchenkadaver. Du hast endlich eingesehen, dass es besser ist, für immer käsig zu bleiben. Nächtelang unter Schmerzen wegen großflächigen Sonnenbrandschäden wach zu bleiben und zu leiden, das ist keine Option. Bräune als Statussymbol – wer hat sich diesen blöden Käse eigentlich ausgedacht? Die kaffeebraune Bo Derek, Womanizer Don Johnson, die Kosmetikindustrie oder Barbie und Ken mit ihrem perfekten California-Dream-Look?

Egal, wer von ihnen es war, wenn du groß bist, wirst du dich rächen und sie alle verklagen. Schließlich haben Forscher das Ozonloch längst entdeckt und die Kunde verbreitet, dass zu viel Sonnenbaden *ungesund* ist – besonders für dich als empfindliche Hauttyp-I-Person.

Geile Frauen in den 80ern

Abseits vom gemachten Body, der idealerweise knackebraun, sportlich trainiert und mit blendend weißen „Blend-a-med"-Zähnen ausgestattet ist – Beißerchen, mit denen man auch morgen noch kraftvoll zubeißen kann –, lässt du dich in Sachen Mode vor allem von weiblichen Vorbildern inspirieren, von Film- und Fernsehstars und Idolen wie Madonna, Whitney Houston,

Blondie, Nena, Kim Wilde – und natürlich Vic aus
„La Boum". Sie alle haben etwas, was andere nicht
haben. Bei Blondie etwa ist es ihr gleichzeitig
ausgefallener und stilsicherer Sinn für Kleidung, ganz
abgesehen von ihrer unvergleichlichen Stimme und
Bühnenpräsenz. Oder sie bringen etwas mit, das neu
und aufregend ist – so wie Kim Wilde mit ihrer
fantastischen, hochtoupierten Wolf-Cut-Frisur.
Whitney Houston wiederum verehrst du, weil sie Mitte
der 80er wie eine Supernova in eurer Galaxie aufleuchtet. Mit ihrem ersten Album und Hits wie „How Will I
Know" lässt sie für einen Moment alle anderen neben
sich erblassen. Petra und du, ihr singt ihre Balladen
(falsch) mit und schaut, ob ihr etwas von ihrem Styling
in euer Fashion-Repertoire übernehmen könnt. Ihre
toupierte Lockenpracht ist der helle Wahnsinn, dazu
trägt Whitney übergroße Ohrclips und betont ihre
Augen mit funkelnden und rauchigen Lidschattentönen
in discoiden Farben von Lila bis Metallic-Schwarz.
Abgesehen davon zeigt sie sich in ihren Videos gut
gelaunt und natürlich – und wirkt so wie ein Kontra-
punkt im Vergleich zu Größen wie Annie Lennox, die
mit ihrem raspelkurzen Karottenschnitt und androgy-
nen Maßanzügen wie eine Kunstfigur agiert, was auch
Absicht und typisch 80er ist.
Übertrumpft wird der Karneval der Maskeraden nur
noch von Madonna, die mit ihrem Hang zur ständigen
Transformation die meisten Trends in dieser Zeit setzt.
Fast wirkt es so, als hätte sie sämtliche Modestile in

diesem Jahrzehnt eigenständig erfunden, angefangen vom bauchfreien Top kombiniert mit Leggins, Minirock, Tüll, Spitze, Nietengürtel, fingerlosen Handschuhen und einem Wust an Ketten und Armbändern über ihre „Material Girl"-Glam-Phase, in der sie Marilyn Monroe nacheifert, bis zu ihrer „Vogue"-Zeit, in der sie die kultigen Kegel-Bustiers von Jean Paul Gaultier trägt. Madonna ändert ihre Outfits so oft, dass du kaum mitkommst. Doch nicht nur sie ist eine Meisterin des grellen Auftritts. Stilprägend sind auch Frauen von ganz anderer Couleur, zum Beispiel androgyne Ladys wie Patti Smith und Sinéad O'Connor ... Und die Dark-Wave-Göttin Siouxsie Sioux.

Als Protagonistin der Punk- und Postpunk-Bewegung inszeniert die Sängerin der Londoner Band Siouxsie And The Banshees sich in der Öffentlichkeit schwarzgewandet und mit bösem Blick. Mit bleichem Gesicht und schwarzem Lippenstift und Lidschatten, den sie tellergroß und quadratförmig rund um die Augen aufträgt, wirkt sie wahlweise wie eine männerfressende Medusa oder ein totgeschminkter weiblicher Nosferatu – auf jeden Fall aber wie eine Person, die nachts auf dem Friedhof Krähenfüße und Tierknochen auskocht, wilde Totenkopf-Orgien feiert, Pentagramme zeichnet und sich morgens zum Frühstück Fledermäuse brät, garniert mit Spinnen-Mus – und dazu gibt's noch einen Raben-Cocktail. Mit anderen Worten: Siouxsie ist deine Königin der Nacht, unwiderstehlich sexy und gnadenlos cool mit ihrer abweisenden Arroganz!

Wer so viel „Darkness" nicht verkraften kann, der
kann ja umschwenken und zum nächsten Nina-Hagen-
Konzert gehen. Die Sängerin aus Ost-Berlin ist wie
Siouxsie eine Punk-Ikone, hat im Gegensatz zu ihrer
Kollegin aus London allerdings den Farbfilm nicht
vergessen. Ihre „schwarze Phase" hat Nina Anfang
der 80er bereits hinter sich gelassen. Sie schminkt und
verkleidet sich in allen Farben des Regenbogens und
spart auch ihre Mähne nicht aus, die mal knallrot
aufleuchtet und mal giftgrün ins Auge haut. Einmal
lässt Nina sich auch einfach eine Glatze rasieren. Grell,
greller, am grellsten, nina-hagen-grell – so lautet die
Steigerung korrekterweise.

Geboren 1955 in Friedrichshain und aufgewachsen in
der DDR, wo sie mit der Gruppe Automobil 1974 den
Hit „Du hast den Farbfilm vergessen" landet, gilt sie
nach ihrer Übersiedlung in den Westen schon bald
als deutsche „Godmother Of Punk". Sie singt auf
Deutsch und beherrscht ein umfangreiches Repertoire
an Grimassen. Wie es sich für eine Punk-Queen gehört,
eckt sie ständig irgendwo an, ist eine Querdenkerin und
lässt sich den Mund nicht verbieten.

In der österreichischen Talkshow „Club 2" erregt sie
bereits Ende der 70er-Jahre Aufsehen, als sie vor
laufender Kamera – bekleidet, aber explizit – diverse
Stellungen zur weiblichen Masturbation demonstriert.
Nach der Geburt ihrer Tochter Cosma Shiva 1981,
heiratet sie 1987 den 17-jährigen Hausbesetzer
Iroquois und feiert mit ihm eine unkonventionelle

„Punk-Hochzeit" auf Ibiza. Nach einer Woche trennen
die beiden sich, erfährst du beim „Bravo"-Lesen.

Diese Nina Hagen ist echt eine Wahnsinnsbraut, eine
Rebellin, die macht, was sie will. Und sie ist ein
schillerndes Chamäleon – Skandalnudel, Rockröhre,
Bürgerschreck und Gesamtkunstwerk gleichermaßen.
Sie wechselt die Männer wie andere ihre Unterhosen,
sie schreibt nihilistische Texte, verwirrt andererseits
mit esoterisch angehauchten Metadiskursen und dem
Geständnis, wie sehr sie Gott und Jesus liebt und dass
sie jeden Tag mit den beiden spricht. Himmel, Hilfe!
Und last, but not least: Sie zieht krassere Fratzen
als Klaus Kinski – und das soll ihr erst mal einer nach-
machen.

Wem ihr Auftritt zu wild ist, der kann ja getrost auf
Grace Jones umsteigen und ihre raubtierhafte
Performance bewundern. Oder sich an den unterkühl-
ten Sounds von Anne Clark ergötzen. Oder ganz
frauenbewegt auf Ina Deter oder „Emma"-Gründerin
Alice Schwarzer umschwenken. Denn mögen all diese
Frauen auch noch so unterschiedlich sein, was sie eint,
ist ihr ikonenhafter Status, und der ist amtlich.

Das heißt: Diese Ladys setzen wirkmächtige Zeichen, sie
geben vor, was modern und en vogue ist. Und Petra
und du, ihr gebt euer Bestes, um zu demonstrieren, dass
ihre Botschaften bei euch ankommen. Ihr gebt euch also
möglichst stark und unabhängig, cool und unnahbar –
so unverletzlich wie Charles Bronson in „Ein Mann
sieht rot". Denn was ihr (noch) nicht durchblickt habt,

das ist der misogyne und frauenfeindliche Zeitgeist,
der auch eure Sicht (auf euch und die Welt) beeinflusst.
Und darum bewundert ihr die männlich gelesenen
Eigenschaften an euren heldenhaften Geschlechts-
genossinnen, ihre vermeintliche Unabhängigkeit, Stärke
und Coolness.
Ihr tut, was ihr könnt, um euren Vorbildern nachzuei-
fern. Im Hinblick auf Mode sind auch die Girls von
Bananarama echte Trendsetter, nicht zu überdreht, aber
absolut lässig. Sara, Keren und Siobhan – jede der drei
Sängerinnen ist attraktiv, aber nicht überirdisch schön.
Im Gegensatz zu deiner Freundin Petra verliebst du
dich intensiv in den Vintage- und Tomboy-Style der
Britinnen und versuchst, ihn möglichst naturgetreu
mit deinen bescheidenen Mitteln zu kopieren.
Capri-Leggins, Shirts mit fetten Slogans, Turnschuhe
mit übergroßen Sohlen, hippe Haar- und Armreifen
und knallbunte Sonnenbrillen – das geht immer. Am
allermeisten gefallen dir aber die frechen Bananarama-
Latzhosen. Du kaufst dir eine von „Vanilia" – und
ziehst sie nur noch vor dem Schlafengehen aus.
Bald bist du dorfbekannt mit deiner beigefarbenen
„Vanilia"-Latzhose. Irgendwann ist hinten ein Loch drin
– ausgerechnet in Po-Gegend –, das du stopfen lässt.
Dann, nach etwa drei Jahren, musst du dich
notgedrungen von deiner Lieblingslatzhose trennen.
Du holst dir nie wieder eine und hältst das Andenken
an sie in Ehren, indem du jedes Jahr zu ihrem
Geburtstag eine Kerze anzündest.

Auch obenrum tust du es wie die Bananarama-Girls und hängst dir große Creolen mit Tigermuster aus Holz an die Ohren. Untenrum ein Hosenanzug, obenrum Creolen – schon ist der „Cruel Summer" 1983 perfekt! Ach ja, nicht zu vergessen sind untenrum bunte Chucks oder Espandrilles – die trendigen Unisex-Mokassins für megastarke Sommertage und -nächte. Du liebst diese preiswerten Dinger und holst dir gleich mehrere Paare davon. Vom Style her erinnert dich dein eigener Auftritt nicht nur an Bananarama, sondern auch an die legendären Dexys Midnight Runners und ihren Straßenfeger-Hit „Come On Eileen" (1982).

Zur Latzhose trägst du außerdem bunte Plastikkunst an beiden Handgelenken, nämlich drei bunte „Swatch"-Uhren mit unterschiedlichen Designs – die Modelle sind der letzte Schrei –, tickende Mode-Statements, die zeigen sollen, wie „up to date" du bist. Wenn du in diesen Tagen gefragt wirst, ob du ein Fashion-Victim bist, schüttelst du betroffen den Kopf. Wie bitte, du sollst ein Modeopfer sein? Du doch nicht! Du hängst an keinem Trend oder Style – ganz im Gegensatz zu den meisten anderen deiner Klassen- kameraden. Lauter Opfer!

Männer ohne Stil

Bei den Frauen fällt ein übertriebener Hang zur Mode meist nicht auf, weil sie ihr Know-how dezent und ge- zielt einzusetzen wissen. Männliche Teenager scheinen demgegenüber viel zu oft an Geschmacksverirrung zu

leiden. Oder anders ausgedrückt: Zieht es sie zur Mode
hin, tragen sie immer gleich viel zu dick auf – nicht nur,
was das Thema Schminke angeht. Auch alles andere
vom Haarschnitt bis zum Accessoire ist meist ein Fall
für den Style-Doktor. Guido zum Beispiel ist ein echtes
Fashion-Victim. Seine Halbschuhe sind okay, denn er
trägt spitze Vintage-Creepers in Schwarz-Weiß mit
Schnallen, kultigem Leopardenmuster auf der Oberseite
und geriffelter Plateau-Sohle. Die Treter gehören in
der Wave-Szene zum guten Ton – so weit, so gut.
Aber im nächsten Schritt kombiniert dieser Dilettant
Pluderhosen und extrabreite Nietengürtel im New-
Romantic-Style mit langen Talaren und mönchhaften
Gruftie-Umhängen, was definitiv nicht zusammenpasst.
Die Krönung ist sein Haarschnitt. Guidos Frise ist
nämlich eine schlecht gemachte Robert-Smith-Kopie.
Während Robert, der Sänger von The Cure, aber trotz
seines fransigen Ponys noch gucken und andere Leute
identifizieren kann, sieht Guido hinter seinem Vorhang
gar nichts mehr. Sein Pony ist schlicht und ergreifend
zu lang. Wenn du ihn ansprichst, reißt er seine Augen
auf, wahrscheinlich in dem Bestreben, dich zu Gesicht
zu bekommen. Oder er schiebt seinen Unterkiefer nach
vorne und pustet Luft nach oben, was auch nicht zum
gewünschten Ziel – freie Sicht für ihn als freien Bürger –
führt. Schließlich schiebt er seinen Pony so wie einen
Vorhang zur Seite, um mit dir kommunizieren zu können: eine Geste, die affig und uncool wirkt. Guido ist
deshalb in deinen Augen ein Fashion-Victim. Sein

Modestil ist gut gemeint, aber nicht gut gemacht. Ein asymmetrischer Schnitt allein verhilft einem Teenager nicht automatisch zu mehr Würde, da gehört schon mehr dazu, findest du.

Wahre Coolness setzt einfach ein gewisses Know-how und Feinfühligkeit voraus, ein Gespür dafür, wann man was wie kombiniert. Wahllos darf diese Kombi nicht ausfallen, denkst du und überlegst, ob du nicht Modedesignerin werden und dich mit deinem Abi-Zeugnis bei Vivienne Westwood bewerben solltest. Aber nein, du verwirfst den Gedanken, denn bei einer Punk-Lady wie ihr kommt es sicher nicht gut an, ganz bieder Papiere und Unterlagen einzureichen. Du solltest lieber einfach nach London fliegen und spontan bei ihr klingeln. Easy-peasy!

Du könntest natürlich auch klein in Deutschland anfangen und bei Jil Sander oder Wolfgang Joop loslegen, so lange, bis du reif für London bist. Oder du gehst zu Karl Lagerfeld nach Paris! Du liebst sein Parfüm „KL" – und passende Duftmarken zu setzen ist auch ein Ausdruck von „High Fashion", „Haute Couture".

Da das Eau de Toilette von „KL" sehr teuer ist und du es dir nur einmal im Jahr zu Weihnachten wünschen kannst, setzt du vorerst auf eine andere Strategie, um zu demonstrieren, dass du stilistisch mithalten kannst: Du pflegst deine umfangreiche 80s-Button-Sammlung. Zig Ansteckplaketten zieren deine Jeansjacke, die du wegen ihrer identitätsstiftenden Wirkung sehr häufig trägst. Obligatorisch ist etwa die Stones-Zunge als Zeichen ultimativer Rebellion – dabei hörst du die Rolling Stones gar nicht soooo oft. Außerdem der „I LOVE 80s"-Button, wobei das Wort LOVE durch ein Herz-Symbol ersetzt wird. Hinzu kommt noch einer mit Snoopy drauf, denn Charlie Browns Haushund ist definitiv die coolste Socke im Universum – und bei den „Peanuts" sowieso! Alf ist dir hingegen etwas zu albern, nicht im Fernsehen, aber als Anstecker. Ein „Ghostbusters"-Sticker fällt für dich auch flach – ein Button mit feisten Manfred-Deix-Karikaturen findest du hingegen affenstark. Der österreichische Cartoonist veröffentlicht seine Zeichnungen schließlich im angesagten Zeitgeist-Magazin „Tempo".

Dein liebster Anstecker ist allerdings der mit Kraftwerk drauf, gemeint ist natürlich die Band und kein Atommeiler. Auf politische Statements wie das Peace-Zeichen oder den bekannten Sticker „ATOMKRAFT? NEIN, DANKE!" verzichtest du: Selbstverständlich bist du dagegen, also gegen Atomkraft. Und natürlich bist du dafür, also für Frieden, das muss man aber doch nicht noch extra betonen – oder?

In der Mode muss nicht alles klar gesagt werden, da ist es oft sexier, ein Geheimnis zu bewahren, findest du. Stilprägende Ikonen wie Audrey Hepburn oder Jesus sind schließlich auch nie overstyled durch die Gegend gelatscht, sondern haben auf allzu viel Bling-Bling verzichtet, Motto: Weniger ist mehr. Ein Model wie die Französin Inès de la Fressagne, Lagerfelds Muse, hält sich daran.

Indirekt sagt sie mit ihrem dezenten Look:
Seht her, ich habe nichts außer meiner Schönheit. Ich bin vielleicht langweilig. Aber das ist egal, weil die heißesten Männer auf mich stehen, sogar wenn ich bloß einen Kartoffelsack trage.
Armani hin, Mugler her – auch in den 80ern gibt es Regeln. Und eine davon lautet: Nie ZU dick auftragen, sonst fällst du durch die Fashion-Prüfung, *Guido*!

Nicht nur Madonna ist ein „Material Girl" – du auch. Die Botschaft, die die Pop-Diva in ihrem neuen Hit vermittelt, spiegelt wider, was längst allgemein bekannt ist: Das materialistische Zeitalter ist angebrochen!

Das Sein bestimmt das Bewusstsein! Die Lehre vom alten Kalle Marx bewahrheitet sich in den 80er-Jahren endlich: Konsum – vor allem heißer Modescheiß – stellt alles komplett auf den Kopf. Der methodische Zweifel von Descartes mit seinem ollen Spruch „Ich denke, also bin ich" hat ausgedient. Jetzt regiert der Reichtum und mit ihm die lustvolle Feststellung: „Ich besitze, also bin ich."

Du besitzt drei Swatch-Uhren, also bist du ein verdammt cooler Möpp! Die Gleichung geht auf und zeigt sich auf dem gesellschaftlichen Parkett in formvollendeter, luxuriöser Dekadenz. Große Shoppingcenter – reine Einkaufsparadiese für Petra und dich – entstehen in den mittelgroßen Städten. Und ihr Dorf-Teenies setzt euch mit Vorliebe in die stets pünktlichen Züge der Deutschen Bahn, um Bastionen der Kauflust wie etwa das beschauliche Minden in Nordrhein-Westfalen anzusteuern und für eure Zwecke zu nutzen.

Ihr habt zwar kaum Geld auf Tasche, aber Bock, so lange zu shoppen, bis die Schotten dichtmachen. Und darum lasst ihr euch auf euren Touren gern von edel wirkenden, ganzseitigen Anzeigen in Modeblättern wie „Cosmopolitan", „Vogue" und „Harper's Bazaar" inspirieren. Bekannte und begehrte In-Marken wie Benetton und Esprit werben darin für ihre teuren Markenklamotten. Das zeitgenössische Power-Dressing fällt „bold, kantig und laut" aus. Das bedeutet: Starke Frauen signalisieren in markanten Looks, dass sie wissen, wo der Hammer hängt, und Männer notfalls plattmachen, egal ob im Bett oder im Business.

Nicht nur Jil Sander ist eine der tonangebenden Power-Frauen, auch die spanisch-französische Designerin Paloma Picasso gehört dazu. Die Tochter des berühmten Künstlers Pablo Picasso macht mit ihrem scharf geschnittenen Gesicht Werbung für ihr eigenes Parfüm und ihre eigenen Produkte, darunter Kosmetikartikel, Brillen, Geschirr und Bettwäsche. Sie hat für Yves Saint Laurent gearbeitet und für Firmen wie Tiffany & Co. Schmuck entworfen. Und sie ist Gründerin des Labels „Paloma Picasso Lunettes", mit anderen Worten: Sie ist eine Power-Frau de luxe, eine, wie sie im Buche steht, eine Koryphäe, der frau nacheifern sollte!

Ihr nehmt derweil den Luxus um euch herum in Augenschein, schaut euch in Modehäusern um, inspiziert teure Flakons in edlen Parfümerien und dieselt euch mit intensiv duftenden Wohlgerüchen wie „Opium" von Yves Saint Laurent ein. Die City ist ein heißes Pflaster, das Leben auf den Straßen und in den Einkaufspassagen pulsiert, und ihr findet an jeder Ecke, wonach euch der Sinn steht. Ein Softeis am Stand eines italienischen Eiscafés, hotte Sommerkleider, die neue Walkman-Generation im Saturn-Technikhaus oder alles rund um Themen wie Spiel, Sport und Urlaub.

Eine eurer Hauptattraktionen ist Karstadt-Zoo – die Tierabteilung des Unternehmens mit niedlichen Hundewelpen, Katzenbabys, Schildkröten und riesigen Aquarien, in denen bunte Guppys, Metallpanzerwelse und sogar schwarze Piranhas kreisen.

Eure Konsumfreude, ja, euer unbändiger Kaufrausch, wird mit jeder neuen Modefiliale und jedem neuen Einkaufstempel weiter entfacht. Die alten Tante-Emma-Läden verschwinden, Selbstbedienung etabliert sich, und die Vielfalt an Waren scheint schier unermesslich zu sein, es boomt an allen Ecken und Enden.

Wieder zu Hause angekommen, freust du dich über die kleinen Dinge des Lebens, Mitbringsel und Preiswertes, das dich an deinen tollen Aufenthalt in der fantasti-schen Einkaufsstadt Minden erinnert – eine Garfield-Keramik zum Beispiel oder eine neue Kuschelrock-CD mit Songs von Interpreten wie Whitesnake, Simply Red, Marillion und anderen. Nun fehlt dir nur noch jemand zum Kuscheln – Hauptsache, es ist nicht Martin. Sic!

Im Vergleich zu den Jugendzeiten deiner Mutti und Omi erlebst du einen Quantensprung in Sachen Kauf-lust. Für die beiden war eine Bestellung über den OTTO-Versandhauskatalog schon gleichbedeutend mit

Hochgefühlen und „High Fashion" – deine Auswahl ist aktuell gefühlt 1000-mal größer. Im OTTO-Katalog zu blättern war für deine Mutti bereits eine Verheißung – einmal war sogar Sue Ellen auf dem Titel abgebildet. Aber nun schlägt das Imperium mit aller Macht zurück – und nichts ist in der Wirtschaftswelt mehr wie vorher, Waren am laufenden Band pflastern deinen Weg, kein Entkommen, nirgendwo.

Deine kindliche Konsumphase

Waren, Waren, Waren – haben, haben, haben! In den 70er-Jahren sind es vor allem Spielsachen, die Lebensfreude in dir entfachen. Wohlige Gefühle kommen auf, sobald du dich an deine Kuscheltiere erinnerst, an deinen kleinen Monchhichi mit dem roten Lätzchen oder den großen Tiger vom Jahrmarkt. Wärmste Empfindungen werden wach, wenn du an deine ersten Sea Monkeys – Urzeitkrebse in Pulverform – denkst. Auch der Magic-Mix „Shaker Maker" entlockt dir ein Juchzen: Mit dem „Walt Disney"-Characters-Set kannst du Figuren wie Mickey Mouse, Donald Duck und Pluto selbst herstellen, der helle Wahnsinn! Du musst dafür lediglich das mitgelieferte Pulver im Wassertopf zu einer rosafarbenen Pampe anrühren, diese in einem Cocktail-Behälter schütteln und sie in passende Plastikformen gießen: Fertig sind Mickey und Co. – in den ersten Stunden noch glibberig und handtellergroß, am nächsten Tag bereits hart und so zusammengeschrumpelt wie Voodoo-Puppen. Du bemalst die Figuren ge-

schmackvoll, dekorierst und verzierst sie opulent –
und schenkst sie deinen sprachlosen Eltern, die Mickey,
Donald und Pluto ganz gerührt auf dem Kaminsims
abstellen … Was bleibt ihnen auch anderes übrig?
Sie wollen dich schließlich nicht enttäuschen und sagen
dir deshalb nicht, dass sie deine allerersten plastischen
Werke total hässlich finden und sie am liebsten in den
Müll werfen möchten.
Getoppt wird diese fabelhafte Art der innerhäuslichen
Beschäftigung höchstens noch von „Slime", zu Deutsch:
Schleimi, dem giftgrünen Glibberzeug zum fröhlichen
Rumpanschen von der Firma Mattel. Bei der zweiten
„Slime"-Generation hat Mattel draufgesattelt – die
Pampe schimmert jetzt in giftiger Magentafarbe und
enthält Glibberwürmer aus schwarzem Silikon –
der Oberwahnsinn, denn du kannst mit dieser Schleimi-
Version stundenlang orgiastisch rumpanschen, bis kein
Wurm mehr fest in der Pampe sitzt und jeder von ihnen
den Weg in die Freiheit gefunden hat.
Großes Begehren erwecken in dir außerdem Spielsachen und Gegenstände, die in den 70ern noch den
Jungen vorbehalten sind, etwa das Bonanza-Rad – nur
mit Fuchsschwanz ein Original – oder die Klemmbau-
steine von Lego. Weil du beides nicht haben kannst,
interessierst du dich schnell nicht mehr für diese Utensilien. Eine Lego-Baumeisterin wirst du eh nie. Und einen
Fuchsschwanz brauchst du ebenfalls nicht ernsthaft, um
glücklich zu sein – Barbiepuppen hingegen schon, von
denen kannst du nicht genug kriegen.

Was du noch brauchst, das sind erstens ein Kassettenrekorder und zweitens die dazugehörigen Kassetten
von „Europa", am liebsten alle: Gänsehauthörspiele
wie „Die drei ??? und der Superpapagei" oder Musikkassetten mit den Schlümpfen und Vader Abraham.
Eine einschneidende Erfahrung ist in den 70er-Jahren
deine erste Begegnung mit der Barbapapa-Familie. Deine Cousine Irmgard sammelt die kleinen Figuren – und
du bist schockverliebt, als du Barbapapa, den rosafarbenen Papa der Familie Barbapapa, zusammen mit seiner
Frau, der schwarzen Barbamama, und ihren Kindern,
der lilafarbenen Barbabella, der orangefarbenen Barba-
letta, der grünen Barbalala sowie dem blauen Barbarix
zum ersten Mal auf Irmgards Schreibtisch siehst.
Ein paar Figuren fehlen ihr noch in der Sammlung,
nämlich der rote Barbawum, der behaarte Barbabo und
der gelbe Barbakus. Doch das interessiert dich nicht,
weil du in Gedanken längst mit der Frage beschäftigt
bist, ob es einen Weg gibt, eine von diesen fantastischen
Figuren zu mopsen, ohne dass Irmgard es merkt.
Du bist noch ein Kind und entwickelst schon kriminelle
Energien – insgeheim schämst du dich. Doch die dunkle
Seite in dir siegt: Als Irmgard aufs Klo zum Pullern
geht, schnappst du dir die schöne Barbabella und verab-
schiedest dich abrupt, als Irmgard wieder ins Zimmer
kommt – eine Tat, die du später bitter bereust ... Denn
zwar fliegst du als Diebin offiziell nie auf, kannst dich
zu Hause aber auch nicht unumwunden an Barbabella
erfreuen. Denn erstens musst du sie immer vor Irmgard

verstecken, sobald sie zu Besuch kommt, also quasi
täglich. Und zweitens ist Barbabella ohne ihre
Barbapapa-Familie nicht nur einsam und allein. Sie
wirkt irgendwie auch sehr unglücklich – schließlich
fristet sie nun ein tristes Dasein in deiner vollgestopften
Nachttischschublade.

Trotzdem: Das Reich der großen Barbapapa-Familie
erscheint dir wie ein Paradies auf Erden. Die birnen-
förmigen Barbapapas sind immer gut drauf, sie sind
friedliebend, und jeder mag sie. Und sie können sich in
jede erdenkliche Form verwandeln, in eine Schubkarre
oder Gießkanne zum Beispiel. Oder in einen Hund!
Ihr Verwandlungsspruch lautet „Ra-Ru-Rick, Barba-
trick". Du verwendest ihn oft, aber bei dir will er
einfach nicht funktionieren. Einen enorm guten Einfluss
haben die Barbapapas trotzdem auf dich: Sie bringen
dich schon früh von einer kriminellen Karriere ab.
Klauen ist einfach nicht dein Ding. Denn das Gefühl der
Reue gefällt dir überhaupt nicht.

Deine prä- und postpubertäre Konsumphase

Deine präpubertäre Phase geht mit einem Urknall los:
Du bist 10 Jahre alt, als Ernő Rubiks „Zauberwürfel",
„Rubik's Cube", in dein Leben kommt und seinen Siegeszug in deutschen Spielwarengeschäften antritt. 1980
wird er mit einem „Spiel des Jahres"-Sonderpreis ausgezeichnet – und kurz darauf fummelt jeder, der etwas
auf sich hält, an seinem eigenen Zauberwürfel rum,
Papa, Mama, du und Irmgard zum Beispiel. Oder dein

arroganter Mathelehrer. Dir gelingt es kein einziges
Mal, die Steine des Würfels in maximal 20 Zügen in die
Grundeinstellung – jede Seite erscheint in einem ein-
heitlichen Farbton – zu bringen. Mühelos gelingt das
nur dem Schul-Champ Alexander Platz.
Alexander Platz ist immer und überall der Beste, nicht
nur in der Klasse, auch sonst. Und er muss nichts dafür
tun, um Spitzenleistungen zu erzielen. Ihm fällt einfach
alles in den Schoß – nicht nur in Bezug auf das Lernen
und die Schulnoten. Auch sonst muss er sich nie an-
strengen, auch nicht im Sportunterricht. Er sieht gut
aus, die Mädchen himmeln ihn an, die Herzen fliegen
ihm zu. Und nur weil du ihn – wie alle anderen auch –
magst, bist du nicht neidisch auf seine Vollkommenheit,
fragst dich insgeheim aber doch, warum es im Leben
von Alexander Platz überhaupt keine Probleme gibt.
Und warum der liebe Gott sie alle dir gegeben hat,
obwohl du damit nun echt nichts anfangen kannst.
Bereits nach zweiwöchiger Probierphase verschwindet
der Zauberwürfel für immer in deinem Nachtschrank.
Er riecht gut und knirscht so schön: deine erste ASMR-
Erfahrung – lange bevor es ASMR offiziell gibt!
Manchmal schnupperst du noch an ihm oder drehst
zum Vergnügen an ihm rum, denn ein oder zwei Seiten
in die richtige Position zu bringen, das gelingt sogar dir.
Doch alsbald vergisst du ihn. Mögen die anderen auf
dem Pausenhof auch weiter an ihm rumschrauben, bis
der Dritte Weltkrieg ausbricht, du bist durch mit der
Ikone „Rubik's Cube".

Viel lieber beschäftigst du dich mit deinem neuen Walkman und nimmst Musikkassetten auf. Oder du studierst
in deiner Freizeit das aktuelle „Yps"-Heft und probierst
das Rezept für Zaubertinte mit Irmgard aus. Oder du
greifst zum neuen „MAD"-Magazin und prüfst, ob du
die Witze und Zoten von Alfred E. Neumann endlich
kapierst oder noch zu dumm dafür bist.

Oder du triffst dich nach der Schule mit Petra und ihr
heckt diebische Telefonstreiche aus, mit denen ihr eure
Familien auf Trab haltet, denn Telefonstreiche sind in
den 80ern noch das ganz große Ding.

Oder du greifst – notgedrungen und gezwungener-
maßen – im Geografieunterricht zum patinabehafteten
Diercke-Weltatlas, um krasse Destinationen rund um
den Globus zu erkunden, etwa die geplagte Sahelzone
in Afrika.

Oder du stolperst mit deinen Freundinnen ins Teenie-
Alter – und zwar am liebsten mit Disco-Rollern.

Deine Teenager-Konsumphase

Als Teenager sind für dich eigentlich nur drei
Dinge von Belang:
1) Hygiene, 2) Mode und 3) Musik.
Was den ersten Punkt angeht, so gibt es in den 80ern
viele Warenartikel die Abhilfe leisten, um die schänd-
lichsten Auswüchse deiner Pubertät – Pickel, insbesondere Mitesser – zu kaschieren. Im Drogeriemarkt deines
Vertrauens findest du diesbezüglich alle nötigen
Produkte – Apfel-Shampoo, Abdeckstifte, Puder und

Clearasil-Porenreiniger. Was Gesichtswasser und Pickelcreme nicht schaffen, versuchst du abends nach dem Abschminken vor dem Spiegel selbst zu beheben: Du drückst Mitesser aus. Vor allem die richtig fetten Oschis geben dir ein Gefühl von Selbstwirksamkeit, sofern du sie plattmachen kannst. Das heißt: Erst wenn Talg und Fett volle Kanone und in hohem Bogen an den Badezimmerspiegel spritzen, bist du zufrieden, egal wie rot die Hautkrater dein Gesicht anschließend glühen lassen. Mit duftenden Seifen – „Irischer Frühling" oder „Atlantik" – wäschst du dir anschließend die Hände – fast wie ein Chirurg nach geglückter OP. Auch gegen müffelnde Schweißdrüsen hast du ein Rezept: „bac"! Der hervorragende Duft des beliebten Deos trägt dich durch den Tag. „Mein bac – dein bac" lautet der dazugehörige Werbeslogan, denn jeder dieselt sich in den 80ern mit „bac" ein, „bac" ist für alle da und ein Synonym für volksnahe Achselhygiene. Und das Tollste: Es gibt „bac" in ganz verschiedenen Duftnoten von E wie „elegant" bis D wie „dry", wobei dir die umweltfreundliche Zerstäuber-Variante aus Glas in hellbraun-transparenten Durchfalltönen am besten gefällt.

Was den zweiten Punkt auf der Liste betrifft – Mode –, so gehst du mit der Zeit und strebst das angepeilte Ziel – Markenklamotten als Zeichen für Schönheit und Reichtum – unter Verwendung ironischer Symbole möglichst dezent und unauffällig an. Denn: Im Herzen bist du zwar ein unangepasster Punk. De facto sind Mods aber auch ganz schön sexy.

Darüber hinaus hegst du auch Sympathien für Hippies,
also für die neuen Hippies: die sogenannten Ökos,
die sich für eine bessere und grüne Welt einsetzen, die
über Abrüstung debattieren und sich in der Anti-Atom-
kraft-Bewegung engagieren. Und darum kaufst du auch
gerne in den ersten Bio-Läden der Stadt ein – jedenfalls
dann, wenn du mal Bock und Appetit auf teure und
verschrumpelte Brötchen hast, was so oft dann doch
nicht vorkommt.

Dein vorläufiges Fazit in dieser Sache lautet: Keine
Bewegung kommt ohne Gegenbewegung aus. Und
dementsprechend janusköpfig fällt auch deine Haltung
zum Konsum aus. Du sagst Ja zum Luxus, aber nicht zu
laut, denn du hasst die Auswüchse des ungezügelten
Verbrauchs.

Und so bleibst du in dieser Sache so gespalten wie
Dr. Jekyll, der den Mr. Hyde in sich versteckt, sprich:
An einem Tag bewegst du dich laut trommelnd wie
ein Duracell-Hase durch die Einkaufsstraßen der City
und suchst so aufgeregt wie ein Trüffelschwein nach
„Guilty Pleasures". Und am nächsten Tag läufst du
mit Opas altem Parka in die Schule. Mit dem Parka,
den er neulich im Aschenloch getragen hat, als er
Verpackungsmüll verbrannt hat.

Der dritte Punkt auf der Liste, Musik, ist in gewisser
Hinsicht der allerwichtigste. Musik ist der Stoff, der
alles ins Rollen bringt, besonders deine Träume.

Ohne Musik geht gar nichts! Doch um sie zu starten,
braucht es gewisse Trägersysteme – da reicht ein Walk-

man leider nicht aus. Fortschritt durch Technik – das heißt in den 80ern nicht nur „größer, schneller, weiter“, sondern auch „lauter, präziser, exzellenter“, mit anderen Worten: Der Sound auf Platten und Kassetten muss stimmen – und deshalb ständig optimiert werden. Sinnbild für den perfekten Sound ist der sogenannte „Turm“, eine Stereoanlage so groß wie eine Familienkutsche, ausgestattet mit günstigenfalls zwei Plattenspielern, einem Kassettentonbandgerät, Verstärker, Receiver und Radio, das Ganze angeschlossen an zwei dinosauriergroße Angeber-HiFi-Lautsprecher, Riesenklötze, die links und rechts im Raum aufgebaut werden und für klangliche Hochgenüsse aus mehreren Richtungen sorgen sollen.
Du stehst vor diesem Turm, so oft du kannst, obwohl es nicht dein eigener ist, sondern der von Papa. Du fragst ihn, wie die Anlage zu bedienen ist. Und sobald er mit Mutti zum Tanzen in den Dorfkrug geht, bist du zu Hause der Kapitän und steuerst auf deinem privaten Partyschiff Andrea Doria neue musikalische Gefilde an, drehst die Regler ganz weit nach oben und startest das erste große „Footloose“-Inferno, bevor die Alten wieder da sind, sich über die Lautstärke beschweren – und der Anlage kurzentschlossen den Saft abdrehen.
Hallo? Wozu hat man – bitte schön – dinosauriergroße Angeberboxen, wenn man ihr Potenzial nicht voll ausschöpft? Das fragst du dich und deinen Papa, der darauf auch keine Antwort hat.
Ende der 80er sattelt Papa noch einmal drauf und er-

weitert seinen Turm um einen CD-Player. Die Compact
Disc ist nun das neue heiße Ding. Neu und heiß sind in
dieser Zeit auch Personalcomputer, zum Beispiel der
sogenannte „Brotkasten" Commodore 64. Doch du
kannst mit diesen Geräten, vor denen du in der Schule
sitzt wie der Ochs vorm Berg, nicht viel anfangen.
Die Kids lieben Spielkonsolen von Atari, doch du fühlst
dich als Teenager schon zu alt dafür. Als 17-Jährige
hast du gerade erst deinen ersten Schreibmaschinen-
Kursus bestanden, da willst du nicht schon wieder
auf ein neues Pferd springen. Die Computerliebe
ist dir einfach nicht in die Wiege gelegt worden.
Und darum lässt dich auch der erste Gameboy von
Nintendo kalt.

Essen und Trinken in den 80ern

In kulinarischer Hinsicht verwandelt sich die Welt in
den 70er- und 80er-Jahren in das reinste Schlemmerpa-
radies – und vor allem an der Zuckerfront wird massiv
aufgerüstet. Wie so viele deiner Generation bist auch du
ohne ein Frühstück mit köstlichem Nutella-Aufstrich
kaum zu Höchstleistungen in der Schule oder sonst wo
zu motivieren. Und ohne die Aussicht auf eine gesunde
Milchschnitte in der großen Pause oder ein leckeres
Matschbrötchen – ein weißes Brötchen mit zerquetsch-
tem Schaumkuss in der Mitte – lockt dich gar nichts in
die Lehranstalt, auch nicht der Anblick von Martins
peinlichem Selbstporträt im Kunst-Leistungskurs.
In der Welt – so deine philosophische Erkenntnis im

Religionsunterricht – geht es immer nur um „Nutella-
Fragen", erläuterst du der Klasse in einem Referat – und
Herr Greisenstein schielt dich fragend an.
„Ja, richtig gehört, Herr Greisenstein", untermauerst
du deine Theorie, „in der Welt dreht sich alles nur ums
große Fressen, nicht nur am Frühstückstisch, auch
sonst."
Alles dreht sich um die „große Nutella-Frage", um ein
„echtes Pippikacka-Thema" also. Mit hochtrabenden
Dingen, die Jesus Christus oder Bert Brecht einmal gesagt haben, beschäftigt sich kaum einer, führst
du aus und zitierst zur Krönung deines Vortrags den
großen Brecht: „Erst das Fressen, dann die Moral."
Herr Greisenstein schielt dich immer noch an, er scheint
schon zu überlegen, welche Note er dir für diesen
brillanten Beitrag geben soll, auf den du ja nur kommen
konntest, weil du morgens einen haselnussbraunen
Brotaufstrich genießen durftest – eine Geheimwaffe und
Zuckerdroge, die die Menschen in der Sahelzone gar
nicht kennen, weshalb sie sich auch keine Gedanken
über große Nutella-Fragen machen können.
Zucker ist der Stoff, der den Leib zusammenhält, auch
alkoholtechnisch gehört das kristalline Lebensmittel in
jeden künstlich aufgeblasenen 80er-Jahre-Angeberdrink
von „Batida de Côco" über „Baileys" bis „Kir Royal".
Zuckerwasser-Bomben pflastern auch deine nächtlichen
Schleichpfade in dieser hochaufgerüsteten Zeit.
Schleckermäuler wie du lassen sich aber auch von guter
Werbung zum Konsum des süßen Gifts verführen – und

der allerbeste Werbespot, der in dieser Dekade gedreht wird, ist nicht etwa der für „Bacardi Rum", also das Video mit sexy Boys und Girls, die sich irgendwo in der Karibik an einem Palmenstrand mit klebrigem Alkohol volllaufen lassen.

Nein, viel volkstümlicher und massenkompatibler ist der Langnese-Spot für Speiseeis: Das Musikvideo „Like Ice In the Sunshine" macht so richtig Bock auf Flutschfinger und Co. Zu sehen sind Menschen am Strand, und alle – Junge, Alte, Dicke, Dünne, Gebräunte und Käsige – schlabbern lustvoll an verschiedenen Eissorten rum. Die Atmosphäre ist ausgelassen, familiär und durchaus sexuell oder wenigstens oral aufgeladen. Und garantiert jeder Konsument kann sich mit mindestens einer Person des Videos identifizieren, sei es das Kind, das Opa einen Streich spielt, die Punkerin, die ihr hochtoupiertes Haar nicht unter eine Badekappe zwängen mag, oder der Surfer, der die nächste große Welle verpasst – und unter ihr baden geht.

Doch auch ohne Werbung geht Speiseeis nicht nur im Sommer weg wie warme Semmeln. Die Eistafeln von Schöller und Langnese sind eine große Verlockung – ihr Kinder könnt euch kaum daran sattsehen: Was soll es denn heute sein, ein Milch- oder Wassereis am Stiel, ein „Brauner Bär", „Miami", „Dolomiti" oder „Capri"? Oder doch lieber ein Tüten- und Waffeleis von „Cornetto"? Ihr Dorfkinder könnt euch nicht entscheiden und öffnet bei heißem Wetter erst mal das Eisfach, um den doppelten Effekt zu genießen:

maximale Kühlung und das Versprechen auf ungestörte
Schlabberfreuden … Mhmm, lecker-schmecker!
Im Winter sind dann gehaltvolle Schokoriegel angesagt,
zum Beispiel die heilige Vierfaltigkeit „Raider", „Mars",
„Snickers" und „Milky Way", das schwimmt so schön
in Milch. Und dazu gibt es obendrauf noch einen
warmen Kakao mit drei Löffel „Nesquik" oder „Kaba"
für einen besonders süßen Abgang. Genudelt und
gepudelt gehst du abends ins Bett, aber nicht ohne
nach dem Zähneputzen noch schnell heimlich das
allerletzte behutsam unter deinem Kopfkissen
gebunkerte Ü-Ei zu verschlingen und solange mit der
Kinderüberraschung zu spielen, bis du tief und fest
einschläfst, von großen Schokoladenmonstern träumst –
und erst am nächsten Morgen merkst, dass es wohl
einen Punkteabzug bei den nächsten Bundesjugend-
spielen geben wird, weil du jetzt ein paar Pfund mehr
an den Hüften mit dir rumträgst.
Auch abseits von gezuckerten Ausflügen stehen tolle
kulinarische Trips auf der Agenda, dazu zählen etwa
familiäre Besuche in den angesagten Schnell-Imbiss-
ketten der Stadt, „Wienerwald" und „Kochlöffel".
Gegen ein halbes Hähnchen mit Pommes und Ketchup
kann kein Sternekoch anstinken, so lautet dein Urteil.
Der Mund als DER zentrale Eingang im Institut Körper
hat einfach immer Recht. Und darum sollte man auf ihn
hören und ihm niemals widersprechen.

Die 80er sind weniger verbohrt als allgemein angenommen und vielfältiger, als es auf den ersten Blick erscheint. Es gibt nicht nur Schulterpolster und Modern Talking – nein, es gibt auch Anne Clark, Ultravox, Mink de Ville und Phillip Boa. Oder Asia, BAP, Queen, Dire Straits und INXS. Oder Fancy und Valerie Dore. Mit anderen Worten: Es gibt Szenegänger unterschiedlichster Couleur, die (meistens) friedlich nebeneinander koexistieren und sich nur manchmal prügeln, zum Beispiel die Popper und Punker. Aber die treffen höchstens beim Stadtfest oder beim Tag der offenen Tür der AWO aufeinander, was nicht so häufig vorkommt, denn jede Gruppe von den Rockern bis zu den Mods beansprucht ein ausgewähltes Refugium für sich. Rocker und langhaarige Bombenleger treffen sich üblicherweise in der „Dorfdisco", wo natürlich niemals echte Disco-Kracher gespielt werden, sondern ausschließlich harte Muckermucke zum Haareschütteln von AC/DC, Van Halen und Co. Das Wort „Disco" weist in diesem Zusammenhang nur auf die Discokugel hin, die etwas traurig unter der holzvertäfelten Decke hängt.

In Dorfdiscos hängen selbstverständlich keine coolen
Kids wie du ab – jedenfalls nicht offiziell. Dort bist du
höchstens mal undercover unterwegs, um die Lobby zu
checken. – Und um dann insgeheim doch mit den anderen verschwitzten Gesellen abzuhotten, was das Zeug
hält, nämlich einmal so ganz ungezwungen. In „echten"
Discotheken, im „Manhattan" oder im „HerzAss", ist
das unmöglich. In diesen Dissen musst du schließlich
auf den Sitz deiner Frisur und deine Haltung achten!
Darüber hinaus gibt es einige angesagte Indie-
Schuppen, wo Sounds von Postpunk über NDW bis
Wave laufen, etwa das hannoversche Musiktheater
„BAD". Um im „BAD" wichtig in einer Ecke rumstehen
zu können, musst du mit deinen Freunden allerdings
erst in die große Stadt fahren, was mit einem hohen
Aufwand und der Frage verbunden ist, wie ihr euer
Ziel überhaupt erreichen könnt.
Denn erstens fahren keine Busse mehr in den späten
Abendstunden. Und zweitens müsst ihr eure Eltern erst
mal fragen, ob die euch ihr Auto überhaupt ausleihen.
Sollten alle Stricke reißen, kann eure Clique sich notfalls
auch zu Hause in den Partykeller verziehen. Der einzige
Nachteil daran: In dieser dunklen Grotte des schlechten
Geschmacks kann man keine coolen neuen Leute, also
keine Jungs, kennenlernen.
Sinn und Zweck von außerhäuslichen Partys ist
a) analog zu daten und b) sich mit den anderen über
Trendleichen lustig zu machen, die des Nachts über den
Asphalt stolpern.

Okay – einen weiteren Grund gibt es noch: Du willst
auf der Tanzfläche glänzen – und zwar so richtig.
So wie Michael Jackson möchtest auch du einen
legendären Move für den Dancefloor kreieren, einen
Move, den vor dir noch niemand gemacht hat. Einen
neuen Moonwalk für Hip Teens, eine wilde Mischung
aus „Breakdance"-Gezappel à la Eisi Gulp und
expressiver Pogo-Prügelei à la Sid Vicious, das wär's!
Denn dein Körper will sich bewegen, will seine sexy
Präsenz zeigen. Deshalb studierst du auch heimlich alle
möglichen Tanzstile und bereitest dich schon mal auf
deine große Karriere als Tänzerin vor, wobei dir der frei
improvisierte Move der 70er-Jahre am besten gefällt,
also der üppige Ausdrucks- und Fruchtbarkeitstanz
der ersten Hippiefrauen. Spirituelle Erbauungs-
und Volkstänze wie der Gummistiefeltanz liegen dir
hingegen fern.
Ganz groß ist der klassische Disco-Tanz: Wie der junge
Gott John Travolta einst eine Allegorie der Sonne auf
dem Dancefloor schuf – das ist auch in den 80ern noch
sensationell und unschlagbar. Auch Progrock verlangt
guten Tänzern einiges ab – dabei denkst du versonnen
an deine Mitschülerin Beatrice aus der achten Klasse,
die sich neulich auf der Schulparty so lasziv in der Aula
zu „Owner Of A Lonely Heart" von Yes bewegt hat,
dass einige Mitschüler sogar in Ohnmacht gefallen sind.
Salvation! Ausrasten – das ist der eigentliche Sinn von
Tanz, und darum möchtest du dieses Tool zu mehr
Selbstliebe und Völkerverständigung auch nicht missen.

Wirklich frei fühlst du dich trotzdem nur, wenn du
völlig losgelöst, unbeobachtet und allein in deinem
Zimmer abrocken kannst. Die Wirklichkeit auf dem
Dancefloor im Club sieht nicht so rosig aus, wie du
es dir vorm Ausgehen am Wochenende immer er-
träumst ...

Deine erste Ententanz-Party

Deine allererste Fete ist ein voller Reinfall. Du gehst
mit deinen besten Freundinnen Petra und Else hin. Die
Party findet im käsigen Dorfgemeinschaftsheim statt
und beginnt schon um 19 Uhr – kein Wunder also, dass
keine Spur von echtem „La Boum"-Feeling aufkommen
will. Die Jungs stehen wichtig am provisorischen Tresen
rum und halten sich an ihren Getränken – „Sprite",
„Afri-Cola" und „Mezzo-Mix" – fest.
Ihr Mädchen wiederum lauft ein ums andere Mal
kollektiv – in diesem Fall zu dritt – auf den Dancefloor,
sobald ein geiles Lied wie „Black Betty" von Ram Jam
oder „Pogo in Togo" von den United Balls erklingt. Auf
hässlichem PVC-Boden steht ihr da wie Enten im Kreis
und versucht, eure Hüften möglichst verrucht zu den
Beats zu schwingen, was euch nicht gelingt, denn ihr
seid so verkrampft wie Verteidigungsminister Manfred
Wörner beim Bundeswehrtruppenbesuch.
Du hältst verspannt Blickkontakt mit deinen
Freundinnen, schaust abwechselnd Else und Petra an,
und wendest deinem Schwarm – aktuell ist das Alexander Platz – demonstrativ Po und Rücken zu.

Später lässt er dich einfach am Tresen stehen, als
Dorfschönheit Jessica Hasenbein den Raum betritt.
Kurz darauf holt Papa euch Mädchen mit dem Auto ab
– zum Glück wartet dein Dad draußen vor der Tür und
kommt nicht rein, das wäre oberpeinlich …
So ähnlich geht es weiter bei diversen Dorfgemein-
schaftssausen und Erntedankfesten auf zig Bauernhöfen
in den umliegenden Ortschaften deiner Gemeinde.
Du willst Alexander Platz noch eine Chance geben
und zeigst ihm, wie toll du tanzen kannst. Doch deine
Moves zu Gassenhauern wie „We Are The Champions"
scheinen ihn nicht zu beeindrucken. Mit Freddie
Mercury kannst du den Vogel jedenfalls nicht
abschießen. Deshalb rückst du Alexander Platz zu
fortgeschrittener Stunde näher auf die Pelle, als der DJ
„Music Was My First Love" von John Miles spielt und
er die Arme auf der Tanzfläche gerade ganz weit nach
oben reckt. Als du einen energischen Move in seine
Richtung vollziehst, schlägt er dir von hinten – wenn
auch ohne Absicht – deine neue Tigerbrille von der
Nase und merkt es noch nicht einmal.
Du gehst noch kaputt – bei Alexander Platz hast du
einfach keine Chance! Der Abend endet zwar unblutig,
doch dein Nasenfahrrad liegt auf dem Boden: zertrampelt von Idioten, zertrampelt – so wie dein junges Herz!
Traurig ziehst du von dannen. Ohne Brille bist du eh
blind und kannst aus drei Metern Entfernung nicht
mehr erkennen, was Alexander Platz und Jessica Hasenbein gerade am Tresen treiben – und ob er sie in diesem

Augenblick wild abknutscht und mit seiner Zunge abschlabbert.

„Party All Night Long" im Partykeller

Auch kein reines Vergnügen sind die Sausen, die eure Ü13-Clique im Partykeller von Martins Eltern veranstaltet: Die beiden Ü40-Senioren, Hildegard und Bernd Bräunlich, sind für ihr Alter recht tolerant und haben kein Problem damit, wenn ihr Sohn und die Kids aus dem Dorf sich ins Untergeschoss ihres Hauses verziehen, Bier trinken und irgendwann mit Knutschfleck-Tattoos am Hals zur Toilette im ersten Stock wanken. Immerhin: Im Partykeller der Familie Bräunlich überreicht dir Martin deinen ersten Liebesbrief mit der Frage: „Willst du mit mir gehen – JA, VIELLEICHT oder NEIN?"
Du kreuzt „JA" an – und ihr startet einen zweiten Versuch, euch ernsthaft zu binden, ein Unterfangen, das leider wieder in die Hose geht.
Draußen vor der Tür küsst Martin dich im Garten zum zweiten Mal auf den Mund, diesmal mit Zunge. Es ist Sommer, und dein Herz klopft bis zum Hals, während am Abendhimmel ein milchiger Blumenmond aufgeht. Aus den geöffneten Kellerfenstern tönt „Temptation" von Heaven 17 aus den Boxen, und für einen Moment lang bist du rundum zufrieden.
Doch euer Glück wird in den nächsten Tagen schon wieder unterbrochen. Aus vielerlei Gründen – einer davon sind die Sommerferien, die euch für Wochen

entzweien. Martin fährt mit seinen Eltern nach Italien und du mit deinen nach Jugoslawien. Danach ist nichts mehr wie zuvor, denn Martin hat sich im Badeurlaub in eine Einheimische verguckt. Er will an den Gardasee ziehen, sobald er 18 ist.

Trotzdem erlebt ihr noch weitere Feten zusammen, etwa bei den Bräunlichs und anderswo, aber ohne Fummelei. Partykeller-Spektakel sind in den 80ern nicht nur so lang wie Kreuzberger Nächte, sondern auch überaus beliebt. Warum auch nicht?

Man geht runter in den Keller, um zu feiern. Bei schummrigem Licht wird es in lauschigen Räumen mit gepolsterter Sitzecke, rustikalem Fischernetz unter der Decke und einer Fototapete, die einen Sonnenuntergang zeigt, schnell ziemlich intim.

Der sogenannte „Zapfer", eine Person, die am Zapfhahn tätig ist und Bier zapft, steht an einer selbstgezimmerten Mahagonitheke und versorgt die Umstehenden, in diesem Fall euch Teenager, mit Frischgezapftem.

Einige unterhalten sich angeregt in der Sitzecke über Urlaubsabenteuer oder den Stundenplan nach den großen Ferien. Ihr dreht Zigaretten – Oliver und Jens rauchen seit Kurzem echt hartes Material, Tabak der Marke „Schwarzer Krauser", ein übles Kraut, das die Lungenwände ad hoc in dunkle Teerstraßen verwandelt.

Ihr pafft, was das Zeug hält, und tut so, als ob ihr schon erwachsen seid, obwohl der Busen teilweise noch wächst und die Stimme krächzt. Die Pubertät hat euch unverhofft ins Land der sexuellen Begierde katapultiert,

viel zu schnell eigentlich. Und nun steht ihr da wie in
einem Vergnügungspark, aber leider ohne Knete.
Unerfahren wie ihr seid, könnt ihr mit eurer eigenen
Lust nichts anfangen. Darum hockt ihr zusammen
im Partykeller und kaschiert euer Unbehagen mit ge-
schmackloser Musik der Marke Italo-Disco.
Irgendwann kommen Martin, Jens und Oliver dann
auf die Idee, in der Kommode nach unbeschrifteten
VHS-Kassetten der Eltern zu suchen und eine davon in
den Videorekorder zu schieben, der neben einem alten
Fernsehapparat steht. Über den Bildschirm flimmert
ein Porno. Ihr seht ein paar nackte Frauen auf der
Mattscheibe, die laut und notgeil stöhnen, ihren Busen
kneten und ihre Körperöffnungen in die Kamera halten.
Und plötzlich erscheint ein erigierter Penis in Großauf-
nahme, ein Mega-Oschi, an dem heftig gerieben und
gelutscht wird, bis weiße Flüssigkeit sich über die
geöffneten Münder der Frauen ergießt, was allen
Beteiligten offenbar delikate Genüsse beschert, vor
allem dem Mann, der an dem Riesenpenis dranhängt
und der sein Ding schubbert, bis die Tüte komplett
leer ist.
… Igitt, was ist das denn?
Ihr Mädchen schaut euch an und fangt im Chor an zu
kreischen. Die Jungs beölen sich. Nur einer von ihnen,
der kleine Ralfi, schaut etwas betreten aus der Wäsche.
Du wirst rot und bekommst kaum noch Luft. Hilfe, was
geht ab? Du fühlst dich gleichzeitig erregt und total
abgestoßen von den Bildern und Tönen – und läufst

noch Tage danach traumatisiert durch die Gegend.
Von Sexualität hast du die Schnauze voll. Geschlechtsverkehr ist ekelhaft – das sieht man doch.

Nächte im Indie-Laden deiner Wahl: „Pelzkragen ist auch da"

Irgendwann bist du endlich 18 und darfst mit deinen
Freundinnen und Freunden in die Großstadt fahren: ins
Musiktheater „BAD", dem saucoolsten Indie-Laden der
Welt für halbstarke Szenegängerinnen wie dich. Du hast
das triste Dorfjugendleben satt und willst die Lichter
der großen Stadt sehen. Also gondelst du am Wochen-
ende mit deiner Clique nach Hannover.
Entweder im Fiat Panda von Schulkollegin Franka, die
schon einen Führerschein hat. Oder im alten Mercedes-
Benz von Klassenkamerad Sören, der trotz seines zarten
Alters weiß, wo der Punk abgeht.
Im Auto hört ihr stilvoll Songs von den Dead Kennedys,
„Holiday In Cambodia" zum Beispiel, der perfekte
Soundtrack, um sich fürs „BAD" aufzuwärmen, das von
Indies, Gothics und sonstigen Ganoven und Rabauken
bevölkert wird.
Besonders schön sind die Frauenabende mit Petra, Else,
Irmgard und Thusnelda. Sobald die Nacht sich über
eure Heimat, das beschauliche Fürstentum Schaum-
burg-Lippe, legt, macht ihr euch Richtung Hannover
auf. In lauen Sommernächten setzt ihr euch draußen
auf die Treppe vorm „BAD" und raucht erst mal eine,
zwei oder drei. Denn uncoolerweise seid ihr kurz vor

Mitternacht noch die ersten Gäste. Erst ab 1 Uhr füllt
sich der Laden.
Außer der Musik sind 1987 im „BAD" vor allem die
Männer toll – die meisten von ihnen sind mindestens
fünf Jahre älter als ihr: genau eure Kragenweite!
Der süße Boy mit den raspelkurzen und wasserstoff-
blonden Haaren in amerikanischer College-Jacke zum
Beispiel.
Oder der gut gebaute Türsteher mit dem stacheligen
Iro, engen Jeans und zerrissenem Muscle-Shirt, das
seine sexy Oberarme krass betont.
Oder der dürre Punker mit angespeckter Lederjacke
und fetter Ratte auf der Schulter. – Ja, auch lebende
Ratten dürfen ins „BAD" – sie haben sogar freien Ein-
tritt! Und nie läuft eine von ihnen auf die Tanzfläche.
Das ist aus technischen Gründen auch gar nicht mög-
lich, denn die Viecher dürfen nur angeleint in den Club.
Oder der schwarze Fürst der Finsternis, ein weiß ge-
schminkter junger Mann mit Robert-Smith-Frise –
Insider nennen ihn Doc Pferdeschwanz, hast du gehört.
Oder. Oder. Oder.
Jede von euch verguckt sich regelmäßig in einen
anderen. Objekte für ausgiebige Schwärmereien gibt es
im „BAD" wie Sand am Meer.
Euer Favorit ist allerdings Pelz, liebevoll „Pelzchen"
genannt. Er trägt meist eine Pelzjacke, deshalb der
Spitzname. Pelz ist ein rattenscharfes Teil: lang, dünn …
Ein Typ wie Nick Cave – nur in Blond. Sein Hermelin-
fell steht ihm gut zu Gesicht. Dazu trägt er dick Kajal

und spitze schwarze Schuhe – der Wave-Look ist
gerade der allerletzte Schrei.

„Pelzkragen ist auch da", flüstert Petra dir jedes Mal
aufgeregt zu, aber du hast ihn längst entdeckt. Sein
Heroin-Schick beeinflusst dich nachhaltig, so cool wie er
wirst du nie sein.

Anfang der 90er-Jahre wendest du dich dann abrupt
von der Szene im „BAD" ab. Wave ist out, HipHop in.
Du trägst jetzt eine Dirk-Darmstaedter-Gedächtnisfrisur
und fragst dich nur noch in seltenen Momenten, ob
„Pelzchen" überhaupt noch lebt – oder ob er sein Outfit
mittlerweile gewechselt hat. Denn das nächste große
Ding kündigt sich an: Grunge!

Und wer jetzt noch spitze Schuhe und KEIN Holzfäller-
hemd plus dicke Boots trägt, der ist verloren ...

Die 90er-Jahre sind erwiesenermaßen das Jahrzehnt der fantastischen und famosen Boy- und Girlgroups. Was allerdings nur Insider wissen: Die 80er waren das heimliche Jahrzehnt der unschlagbaren und unglaublichen Duos.

Duos? Klar, da denkt jeder sofort an …?

Richtig: Modern Talking – sofern nicht gerade Weihnachten ist und das unkaputtbare „Last Christmas" von Wham! in Endlosschleife im Radio dudelt und uns Deutsche an die niederschmetternde Tatsache erinnert, dass es dort drüben auf der anderen Seite des großen Teiches namens Nordsee einst ein Duo gab, das noch viel bombastischer und begabter – ja, zugegeben –, im Rückblick auch viel cooler war als Modern Talking. Wham! Yes Sir, die Briten George Michael und Andrew Ridgeley haben sich ihren Platz im Pop-Olymp redlich verdient. Ob diese Aussage auch auf unsere deutschen „Superstars", Dieter Bohlen und Thomas Anders, zutrifft, kann mehr als 40 Jahre nach ihrer Gründung zumindest angezweifelt werden. Denn wer aktuell mit klarem Blick die Musikvideos von Wham! und Modern Talking vergleicht, muss zugeben, dass die

Engländer in sämtlichen Kategorien vom Look über
den Haarschnitt bis zur Performance deutlich besser
abschneiden und am Ende prächtiger dastehen als
unsere Pop-Titanen.

Berücksichtigt man zudem den Fremdschäm-Faktor,
der jeden beim Anblick von frühen Modern-Talking-
Videos spontan überfällt, dann bleiben von maximal
zehn Punkten in der Gesamtbewertung maximal zwei
übrig – ein Trostpunkt für Schneeweißchen (Dieter)
und einer für Rosenrot (Thomas). Oder um es in
Bohlens Worten in seiner Funktion als „DSDS"-Juror
auszudrücken: „Also bist du weiter … Weiter weg vom
Recall als jeder vorher."

Vergleicht man zwei Videos aus dem Jahr 1986
miteinander – „Atlantis Is Calling" von Modern Talking
und „I'm Your Man" von Wham! – so fällt das Urteil
hart, aber gerecht aus: Wham! sahnt ab – und zwar in
jeder Hinsicht.

Was die Optik angeht, überzeugen George Michael
und Andrew Ridgeley in „I'm Your Man" nicht nur mit
blendend gutem Aussehen und Sex-Appeal. Ihr Video,
gedreht im kultigen „Marquee Club" in London,
besticht auch mit trendiger und reduzierter Schwarz-
Weiß-Ästhetik, einer witzigen Storyline, und es verweist
in seiner Machart bereits auf die 90er. Das Outfit der
Engländer ist obercool, ihr klassischer Lederlook zeitlos.
George Michaels Stimme ist göttlich, seine Lyrics dito,
und sein Song ist einer von der Sorte, der bleiben wird.
Fazit: Alles richtig gemacht.

In unmittelbarer Konkurrenz dazu schmiert Modern
Talking gnadenlos ab. Fürs Aussehen kann ja niemand
was, aber in Sachen Look und Performance kann
jeder ein bisschen an sich rumschrauben. Ordentlich
geschraubt haben die zwei auch, aber leider an den
falschen Stellen – zunächst einmal an den Reglern für
die völlig überdrehte Produktion. Geizhals Dieter
Bohlen hat sich im Vorfeld wahrscheinlich geweigert,
zu viel Knete für einen teuren Videodreh auszugeben –
und deshalb hat er sicherlich bloß folgende Regie-
anweisung gegeben: „Los, Thomas, du stellst dich
dorthin, ich hierhin, und dann legen wir los.
Mega Videoeffekte bauen wir später ein."
Passend zum Titel „Atlantis Is Calling" vermittelt
der Clip dem geneigten Zuschauer eine krasse Unter-
wasser-Optik in allen Purpurfarben und zeigt im
Vorspann bunte Süßwasserfische in einer Kugel,
während im Hintergrund – warum auch immer – ein
Feuer brennt, in dem Dieters Gitarrenhand aufflackert.
Psychedelisch wie ein Trip geht es weiter: Die Pop-
Titanen erscheinen auf der Bildfläche – der eine,
Schneeweißchen, mit Vokuhila, hoher Fistelstimme
und gewandet in einen hellblauen Strampelanzug. Der
andere, Rosenrot, mit obligatorischer NORA-Kette,
dramatischem Augenaufschlag und frischer Föhnfrise.
Eine rosafarbene Pumphose und ein Blazer der Marke
XXL unterstreichen den femininen Look von Thomas,
der mit seinen lasziven Bewegungen Frauenherzen
weichwerden lässt.

Klar, seine Frisur sitzt, er ist erstklassig geschminkt
und kann noch dazu singen. Doch Dieter macht mit
seinen zappeligen Bewegungen und seinem eingestanz-
ten Dauergrinsen alles kaputt und reißt die romantische
Atmosphäre, die beim Blick in Thomas' treue Hunde-
augen entsteht, gleich wieder mit dem Arsch ein.
Ergo: Die beiden hängen 1986 mit ihrem Duo noch so
knietief in den 80ern fest, dass es beim Zugucken
wehtut und schon damals peinlich war.
Und dann diese theatralisch aufgeblasene und an
Schwülstigkeit kaum zu überbietende Show.
Und dann dieser grottenschlechte Song, dessen Takte –
wie alle Modern-Talking-Hits – an „You're My Heart
You're My Soul" erinnert.
Und dann dieses völlig überladene Video, von
dem man Augenkrebs bekommt.
Puh – die Bilanz fällt mies aus: Gefühlt hat Modern
Talking im Laufe der vergangenen Jahrzehnte mehr
als 3798 verschiedene Tonträger mit überflüssigem
Bumsgejodel produziert. Nachgeborene, die die 80er
nicht live miterlebt haben, fragen sich heutzutage zu
Recht: Müssen wir uns das antun – oder kann das weg?
Ja, das kann weg! Obwohl Modern Talking uns an
glückliche Jugendtage erinnert.
Oder würdest du die alten CDs von Dieter und
Thomas etwa mitnehmen, wenn dein Haus brennt?
Was von Modern Talking bleibt, ist ein nostalgisches
Andenken: Wie possierlich haben die beiden sich doch
immer in der Öffentlichkeit gestritten. Die „Bravo"

hat darüber jede Woche aufs Neue berichtet. Ein
Phänomen, das in den 80ern in Deutschland noch
vollkommen neu war: zwei Männer, die sich ständig
zanken. Zum Beispiel wegen Nora.
Nora, die zwei Meter größer war als ihr süßer
Thomas. Nora, die ihn, den jungen Superstar, gänzlich
dominierte.
An ihrer Seite wirkte Thomas wie ein Schoßhündchen
mit Schleife – festgebunden an der NORA-Kette. Er war
ihr total verfallen, hörig, so sah es für Außenstehende
aus. Und als Zeichen seiner Liebe und Verbundenheit
trug er bei jedem Auftritt die NORA-Kette.
Die NORA-Kette, die allen anderen Frauen signalisierte:
Thomas ist schon belegt! Lasst bloß eure dreckigen
Finger von dieser süßen Sahneschnitte!! Sonst kommt
Nora und macht euch kalt!!!
Zu diesem Massaker kam es glücklicherweise nicht,
denn irgendwann war Schluss mit lustig: Erst haben
Nora und Thomas miteinander Schluss gemacht, dann
haben auch Dieter und Thomas sich voneinander
getrennt, nur um später wieder zusammenzukommen:
ein äußerst toxisches On-Off-Ding! Wenigstens diesen
Aspekt sollte man als mildernden Umstand gelten
lassen. Im Grunde genommen war Modern Talking
nämlich gar kein Duo. Rechnet man Nora dazu, war
die Formation ein echter Dreier – so wie ja auch Prinz
Charles und Lady Di ohne Camilla gar nicht denkbar
sind.
Kein Wunder, dass Dieter und Thomas auch privat

immer wieder mit toxischen On-Off-Verhältnissen zu
tun hatten. Nicht nur untereinander haben sie sich
gestritten, was das Zeug hält … Auch mit den Frauen
hatten sie es nicht immer leicht, vor allem der Dieter
war betroffen.

Man denke nur an ihn und Naddel.

Oder an ihn und Verona.

Oder an ihn und Estefania.

Aber genug geklatscht – schließlich gab es in den 80ern
weitere unvergessene Duos wie die Pet Shop Boys, die
1984 mit „West End Girls" einen Synthiepop-Megahit
landeten. Oder die Eurythmics („Sweet Dreams", 1983).
Oder Yello („Oh Yeah", 1985). Oder die Communards
(„Don't Leave Me This Way", 1986). Oder Hall & Oates
(„Maneater", 1982). Oder Roxette („The Look", 1988).
Oder Soft Cell („Tainted Love", 1981). Oder Yazoo
(„Don't Go", 1982). Oder Tears For Fears („Mad
World", 1982). Oder Go West („We Close Our Eyes",
1985). Oder Everything But The Girl („Each And Every
One", 1984). Oder Erasure („Sometimes", 1986). Oder
The KLF („All You Need Is Love", 1987). Oder Mel &
Kim („Get Fresh At The Weekend", 1986). Oder
Al Bano & Romina Power („Felicità", 1982). Oder
die Thompson Twins, die eigentlich auch ein Trio
waren, aber nicht so hießen („Hold On Me", 1983).
Nicht zu vergessen: die legendären Blues Brothers,
die zu echten 80s-Kultfiguren avancierten und nachfol-
gende Generationen mit ihrem coolen Auftritt und
ihren feschen Anzügen inspirierten. Im gleichnamigen

Film verkörperten John Belushi und Dan Aykroyd die Sonnenbrillenträger Jake und Elwood mit viel Blues im Blut. Mit von der Partie waren Superstars wie Aretha Franklin, James Brown, Ray Charles, Chaka Khan, Twiggy, Steven Spielberg und andere, sodass sich die Blues Brothers und der filmische Soundtrack mit Songs wie „Everybody Needs Somebody To Love" für immer in das musikalische Gedächtnis der Welt eingebrannt haben – berechtigterweise.

Auch abseits der Popszene waren die 80er das Jahrzehnt der ungewöhnlichen Paarungen. Ganz vorne dabei waren die „Supernasen" Thomas Gottschalk und Mike Krüger, deren Komödien „Piratensender Power Play" (1982), „Die Supernasen" (1983), „Zwei Nasen tanken Super" (1984) und „Die Einsteiger" (1985) zu Kassenschlagern wurden. Zwei Männer mit markanten Riechorganen, die sich aneinander reiben – so lautete das Rezept ihres Erfolges.

Legendär waren auch Bobby und Pam, die in „Dallas" eine nicht immer glückliche Ehe führten – obwohl Bobby so goldig zu Pam war.

Oder David Hasselhoff und sein liebster/s Gefährt/e „Night Rider".

Oder Heiner Lauterbach und Uwe Ochsenknecht als urkomisches Gespann in dem 80er-Jahre-Kinoknüller „Männer".

Oder Helmut „Birne" Kohl und sein emsiger Generalsekretär Heiner Geißler: Die zwei ungleichen Herren hatten wie Bohlen und Anders ein ziemlich

angespanntes Verhältnis und toxisches Ding am Laufen.
Trotzdem hielten sie von 1980 bis zum Bruch 1989
zusammen durch. Birne sonnte sich anschließend bis
zum Ende seiner Amtszeit im Einheitsglanz, während
Geißler nach seinem Ausscheiden als Generalsekretär
wieder mehr Zeit zum Wandern hatte.
Auch die Grünen waren in den 80ern noch ein Duo –
erkennen konnte man es im Bundestag an zwei Lagern:
Fundis und Realos. Erstere, die sogenannten
Fundamentalisten, zeigten sich linksorientiert, laut,
radikal, rebellisch und systemkritisch. Letztere wollten
doch tatsächlich „Realpolitik" machen – eine Sache, für
die die Fundis noch nicht reif waren, einige steckten
halt noch in der Pubertät.
Mit dem Mauerfall waren die aufmüpfigen Jahre
vorbei und die Flügelkämpfe beruhigt. Es gab nur einen
Sieger – und das war wieder ein Duo: Birne und sein
Saumagen. Das dampfwalzige Geschoss aus der Pfalz
hatte alle anderen Politiker plattgemacht und
unter sich begraben – und schuld war bloß die Wiedervereinigung.

Die 80er-Jahre endeten 1989 filmreif mit einem großen
Knall – mit dem Mauerfall, der die Wiedervereinigung
ein Jahr später einleitete. Und ausgerechnet ein leicht
vertrottelt wirkendes SED-Politbüro-Mitglied, Günter
Schabowski, verkündete am 9. November 1989 live
in einer TV-Pressekonferenz, was er selbst kaum
glauben konnte und was zuvor ein Oberst der Volks-
polizei gegen die Bedenken der Stasi verordnet hatte:
die unverzügliche Reisefreiheit für alle DDR-Bürger.
Reisefreiheit – wie bitte?
Und dann auch noch unverzüglich, also ab sofort und
gleich?
Und eventuell für immer – oder was? Und wie jetzt?
Hieß das etwa, dass die DDR-Bürgerinnen und -Bürger
jetzt ALLE AUF EINMAL FREI waren?
So plötzlich und ohne Vorwarnung?
Keiner konnte glauben, was er da hörte. Und niemand
verstand, was gerade passierte, aber alle machten mit.
Wie es zu dieser Panne kam, spielt im Nachklapp kaum
noch eine Rolle und ist längst Geschichte. Festzuhalten
bleibt, dass Schabowski die Ankündigung von einem
Notizzettel ablas, den der Staatsratsvorsitzende Egon
Krenz ihm kurz vorher in die Hand gedrückt hatte.

Eigentlich sollte die neue Reiseregelung erst ab dem
10. November 1989 in Kraft treten – selbstverständlich
unter geordneten Bedingungen und mit dem Segen der
SED.

Doch nachdem Schabowski seine Ansage einmal
stammelnd verkündet hatte, war nichts mehr wie zuvor.
Sprich: Die Gesetze des erbarmungslosen Obrigkeits-
staates verloren ihre Wirkmacht, die Menschen passier-
ten in Scharen die Grenzübergänge, nahmen die Berliner Mauer in Beschlag und strömten in den Westen.
FREIHEIT ... Kein Wunder, dass das gleichnamige Lied
von Marius Müller-Westernhagen zwei Wochen vor der
Wiedervereinigung am 3. Oktober 1990 zum deutschen
Megahit avancierte – und Beckenbauers Elf sich im
gleichen Jahr den Pokal bei der Fußballweltmeister-
schaft in Argentinien sicherte.
Modern Talking, Schulterpolster und obendrauf der
Fall der Mauer – konnten die 80er überhaupt noch von
einem anderen Jahrzehnt übertroffen werden?
Ja, allerdings – nämlich von den 90ern. Nachdem
die Menschen im Osten mit ihrem Schlachtruf
„Wir sind das Volk" gezeigt hatten, dass eine friedliche
Revolution „von unten" und ohne Gewalt möglich war,
stand das Tor zur Welt unverhofft ganz weit offen, und
die Mauer war ein Relikt von gestern.
Der sowjetische Staatspräsident Michail Gorbatschow
und der deutsche Kanzler Helmut Kohl, „Gorbi" und
„Birne", wurden beste Freunde und gingen zusammen
in Strickjacken wandern. Mit anderen Worten:

Ost und West reichten sich im Sommer 1990 irgendwo
im Kaukasus zwanglos die Hand und sprachen in
vertraulichem Kreis über ein wiedervereinigtes
Deutschland, Frieden und Versöhnung.
Die Bilder der beiden Männer gingen um die Welt
und beflügelten die Erdenbewohner von Texas bis
Ostrowskoje: Was sollte der Menschheit denn noch
passieren, wenn jetzt zwei ehemals verfeindete Volks-
vertreter mit dem Okay der Siegermächte gemeinsam
durch die Walachei gurkten, sich das Du anboten und
dabei über brisante machtpolitische Fragen quatschten –
ganz ohne die Gefahr, dass hinter dem nächsten Busch
ranghohe Militärs hockten, die nur darauf warteten, ein
paar Pershings in die Luft zu jagen?
Krieg? Krieg war auf einmal keine Option mehr und
höchstens eine Sache für Betonköpfe und Ewiggestrige.
Krieg war gefühlt für immer Schnee von gestern. Und
auch alles andere würde die Menschheit nun endlich in
den Griff bekommen: das Klima, die Armut ... Alles!
Die Angst vor einem Atomkrieg samt radioaktiver
Verseuchung des Planeten war vom Tisch, ein neues
Zeitalter konnte beginnen. Jippie!
Glaube, Freude, Hoffnung: Das waren Begriffe, die mit
der Wende an Bedeutung gewannen und zusammen-
genommen eine globale Euphorie entfachten. Eine Dekade der kollektiven Entgrenzung begann – und eine
Ära, die in Berlin schon bald von einem völlig neuen
Sound geprägt war, der aus den Underground-Clubs
und Katakomben im Osten der Stadt dröhnte: Techno,

die Musik der Befreiung. Techno – dieser martialische
Beat, der mit seinen Takten das Schlagen der Herzen im
Gleichklang und in der Masse zu imitieren schien.
Die Geburt dieser neuen Musik – beziehungsweise die
Geburt von Acid House aus dem Geiste des MDMA –
hatte bereits 24 Monate zuvor im Jahr 1988 stattgefun-
den: Beim „Second Summer Of Love" wurden auf Ibiza
eifrig die Götter des Rausches und der freien Liebe
beschworen. So richtig wach wurden sie aber erst
Anfang der 90er-Jahre in Berlin. „The Future Is Ours"
hieß die Parole in diesem utopischen Niemandsland
zwischen Ost und West, in dem man Mauern einfach
niederreißen konnte. Gleichgesinnte feierten dort vor
allem am Wochenende gemeinsam in unterirdischen
Stahlkammern und herrenlosen Bunkern, in denen das
Kondenswasser nur so von der Decke tropfte, weil alle
tanzten und schwitzten.
In Clubs wie dem Tresor oder dem E-Werk beschränkte
sich das Leben auf eine fundamentale Konstante –
auf das BamBamBam des Herzens, das im Takt mit
200 Beats pro Minute hämmerte. Was war in diesem
Partyuniversum wichtig?
Nichts war von Belang, nur die Imperative einer neuen,
vollkommen hedonistischen Religion. „Open Your
Mind", „Move Your Body" und „Music Nonstop" laute-
ten die Imperative dieser Sichtweise, die auf dem Glauben an die befreiende Anarchie und Euphorie auf dem
Dancefloor beruhte. Regeln und ein vernünftiges Ver-
ständnis für Raum und Zeit schienen in diesem Rave-

und Afterhour-Kosmos kaum zu existieren. Man feierte tagelang hart und schlief bis in die Puppen: ein sinniges Konzept vor allem für junge Leute. Doch bevor auch du auf den fahrenden Zug aufgesprungen bist, hast du dich noch für eine Weile an einer alternativen Klangstation ausgetobt. Grunge war Anfang der 90er nämlich eher dein Ding.

Im Gegensatz zum Techno war dieses Subgenre des Rocks noch gänzlich vom rabenschwarzen Pessimismus der 80er durchsetzt. Zum Helden der Szene war Kurt Cobain, der Sänger der Band Nirvana, spätestens mit dem zweiten Album des US-amerikanischen Trios aufgestiegen. „Nevermind" erschütterte die Musikwelt mit bahnbrechenden Songs wie „Smells Like Teen Spirit" und wurde international mehr als 30 Millionen Mal verkauft – ein Rekord.

Cobain, der mit seinen blonden Haaren und feinen Gesichtszügen selbst in ramponiertem Seattle-Outfit, mit rissiger Jeans, löcherigem T-Shirt und oller Strickjacke, noch engelsgleich wirkte – vor allem, wenn er Frauenkleider trug –, avancierte zum modernen Werther und galt als Apologet des Abgesangs auf die westlich dekadente Welt. Sein Abgang – er schoss sich 1994 eine Kugel in den Kopf, vermutlich im Drogenrausch – war so konsequent wie der von Ian Curtis 14 Jahre zuvor. Curtis, Frontmann von Joy Division und britisches Post-Punk-Idol, hatte sich 1980 erhängt.

Nun verewigte Cobain sich mit Curtis und Stars wie Jim Morrison, Janis Joplin und Co. im Rockstar-Himmel.

Nirvana-Songs wie „Lithium", die heftige Gefühle
von Wut bis Melancholie in dir auslösten, Weltüber-
druss und obendrauf Cobains filmreifer Abgang – zu so
einem zerstörerischen Gesamtkunstwerk konnten ewige
Romantikerinnen wie du nicht Nein sagen. Und darum
hast du damals alles abgefeiert, was man aus popkultu-
reller Sicht mit dem Phänomen Grunge verbinden
konnte: die Industriestadt Seattle zum Beispiel, in der
Gruppen wie Nirvana, Sonic Youth, Soundgarden, Pearl
Jam, Mudhoney, Melvins und Konsorten abhingen und
kreativ tätig waren und in der das kultige Label
„Sub Pop" ansässig war, unter dessen Dach die coolsten
Formationen der Szene ihre Alben veröffentlichten.
Oder Filme, in denen der Grunge-Hype eine Rolle
spielte wie „Singles – Gemeinsam einsam" von 1992,
in dem Bridget Fonda die Studentin Janet spielt, die sich
in ihren Mitbewohner verliebt – den schrägen Grunge-
Musiker Cliff Poncier (Matt Dillon).
Oder Drogen. Ja, auch Drogen hast du Anfang der 90er-
Jahre ernsthaft abgefeiert, obwohl du zu dieser Zeit
selbst noch keine genommen hast und bloß grundlos
naiv der Meinung warst, dass sie zu einem konsequen-
ten Rockstar-Lifestyle dazugehören. So wie Alkohol
und Zigaretten. Damals haben Kids wie du nämlich
noch an die heilige Dreifaltigkeit aus „Sex and Drugs
and Rock & Roll" geglaubt: „Sex and Drugs and Rock &
Roll" lautete die Formel für ein richtig cooles Leben
im falschen. Denn wenn du laut Adorno schon „kein
richtiges Leben im falschen" haben konntest, dann

doch wenigstens ein richtig abgerocktes, getreu der
Faron-Young-Devise „Live Fast, Love Hard, Die
Young", „Lebe schnell, liebe heftig, stirb jung".
Doch mit dem Tod Cobains verlor auf einmal auch
Grunge rasant an Attraktivität. Außerdem konnten
Bands wie Alice In Chains oder die Stone Temple Pilots
allemal kurze Strohfeuer zünden und hatten auf Dauer
nicht das Potenzial, sich einen Kultstatus wie Nirvana
zu erspielen. Als Grunge schließlich immer langweiliger
und berechenbarer wurde, hast du kurzerhand
umgesattelt und dich für Acid entschieden.
Genauer gesagt: für Acid, House, Electro und die
lebensbejahende Szene, die sich nicht länger mit den
Schatten der Vergangenheit und den alten Dämonen
der 80er beschäftigen wollte. Eine Szene, die das
Gute im Menschen sah – beziehungsweise das Negative
einfach konsequent ausblendete und verdrängte.
Eine Szene, die an die Zukunft der Menschheit glaubte!
Grunge-Mania ade – scheiden tut weh?
Garantiert nicht, wenn man das Nirvana-Smiley mit
den ausgeknockten X-Augen kurzerhand durch den
Grinse-Smiley der Techno-Szene ersetzen konnte!
Bevor die ewige Grunge-Nacht dich also umfangen
konnte, hast du das Ruder noch rechtzeitig rumgerissen
und von da an positive Lebensenergie getankt: mit
bombastischen Big-Beat-Sounds, die nach vorne pushen
wie „Firestarter" von The Prodigy. Und mit bunten
und völlig harmlos wirkenden Partypillen, die ein
hellsichtiger Kopf „Ecstasy" taufte.

Befreit vom Ballast der Geschichte bist du mit deiner
Peergroup feiern gegangen, bis der Peso besser stand,
die Sonne ein zweites Mal aufging und die letzte
Afterhour euch endlich schied.
Zumindest in diesem Aspekt standen die beiden
ultimativen Symbole der 90er – der Techno- und der
Nirvana-Smiley – für dasselbe: Drogenkonsum und
Party bis zum Abwinken.
Der einzige Unterschied bezog sich auf die Art der
Drogen und die Weise, was man unter „Feiern" über-
haupt verstand. Und so konsumierte man in der
Grunge-Szene illegale Substanzen zum Runterkommen
wie Heroin und in der Techno-Community eher solche,
die das System Körper maximal ankurbelten, bis die
Glieder im Takt zappelten und der Rauchmelder piepte.
Ups and Downs – ein ganz natürlicher Kreislauf, wobei
das „Up", das High, sich auf Dauer besser anfühlte.
Tanzen und feste feiern war das Gebot der Stunde. Was
sich in den 80ern mit Michael Jacksons revolutionärem
„Moonwalk" und Tanzfilmen wie „Flashdance" bereits
angekündigt hatte, wurde nun von der breiten Masse in
die Tat umgesetzt: Alle fingen plötzlich an, ihre Hüften
zu schwingen, ihren Arsch zu schütteln und ihren
Body zu bewegen. Das Jahrzehnt des unzensierten und
ungedrosselten Tanzes hatte begonnen. Herrlich, wie
sie auf einmal alle gemeinsam den Dancefloor zum
Glühen brachten – getreu dem SNAP-Motto
„Rhythm Is A Dancer". Und du hast es miterlebt.
Der „Wind Of Change", von dem die Scorpions sangen,

hatte alle erfasst – und die Marke „Cool" war mega-out.
Man stand in den Unterground-Clubs nämlich nicht
mehr wie noch in den 80ern abgewandt in einer Ecke
und verbrachte seine Nächte in selbstgezimmerten Sär-
gen. Nein, man warf sich beherzt ins bunte Getümmel.
Die „Ossis" hatten bewiesen, dass man Diktatoren
ungeschoren den Stinkefinger zeigen konnte. Und nun
vereinigten sie sich mit den „Besserwessis", wenigstens
am Wochenende, auf dem Dancefloor, frei nach dem
„Trainspotting"-Spruch: „Choose your Future!
Choose Life!"
Mit dem Siegeszug des Musikfernsehens, mit MTV und
VIVA, schien die Jugendszene dann förmlich zu explo-
dieren. Gefühlt gab es jeden Tag eine neue Richtung
und den nächsten heißen Spartenscheiß zu feiern:
HipHop und Rap aus Deutschland, yeah! Madchester-
Rave und Britpop à la Happy Mondays, Stone Roses,
Blur und Oasis! „Bad Taste"-Schlager à la Guildo Horn!
Rap-Metal-Crossover à la Rage Against The Machine
und Run-D.M.C.! Eurodance! Boy- und Girlband-
Grooves! Trainingsjacken-Rock der Hamburger Schule!
Kindergarten-Tekkno! Trance! Goa! Und, und, und …
Auch modisch betrachtet waren der Fantasie kaum
Grenzen gesetzt. Nach dem Dauerwelleninferno in den
80ern wurden die Haare plötzlich glatter – und bunt.
Tätowierungen der Marke „Arschgeweih" und „Tribal"
hatten Hochkonjunktur, auch Brust-OPs wurden dank
„Baywatch"-Star Pamela Anderson immer beliebter.
Die Modedesigner zeigten sich experimentierfreudig.

Bauchfreie Tops waren mega-in, man trug Buffalo-Plateauschuhe, Schlaghosen und Logo-Shirts, gern von Luxusmarken wie Versace.

Ach ja – und dann krempelte eine neue Technologie kurz mal die ganze Menschheitsgeschichte um: Die nächste Palastrevolution leitete ein Ding namens Internet ein, ein Ding, ohne das auf diesem Globus mittlerweile nichts mehr läuft und das die Art, in der der Homo sapiens kommuniziert, komplett auf den Kopf gestellt hat.

Bereits Ende der 80er hatten der britische Physiker Tim Berners-Lee und der belgische Informatiker Robert Cailliau am Kernforschungszentrum CERN in Genf die Idee gehabt, ein weltweit zugängliches Netz mit ver-linkten Dokumenten zu schaffen. Am 30. April 1993 gab das CERN das „World Wide Web" dann tatsächlich zur allgemeinen Nutzung frei: umsonst und für jeden. Anfangs interessierten sich dafür natürlich nur Nerds mit dicken Hornbrillen, aber gegen Ende des Jahrzehnts änderte sich alles mit Boris Beckers legendärem Satz „Ich bin drin". Spiel, Satz und Sieg! Bobbele fegte 1999 alle vom Platz. Aber nicht mit seinem Bumm-Bumm-Aufschlag, sondern mit Werbung für den Internetanbieter AOL.

„Bin ich da schon drin, oder was?", fragte er im AOL-TV-Spot und stellte erstaunt fest, dass er tatsächlich schon drin war – und zwar nicht in einer Münchener Edeldisco, sondern in einem Neuland namens Internet. Und wenn das Tennis-Ass da jetzt

DRIN war, hieß das: Alle mussten DA JETZT REIN –
und zwar so schnell wie möglich. Auch du.

In den kommenden Jahren und Jahrzehnten fegte die
Internetrevolution alles fort, was in den 80er-Jahren
noch zum Status quo gehörte – zum Beispiel den
Diercke-Weltatlas oder das Faxgerät. Schon bald stand
in den meisten Haushalten ein PC mit Internetan-
schluss. Und was Anfang der 90er noch verheißungs-
voll klang wie die AOL-Nachricht „Sie haben Post"
beim Eintrudeln einer E-Mail, verlor rasch seinen Reiz
und wurde im Laufe der Zeit für die Mehrheit sogar zu
einer handfesten Bedrohung: Hilfe, Spam-Alarm!

Zu einer Bedrohung wurden gegen Ende des Jahrzehnts
auch Handybesitzer, die mit stolzgeschwellter Brust
und ihren neuen Geräten am Ohr unaufmerksam durch
innerstädtische Fußgängerzonen torkelten. Um dieser
Gefahr Herr zu werden, wurde der verantwortungslose
Umgang mit Handys im Alltag sanktioniert. Sprich:
Vater Staat richtete Handy-Verbotszonen ein und
reglementierte den Umgang mit Mobiltelefonen etwa
beim Auto- und Radfahren. „Bist du ein Handybesitzer
oder nicht?", das war damals noch eine Glaubensfrage.
Und du hast seinerzeit ernsthaft geglaubt, dass so ein
Ding niemals in deiner Hand landen würde.

Die Compact Disc, kurz CD, wiederum war überaus
beliebt und hatte sich gegenüber der Schallplatte und
der Kassette durchgesetzt. Spannender für die Kids
waren allerdings andere Produkte wie etwa Diddl-
Maus-Kuscheltiere, -Tassen, -T-Shirts und -Kalender.

Noch mehr Spaß hatte der Nachwuchs an Erfindungen
wie dem Gameboy, dem Tamagotchi und Pokémon-
Figuren, die 90er waren schließlich nicht umsonst
das Jahrzehnt, in dem Läden wie Saturn und Virgin
Hochkonjunktur hatten.

Und was war sonst los? Die Telekom ging an die Börse.
Jan Ullrich gewann als erster Deutscher die
„Tour de France". Die Rote Armee Fraktion (RAF)
erklärte voreilig ihre Auflösung. Neonazis wüteten in
Rostock-Lichtenhagen und Solingen. Der Bundestag
stimmte für die Einführung des Euro. Die Rechtschreibreform trat in Kraft. Das deutsche Parlament kehrte in
den Berliner Reichstag zurück. Und am Ende des
Jahrzehnts, 1999, brachen 1,5 Millionen Raver auf der
„Love Parade" in der Hauptstadt alle Rekorde und
verwandelten den Tiergarten in einen „kollektiven
Unterhaltungspark", wie Helmut „Birne" Kohl das
fröhliche Get-Together nannte.

1999 geriet die Menschheit kollektiv in Aufruhr:
Am 11. August fand eine totale Sonnenfinsternis über
Mitteleuropa statt. Sie gehörte zum „Saroszyklus 145"
und löste krasse Beklemmungen aus – auch in dir,
obwohl du wie die anderen Freaks eine 3-D-Brille
aufhattest, um das ganze Spektakel live und draußen
vor der Tür mitzuverfolgen.

Diffuse Ängste gesellten sich kurz vor Silvester dazu:
Würden die Computer und der Euro zur Jahrtausendwende abstürzen? Würde die Menschheit mit Beginn
des Jahres 2000 in ein völliges Chaos stürzen?

Und: Lag Prince mit seiner Prophezeiung, die er in den 80ern in seinem Song „1999" verkündet hatte, doch richtig? Würde die Apokalypse eintreffen – und mit ihr der Weltuntergang einsetzen?

In diesem Fall, so deine Schlussfolgerung, müsstest du es so tun, wie Prince es in seinem Track „1999" empfohlen hatte: Noch mal richtig auf den Sack hauen und Party machen!

Das hast du dann auch getan – und bist am übernächsten Morgen mit einem dicken Schädel aufgewacht. Du erinnerst dich gut daran: Alles stand noch an seinem Platz, die Welt war nicht untergegangen.

Und noch nicht mal dein Computer war abgestürzt: Du warst immer noch DRIN. Aber dir war auch verdammt schwindelig, und deshalb hast du erst mal gepflegt gekotzt.

Prost – auf ein frohes neues Jahrtausend!

Und was ist heute – in den 20er-Jahren des neuen Jahrtausends – los?

Du küsst die Kloschüssel nicht mehr so oft wie in deinen jungen Tagen – immerhin! Aber sonst ist nicht viel übrig geblieben von diesem besoffenen Gefühl der Freiheit, das du in den 90ern verspürt hast. Verdammt, es ist „Gone With The Wind", „Vom Winde verweht", um einmal Margaret Mitchell zu zitieren, und dir wird bewusst, was für ein großes Privileg es war, im Speckgürtel der 70er- und 80er-Jahre aufzuwachsen und ungehindert in den 90ern durchfeiern zu können, bis der Arzt kommt.

Dir wird bewusst, wie krass beschenkt du bist. Du bist
ein Prilblumenkind, erblüht in den 80ern, durchgerockt
in den 90ern. Früh reif (gewesen) und spät erwachsen
(geworden) – und dieses Privileg unterscheidet deine
Generation X von allen anderen Generationen, denn die
vor dir haben a) entweder den Zweiten Weltkrieg miterlebt. Oder sie mussten b) in der Nachkriegszeit mit den
Traumatisierungen ihrer Eltern klarkommen. Die Kids
der jungen Generation Y, Z und Alpha wiederum
schauen wie Paul Klees Engel der Geschichte mit weit
aufgerissenen Augen in eine Zukunft, die nichts Gutes
verspricht. Was für ein Gap!
Du hast dich ins gemachte Nest gesetzt, wurdest
verwöhnt und gepampert – und was hast du daraus
gemacht? Du musst schlucken und denkst unverhofft
wieder an Martin und daran, was möglicherweise doch
aus euch beiden geworden wäre, hättet ihr euch nicht so
oft gestritten und insgesamt besser vertragen.
Ach herrjemine, Wechseljahre sind keine Herrenjahre!
Du versuchst, nicht länger an den doofen Martin zu
denken, und schmierst dir erst mal dick Nutella aufs
Butterbrötchen. Das hilft immer. Meistens jedenfalls.
Es war dieses dusselige On-Off-Ding, das dich an
Martin gebunden hat, Stichwort: Glaube, Liebe,
Hoffnung. Zwischendurch dann Martins Geschwaller,
seine ewigen Versprechungen, dass alles besser werden
würde. Und du hast ihm immer wieder geglaubt,
bist immer wieder auf ihn reingefallen – und erneut
reingetappt: in die Dopaminfalle.

Beherzt beißt du in dein Nutella-Brötchen und schaust
im Wohnzimmer auf deinen CD-Ständer, der da ernsthaft noch rumsteht, so als seien die 90er noch nicht
vorbei. Du greifst nach einer Scheibe und schaust aufs
Cover: „Technodrome – Volume 3" … So einen Schrott
hast du gehört? Tracks von den Friends Of Nostrada-
mus – echt jetzt? Du schüttelst den Kopf, musst aber
zugeben, dass nicht alles schlecht war in dieser Zeit.
Früher war mehr Lametta, so könnte man es
mit Loriot zusammenfassen.
Und heute? Heute hast du gelernt, dass Aufzüge und
Maskeraden kommen und gehen – und nur eines bleibt:
deine Erinnerungen.
Am Anfang war der Beat. Am Ende aber auch. Und
schon sitzt du wieder in der Zeitreisemaschine und reist
zurück. Zum Beispiel ins Jahr 1997 …

„Morgen ist auch noch ein Tag!" (1997):
*Wie eine junge Frau der Generation X gepflegt in den Tag
startet*

Wir schreiben das Jahr 1997. Auf deiner Boombox
läuft im Hintergrund leise Oasis – „Don't look Back In
Anger". Während Liam Gallagher davon singt, eine
Revolution in seinem Bett zu starten, liegst du auf
deinem drauf und denkst nach. Über dich und das Universum – genauer gesagt: über dich und die Männer.
Noch genauer: Über dich und den DJ, den du in der
letzten Nacht kennengelernt hast. Im Club, wo sonst.
Seit du in die große Stadt gezogen bist, passiert dir so
was ständig. Du gehst feiern, amüsierst dich – und
lernst zu später Stunde einen Plattenaufleger kennen.
Aber nicht den an den Decks, nicht den Star der Nacht,
also zum Beispiel Dr. Motte oder Westbam, sondern
einen, der neben dir an der Theke steht und behauptet,
er sei DJ. So wie Wolle, dein leicht unterbelichteter WG-
Mitbewohner. Wolle ist auch Discjockey, genauer gesagt Producer, aber leider kennt ihn kaum jemand. Sein
erster Track, den er nebenan in seinem Zimmer am
Computer „zusammengebaut" hat, trägt den Titel
„Itz-Itz-Itz PLÖNG" und hört sich auch so an. Es fiept,

wummert, klingelt und klappert, als seien alle Schrauben der Anlage locker, sobald „Itz-Itz-Itz PLÖNG"
aus den Boxen von Wolles Ghettoblaster donnert.
Überzeugt hat dich sein technoides Schüttelprogramm
trotzdem nicht.

Der Theken-DJ, mit dem du gestern an der Bar geflirtet
hast, während deine Busenfreundin Petra sich auf dem
Dancefloor mit einem anderen amüsiert hat, hört auf
den Namen Stony und hat sogar schon einmal im Tresor aufgelegt, behauptet er jedenfalls. Und wer schon
einmal im Tresor aufgelegt hat, der hat es geschafft –
und zwar in jeder Hinsicht. Stonys Hits heißen „No
Sleep", „Frickel-Sleep", „I Want To sleep", „The Man
Who Doesn't Sleep", „I Can't Get no Sleep tonight",
„Sleepless In Mannheim" und „Born Sleepy". Gehört
hast du von all diesen Mega-Tracks leider noch keinen
einzigen in den einschlägigen Clubs oder auf VIVA.
Aber Stony hat immerhin authentisch reagiert, als du
kritisch nachgefragt hast, und er sagte: „Erst mal feiern,
bis die Lunte brennt, anschließend ausschlafen bis in die
Puppen. Und morgen sehen wir weiter." Sein Underdog-Konzept fandest du schlüssig, zumal die E, die er
dir angeboten hatte, ihre Wirkung entfaltete. Dann kam
ein Song von Gala, und ihr seid tanzen gegangen.
An viel mehr erinnerst du dich nicht, aber Hauptsache,
die Nacht war geil. Und das war sie, soweit du das
beurteilen kannst. Ihr habt gelabert, getanzt und
geknutscht, bis der Arzt kommt, und später noch mal
eine Runde eingelegt, nur in anderer Reihenfolge:

geknutscht, getanzt und gelabert und getanzt, gelabert
und geknutscht bis zum Morgengrauen. Und dann
seid ihr noch weitergelaufen in den nächsten Club.
Allerdings ohne Petra, die ist unterwegs verloren
gegangen und mit Chemie-Kalle abgezogen, ebenfalls
DJ und angeblich „sehr gut im Geschäft", in welchem
auch immer.
Nun gammelst du also gepflegt auf deiner Matratze
vor dich hin, hast einen Schädel bis Kathmandu und
versuchst, die Ereignisse der vergangenen Nacht so gut
wie möglich zu rekonstruieren …
Jetzt fällt es dir wieder ein!
Ihr habt alle zusammen eisgekühlten Bommerlunder
getrunken – an der Theke auf dem zweiten Floor –,
Petra, Chemie-Kalle, Stony und du.
Und Chemie-Kalle meinte, dass ihr unbedingt noch mit
zu ihm kommen solltet, er habe „sein Labor gleich um
die Ecke" …
Und ihr Frauen habt darüber tierisch gelacht, weil ihr
dachtet, Chemie-Kalle macht Witze. Hat er aber nicht,
denn soweit du dich erinnern kannst, hat er die ganze
Zeit von seiner letzten „MDMA-Experience" geschwa-
felt und von irgendwelchen illegalen Goa-Festivals mitten in der Walachei. Petra hat ihren Chemie-Kalle die
ganze Zeit großäugig und mit tellerrandbreiten Pupillen
angehimmelt und ihn für seinen schrillen Mode-Look
vergöttert: Er trug hochgesteckte Dreadlocks, ein enges
Shirt, das seine Muskeln betonte, eine selbst gemachte
Holzperlenkette und untenrum einen kurzen Batik-

Wickel-Rock, unter dem seine strammen Waden hervorlugten. Irgendwie sah er so aus wie Mola Adebisi
von VIVA, nur in Blond. Auf den Mund gefallen war
Chemie-Kalle nicht und erzählte die ganze Zeit von
seinem Lieblingsfilm – „Braveheart" mit Mel Gibson –
und von seiner Vorliebe für mittelalterliche Zahlen-
mystik, Esoterik und New Age.
Dann hielt Stony schon wieder vier Kurze in den
Händen und rief: „Mädels, es gibt noch Jägermeister!
Wenn ich so weitersaufe, verpasse ich morgen noch
meinen eigenen Rave, hahaha!"
Und dann seid ihr kollektiv zu viert auf die Tanzfläche
gelaufen, weil die ersten Takte von „Insomnia" so
bombastisch reinkickten.
„Hallo, Wahnsinn, Faithless for ever", hast du geschrien
und deine Arme in die Luft gereckt. Und Petra umarmt.
Und Stony – der war ja auch noch da.
Und dann ging es locker weiter mit: Jägermeister,
Bierdusche, Pommesgabel und Bommerlunder! Und
mit: Bommerlunder, Pommesgabel, Bierdusche und
Jägermeister – immer in anderer Reihenfolge.
Der Flow und der Spirit – einfach alles hat in dieser
verheißungsvollen Nacht gestimmt … Du vergisst kurz
deine Kopfschmerzen, während du deinen Körper im
Bett von links nach rechts wendest.
Gegen 9.11 Uhr, so schätzt du, war die Party endgültig
vorbei. Game over. Alle Energien verpufft, sämtliche
Drogen aufgebraucht, in den Gängen ein paar heulende
Frauen und Männer, die ziellos und verwirrt durch die

Gegend irrten, während du und dein Swagga-Boy
Stony den Ausgang suchten, um draußen vor der Tür
die nächste Runde unter dem Motto „Last Exit Dönerbude" einzuleiten. Leider hatte die Dönerbude
geschlossen. Ihr standet stattdessen wenig später in
Stonys Küche und habt euch ein halbes Bockwürstchen
aus der Dose geteilt, unglücklicherweise kalt und leicht
angeschimmelt, aber auch egal, weil: Hungrige Kanni-
balen fressen alles.

An das Bockwürstchen kannst du dich noch gut erinnern, komisch, an Stonys Möhre aber nicht mehr. Auch
nicht an euren One-Night-Stand. Bevor er gegen Nach-
mittag aufwacht ist, hast du dir hektisch die Klamotten
übergestreift und bist überstürzt aus seiner Wohnung
geflüchtet. Du brauchtest schnell was zu futtern – und
zwar was Richtiges, getreu dem Motto „Fleisch hält
Leib und Seele zusammen". Und darum hast du dir
zu Hause in der WG-Küche zwei kalte Buletten
reingepfiffen, die zwar nach filetiertem Nashorn
schmeckten, aber auch egal. Und dann hast du dich
endlich aufs Ohr gehauen – und konntest nicht ein-
schlafen ... „Sleepless" halt, „Insomnia", was sonst?
Dein unterbelichteter WG-Mitbewohner Wolle klopft
jetzt mit Nachdruck an deine Tür und tritt ungefragt in
dein Zimmer. Er will wissen, wo die beiden Buletten
sind, die er vorgestern in den Kühlschrank gelegt hat.
Du zuckst möglichst unschuldig mit den Schultern, als
wüsstest du nicht, wo die Dinger sich befinden, nämlich
in deinem Verdauungstrakt.

„Ich war es nicht. Ich weiß nicht, wo deine Buletten sind", sagst du.

„Einer muss es ja gewesen sein. Und ich habe sie nicht gegessen!"

„Ja, aber ich auch nicht."

„Wer dann?"

„Keiner!"

„Muss ja aber!"

„Dann frag doch deine doofen Freunde, die hocken doch immer in der Küche vorm Kühlschrank rum. Und außerdem hast du mein Nutella aufgefressen!"

Wolle schmeißt die Tür zu – und du spürst sie wieder, deine verdammten Kopfschmerzen. Was für eine Schnapsidee, zusammen mit Wolle unter ein Dach zu ziehen, und dieses Konstrukt, diese komische Lebensabschnittsgemeinschaft eine WG zu nennen. Du hast einfach kein Glück mit Männern. Ständig zankst du dich mit Wolle und ärgerst dich über seine Kumpel, die immer dann anrücken und lautstark die WG-Küche belegen, wenn du mal einen gemütlichen Abend ohne grobe Hintergrundbeschallung planst.

„Männer", denkst du wütend und denkst über Männer nach. Nicht nur über Wolles Gurkentruppe, sondern generell … Wobei du von Wolles Gurkentruppe ganz besonders genervt bist. Am meisten von Harry, den du insgeheim „Hasenpups" nennst.

Harry „Hasenpups" ist alter Punkrocker, viel älter als du, aber sein genaues Alter hält er unter Verschluss wie eine geheime Stasi-Akte. Harry ist das Gegenteil von

Henry Rollins, nämlich untersetzt. Er trägt einen ausge-
prägten „Holsten-Muskel" vor sich her, eine
ziemlich amtliche Plauze. Und er treibt dich mit seinem
eingeborenen Fundamentalismus in den Wahnsinn.
Angeblich gehörte er in den 80er-Jahren der Hausbe-
setzer-Szene in Kreuzberg an, lungerte rum, schmiss
Steine – und manchmal auch ein paar Drogen ein. Sein
ehemaliges Haustier hörte auf den Namen Nancy und
war eine fette und lethargische Ratte, die kaum Platz auf
seinen Schultern fand. Trotzdem schleppte Harry sie als
schickes Utensil mit in die Berliner Kneipen und bildete
sich ernsthaft ein, mit diesem Viech auf der Schulter
einfacher Frauen angraben zu können.
Du verachtest Harry dafür, dass er sich insgeheim für
einen echten „Ausnahme-Menschen" hält, er deiner
Meinung nach aber genauso uniformiert rumläuft wie
die anderen verspießten Gossenpunks, die damals in
der Zone Krieg gespielt haben, wenn ihnen gerade
nichts Besseres einfiel. Die geteilte Stadt und Erich
Honecker – all das ist doch längst Schnee von gestern,
denkst du, aber Harry, auf dessen oller Lederjacke ein
aufgesprühtes Anarcho-Zeichen prangt, hält auf
geradezu psychotische Weise an seiner scheinbar
glorreichen Vergangenheit fest, so, als sei sie alles, was
er hat. Und außerdem riecht er komisch nach Patschuli,
findest du, ein Duft, den du zuletzt im Jahr 1985
einigermaßen aufregend fandest.
Du bist jedenfalls froh, dass die 80er vorbei sind und du
nicht mehr aussiehst wie ein billiges Madonna-Double,

also wie ein kettenbehangener Weihnachtsbaum. Du verliebst dich nicht mehr in Punks, die Zeiten sind vorbei. Aber auch nicht mehr in ihr Gegenteil: Männer in abgeschmackter Michael-Douglas-Ästhetik und aalglatte Yuppies. Nö! „Wall Street" war einmal, nämlich gestern!

Mit der Geburt des Acid House aus dem Geiste des MDMA ist für dich eine neue Ära angebrochen – eine offenere, freiere, bessere, eine, die nicht mehr so „cool" und verklemmt ist. Du hörst jetzt auf das BamBamBam deines Herzens und lässt dir von niemandem mehr was sagen, auch nicht von Wolle und seinen Gesellen.

„Move Your Body" – das ist in Anlehnung an den Track von Marshall Jefferson deine neue Religion. Und so einfach sollte sich deiner Meinung nach auch das Spiel zwischen den Geschlechtern gestalten:

„Willst du eine E?"

„Klar."

Frage.

Antwort.

Abflug.

Easy-peasy, ganz nach Westbams Motto:

„We'll Never Stop Living This Way", wir hören nie auf, so zu leben! Du bist schließlich heute jung, noch jung, und wer weiß, was morgen für Probleme auftauchen. Apropos Probleme … Das Stichwort erinnert dich an deine aktuelle Lage, an deine verkaterte Gegenwart, deine (in weiten Teilen) unrühmliche Vergangenheit und deine mögliche Zukunft, die noch so jungfräulich

wie der jüngste Tag vor dir liegt. Was sind deine Ziele –
einmal abgesehen vom Feierngehen, Flirten und dem
Vorsatz, die WG mit Wolle endlich aufzulösen?
Wer bist du überhaupt? Bist du bloß eine Halbstarke,
die mit Männern rummachen will – oder ist da mehr?
Hast du eine Vision? Oder sogar mehrere?
Du jobbst nebenher, also dann, wenn du nicht gerade
feiern gehst. Und du studierst – hauptsächlich das
Leben. So vergehen die Jahre. Deine Eltern sagen, dass
du eine Familie gründen sollst. Du kannst dir das aber
gar nicht vorstellen. Wenn du schon an der Lebensabschnittsgemeinschaft mit Wolle scheiterst, wie soll es da
erst werden, wenn du ernsthaft Nägel mit Köpfen
machst und dich an einen Mann bindest?
Mit Stony, mit dem du gestern Nacht abgestürzt bist,
kannst du keinen Staat machen. Was willst du mit so
einem Raver, der nächtelang feiern geht und sonst nicht
viel auf die Kette kriegt?
Du selbst gehst jetzt stramm auf die 30 zu,
verwechselst Rausch mit Liebe und rutschst immer
wieder liebestrunken in On-Off-Dinger rein.
Männer! Du kommst zwar nicht so richtig gut mit ihnen
klar, sie scheinen aber trotzdem dein Hobby zu sein –
und irgendwie auch dein Leben zu beherrschen.
Los ging es damals in den 80ern zum Beispiel mit
Friedrich … „Friedrich" – ein Name wie ein Kinder-
buch! Klingt wie „Damals war es Friedrich", nur dass es
in der Geschichte von Hans Peter Richter um etwas
anderes ging.

Du denkst an deine Ex-Verflossenen und an die Flüchtigkeit dieses Gefühl, das man Liebe nennt. Du, deine Ex-Männer und die Welt dazwischen: Michael, Jan, Oliver, dieser langhaarige Bombenleger, dessen Name du vergessen hast, Heinz, Dingenskirchen, Herbert ... Und, und, und.

Hast du wen vergessen?

Wahrscheinlich.

Ach ja, mit Wolle lief auch mal was, aber nur weil ihr beide hart bekifft wart.

Und mit Martin, deiner großen Liebe! Wie geht es ihm wohl, dem Martin? Du fragst dich, was er gerade macht, ob er frisch verliebt ist – und ob du ihn mal wieder anrufen solltest. Doch deine Kopfschmerzen erinnern dich an deine missliche Lage. Du schluckst eine Aspirin, bettest deinen Körper um und versuchst, ein wenig zu pennen.

Morgen ist auch noch ein Tag! Und genug Zeit dafür, deine alten Tagebücher mal wieder aus dem Schrank zu holen. Denn: Die 90er sind fast um. Was hast du in diesem verrückten Jahrzehnt bloß getrieben? Wo ist es geblieben – und war das alles nicht doch ein bisschen wild? Darüber solltest du morgen mal nachdenken, morgen, aber bitte nicht heute.

„Heute ist ein neuer Tag!" (2024):
*Wie ein Ü50-Single der Generation X gepflegt in den Tag
startet*

Wir schreiben das Jahr 2024 und du starrst auf die
scheinbar unscheinbare Notiz in deinem Tagebuch:
„Ungefähr …"
… Stück, krass!
Mit etwa … Männern hast du also irgendwann in den
80ern und 90ern rumgemacht. Die Zahl ist verbrieft, du
hast mehrmals angestrengt nachgerechnet und sie mit
deinen Tagebuchaufzeichnungen der Jahre X bis Y
verglichen. Und weil du in den 80ern fast noch ein
Kind warst, fällt die meiste Action in Sachen
„Sexualkontakte" wahrscheinlich in die Jahre zwischen
1990 und 1999. Krass!
Die einzige Entschuldigung, die dir dazu einfällt:
„Sexuell" ist ein weiter und dehnbarer Begriff und kann
alles und nichts, also vieles bedeuten – Knutschen mit
oder ohne Zunge. „Petting", wie es früher immer in der
„Bravo" hieß. Heiße Wachsspiele. Ringelpiez mit
Anfassen. Prostatamassage. Nachhaltiger Öko- und
Outdoorsex in der freien Natur – zum Beispiel mit
einem besonders männlichen Baum, den frau zum

Schubbern gernhat. Oder der Vollzug der Ehe, kurz:
Geschlechtsverkehr. Wobei „Vollzug" fies und
unfreiwillig klingt. Und so trocken.
Apropos! Bei dir liegt der letzte Vollzug – ausgerechnet
mit Martin, diesem alten Pflaumen-August – auch
schon etwas länger zurück. Dass du tatsächlich in
dunkler Vergangenheit ein ziemlich wildes Leben
geführt haben sollst, ein Leben MIT ECHTEM SEX,
erscheint dir darum wie ein Märchen ... Obwohl Sex in
einem Märchen eigentlich ein Tabuthema ist.
Wie kommst du als Frau bloß auf so eine Zahl: ...?
Du bist doch auf dem Dorf aufgewachsen – da
wirkt jede Zahl, die die Drei übersteigt, astronomisch
unanständig in Sachen Herrenverschleiß.
Wirklich wild ist dein Leben gefühlt aber kaum gewesen, nur in seltenen Ausnahmen ging es wild her, leider!
Rein subjektiv betrachtet hast du eher das Dasein einer
Nonne geführt, einer Nonne, die nur zwischendurch ihr
Keuschheitsgelübde abgelegt hat. So wie Madonna in
„Like A Prayer" Ende der 80er-Jahre, als sie sich den
dunkelhäutigen Jesus mitten in der Kirche zur Brust
genommen hat. Ein echter Skandal war das damals.
Natürlich deutete die Pop-Diva die sexuelle Überschrei-
tung im Video bloß an. Aber trotzdem war ihr Clip eine
Riesenprovokation: ein Jesus mit dunkler Hautfarbe!
Shocking! Und dann treibt der es auch noch zusammen
mit Madonna in einem Gotteshaus. Geht ja gar nicht!
Heute kratzt das keinen mehr, aber im vergangenen
Jahrtausend sorgte Madonna so für ordentlich Publicity.

So weit wie sie hast du es nicht gebracht, aber wenn du
es dir recht überlegst, hast du viel mit ihr gemeinsam.
Die Augenklappe zum Beispiel, die du krankheits-
bedingt trägst, weil ein Gerstenkorn am Auge dich ent-
stellt. Für Madonna war die Klappe angeblich nur ein
modisches Accessoire. Passend zu ihrem Album
„Madame X" hatten Designer ihr ein schillerndes X
darauf genäht – eine tolle Idee, die sich gut am
Merchandising-Stand verkaufen lässt. Alles, was die
über 60-Jährige jemals getragen oder berührt hat,
verwandelt sich in Gold, Silber oder Platin, seien es nun
konische BHs oder irgendwelche Fetischfetzen. Jesus
hat Wasser in Wein verwandelt, Madonna hat mehr
drauf. Das ist die Moral von der Geschichte, die dich an
deine eigene erinnert. Du hast dir nämlich auch eine
Augenklappe geholt – nicht auf einem Madonna-Kon-
zert, sondern in der Apotheke deines Vertrauens.
„Bei besonders trockenen Augen entstehen Gerstenkör-
ner. Das kommt bei älteren Frauen oft vor – ist harmlos,
aber hässlich", kommentierte deine Ärztin den Befund
trocken.
Mit anderen Worten: Du siehst zwar scheiße aus, aber
das macht nichts, denn den anderen ist das piepegal.
Doof an einem Gerstenkorn ist, dass du es nicht
kaschieren kannst. Ein Veilchenauge könntest du
gekonnt überschminken – zum Beispiel im coolen
Ville-Valo-Style, aber nicht dein geschwollenes
Kittauge. Dein Kajalstift – sonst ein zuverlässiger Retter
in der Not – kann seinen Dienst nicht mehr verrichten.

Sprich: Du läufst ungeschminkt durch die Wohnung und verkriechst dich im Homeoffice. Nur abends, nach Einbruch der Dunkelheit, schleichst du dich wie der Geist von Captain Sparrow mit drapierter Augenklappe kurz zum Supermarkt rüber, um ein paar Kekse zu holen.

Wahrscheinlich kannst du dich nie wieder schminken und deshalb auch nicht mehr das Haus verlassen. So wie Marlene Dietrich, die sich nach ihrem Rückzug aus dem Showgeschäft Ende der 70er bis zu ihrem Tod in ihrem Pariser Apartement in der Avenue Montaigne 12 verkroch und die Zeit hauptsächlich im Bett verbrachte.

Die Diva war damals gerade mal 74 – kein Alter! Aber sie wollte nicht, dass die Öffentlichkeit ihr beim Faltigwerden zuschaut, auch verständlich.

Wie es aussieht, hast du also nicht nur viel mit Madonna gemeinsam, sondern auch mit der großen Dietrich, denn wenn das noch lange so weitergeht mit deinem trockenen Auge und den Hüftbeschwerden, die dich plagen, seit du jeden Tag im Homeoffice abhängst – Stichwort: Generation Buckel –, wirst du dich bald ganz zurückziehen und den Kontakt zur Außenwelt nur noch virtuell aufrechterhalten. Alles kein Problem mit Lieferando und Co. Du siehst es schon vor dir: Du und ein kleiner KI-Roboter namens Billibald an deiner Seite, der dir morgens ungefragt dein orthopädisches Sitzkissen unter den Arsch schiebt und dir abends vorm Zubettgehen einen Bio-Nerven- und Schlaftee reicht.

Ja, es könnte funktionieren, dieses Konstrukt, aber
ehrlich gesagt fühlst du dich noch nicht ganz reif dafür.
Und darum wälzt du folgende Frage: Ist ein glückliches
Leben eventuell auch ungeschminkt möglich?
Ikonen der Schönheit und Sexyness machen es doch
längst vor – Stichwort: Pamela Anderson. Die ehemalige
„Baywatch"-Aktrice wurde ausdrücklich gelobt, als sie
sich auf der Fashion Week in Paris ohne dicke Kajal-
Kriegsbemalung auf dem roten Teppich zeigte.
Und überhaupt. Gibt es nicht ganz andere Probleme auf
diesem Planeten – zum Beispiel die Erderwärmung?
Wie egoistisch ist es da, einfach nur an sich und das
eigene vertrocknete Auge zu denken?
Während der Eispanzer der westlichen Antarktis langsam bricht, lebst du einfach weiter so vor dich hin,
als wäre nix gewesen. Schwitzt viel zu viel an heißen
Tagen, fragst dich, ob das noch Wetter oder schon
die Klimakatastrophe ist, sortierst deine Socken, denkst
an den doofen Martin und verdödelst deine Zeit.
So machen das ältere Leute nun mal. Sie starten gepflegt
in den Tag – mit ein paar Erledigungen, die nicht liegen
bleiben dürfen. Socken gehören dazu, aber auch der
Abwasch, der Einkauf, die Wollmäuse unterm Sofa –
und der Müll im Keller, den Martin hinterlassen hat,
Motto: Erst die Arbeit, dann das Vergnügen. Aber was
für ein Vergnügen überhaupt?
Mit einem Schlag fühlst du dich alt. Verdammt alt!
Dein kleiner Kaktus auf dem Fenstersims ist dein
zeitgemäßes Abbild, ihr habt so viel gemeinsam.

Erstens: Er runzelt seit Jahren leise vor sich hin.

Zweitens: Er gibt kaum Widerworte.

Drittens ist er auch noch ungemein zäh, obwohl er schlecht behandelt wird, mit anderen Worten:

Er ist wie du – besonders anspruchslos.

Vor allem erinnert dein treuer Begleiter dich daran, wie schnell die Zeit vergeht. Angestrengt denkst du über deine eigene Vergänglichkeit nach – und eine heiße Sehnsucht erwacht in dir: Du willst ENDLICH MAL WIEDER VERREISEN!

Auch der Winter triggert deine Reiselust hart. Der schlimmste Tag des Jahres ist für dich der letzte Sonntag im Oktober, der im Kalender mit den lapidaren Worten „Ende der Sommerzeit" angekündigt wird. Denn mit der Zeitumstellung rückt nicht nur der Totensonntag bedenklich nahe. Nein, es scheint auch so zu sein, als ob Momos Zeitdiebe wieder unterwegs sind und dir das Kostbarste klauen: deine Stunden. Täglich ab 16 Uhr fällt ein dunkler Vorhang über die Welt, während die Menschen draußen wie depressive Figuren aus einem Lars-von-Trier-Film über den nassen Asphalt stolpern und scheel aus der Wäsche gucken. Brrrh, bei der Vorstellung gefriert das Blut in deinen alten Adern. Der Dezember ist die reinste Motivationsbremse. Dieser Monat, den viele wegen Weihnachten und dem ganzen Klimbim, der da dranhängt, lieben, beschert dir regelmäßig einen bunten Strauß an kognitiven Dissonanzen, also sehr unangenehme Gefühle.

Im Stillen jammerst du vor dich hin: *Wo ist die Zeit bloß*

geblieben? In deiner Jugend musstest du nie auf den Zug warten, hast von „New York – Rio – Tokyo" geträumt, und dann kam die Deutsche Bahn pünktlich und hat dich abgeholt. Heute sitzt du in Hannover-Leinhausen fest, und kein Zug kommt, nirgends, während deine Restzeit abläuft.

Die Frage *„Wie soll ich den Rest meiner Zeit verplempern?"* ploppt in deinem Hirn auf. Und du antwortest spontan: Weg. Raus hier. Sofort!

Antrieb als Ausweg – das war schon immer dein Prinzip. Und darum stehst du endlich auf, setzt dich noch vor dem Frühstück an den Computer und buchst eine Reise nach Paris. Teuer, aber auch egal. Du lebst nur einmal. Und in Paris bist du immer glücklich gewesen. Einmal warst du mit Martin dort, verschossen bis über beide Ohren. Und beim zweiten Mal hast du dich – unterwegs auf Solopfaden – in diesen einen Franzosen verguckt. Auch schön.

Zwei Tage später spazierst du allein über den Friedhof Père-Lachaise. Paris im Winter. Es regnet. Romantik stellst du dir anders vor. Du suchst nach dem Grab von Jim Morrison. Du und Martin – Anfang der 90er hattet ihr eine Zeit lang eine krasse The-Doors-Phase, nachdem ihr den Film „The Doors" von Oliver Stone mit Val Kilmer in der Hauptrolle gesehen hattet, seinerzeit noch in einem angesagten Programmkino, das es heute gar nicht mehr gibt. Martin hat anschließend alle Platten von den Doors gekauft, zusammen habt ihr die Songs der Band rauf und runter gehört. Ihr wart begeistert vom Lebensstil der Hippies und von Jim Morrison, der ständig mit dem Tod geflirtet hat, bevor er im Alter von 27 Jahren das Zeitliche segnete, in Paris unter die Erde kam und zu einer Ikone der Popkultur wurde – so wie vor ihm Jimi Hendrix und Janis Joplin und nach ihm Kurt Cobain und Amy Winehouse.

Damals, als noch illegale Warehouse-Raves in England und Berlin über die Bühne gingen, habt ihr mit euren Freunden zurückgeschaut auf eine längst vergangene Ära: die glorreichen 60er-Jahre. Den „The Doors"-Film hast du in den 90ern fast so oft gesehen wie „La Boum – Die Fete" in den 80ern. Morrisons ausschweifender Lebensstil hat dir enorm imponiert. Das Radikale, die Abwendung vom Mainstream, damit konntest du in deiner Jugend viel anfangen.

Heute siehst du die Sache nüchterner: Der legendäre Sänger hatte schlicht und ergreifend ein fettes Alkohol- und Drogenproblem. Und mit seiner Gefährtin Pam – von „Lebensgefährtin" kann ja nicht die Rede sein – hatte er ein krasses On-Off-Ding am Laufen. Ungezählte Male soll er sie betrogen haben, etwa mit Nico von The Velvet Underground. Nico, diese ätherisch schöne und in späteren Jahren geistig umnachtete Sängerin, war ebenfalls ein krasser Junkie – so wie ja fast alle Popstars der 60er- und 70er-Jahre. Und all diese Menschen waren einmal deine Vorbilder – heftig!

Du wolltest immer sein wie sie – wie Nico, Jim und Konsorten –, und in den 90ern hast du dich tatsächlich ernsthaft darum bemüht, es ihnen gleichzutun.

Doch daraus wurde nichts, ihr Schicksal ist dir erspart

geblieben. Das On-Off-Ding mit Martin war irgendwann vorbei. Jedenfalls bis neulich … Und du hast
rechtzeitig die Finger von den Drogen gelassen – hast
sie auch nie wieder angerührt, auch nicht, als Martin
wieder vor deiner Tür stand.
All diese ollen Kamellen sind Geschichte, und du
suchst trotzdem am Père-Lachaise nach Morrisons Grab.
Dein angegrautes Haupthaar und deine Jacke sind mittlerweile klatschnass, dito deine Schuhe und Strümpfe.
Du suchst mit Google-Maps – damals in den 90ern gab
es das noch nicht. Von Fortschritt durch
Technik kann dennoch keine Rede sein, denn dein
Navi führt dich immer wieder böswillig in die Irre –
und nicht zu Jims Grab.
Der Friedhof – getaucht in trübes Dezemberlicht –
wirkt verwittert, morbide und gruselig. Einige Grab-
türen stehen offen, das beängstigt dich, du bist schließ-
lich allein unterwegs und willst hier nicht bleiben. Wer
kommt denn auf so eine blöde Schnapsidee und stattet
Morrison kurz vor Weihnachten einen Besuch ab? Du!
Dann, plötzlich, hörst du DIE Musik.
Eindeutig … „Light My Fire"!
Du glaubst es kaum, ein Wunder ist geschehen, kurz
vor Weihnachten, halleluja!
Jims Gesang weist dir den Weg.
Ein paar abgehalfterte Typen sitzen an Morrisons Grab,
Fans würde man wohl sagen. Einer davon, ein junger
Südamerikaner mit Haaren bis zum schlammigen
Boden, hat tatsächlich einen Ghettoblaster dabei und

schützt das Gerät mit einer Plastiktüte. Passend zur Melodie wiegt er seine Locken im Wind. Er trägt eine abgedunkelte Sonnenbrille – eigentlich überflüssig bei diesem Scheißwetter, aber offenbar ein Muss für eingefleischte Doors-Jünger.

Das Grab ist abgesperrt und wirkt auf traurige Art verfallen. Alle, darunter ein hemdsärmelig dünner Junge mitten in der Pubertät, schauen abwechselnd andächtig durch die Gegend oder aufs Grab, das geschmückt ist mit geschmacklosen Fan-Utensilien, viel Plastik-Gedöns und Blumen, die ihre Köpfe hängenlassen. Dir kommt das Wort „abgerockt" in den Sinn – gar nicht mal so unpassend in diesem Zusammenhang.

Du schätzt, dass Morrisons letzte Bleibe eine der hässlichsten auf diesem Friedhof ist, abgeschirmt durch einen Zaun. So ist dein Idol aus Jugendtagen auch nach seinem Tod ein Eingesperrter. Wie schon zu Lebzeiten. Jim hatte einst das Begehren und die Entgrenzung in euch Fans entfacht. Und das ist das Ergebnis: eine amtliche Absperrung. Ein Ausschluss aus der Gemeinschaft. Dir stehen Tränen in den Augen, aber das sieht zum Glück keiner – an dir ist eh alles nass. Eine Weile lang schaust du dir das trostlose Schauspiel noch an. Dann wendest du dich ab und gehst – nicht, ohne dem Südamerikaner noch einmal verschwörerisch zuzuwinken: Du warst schließlich auch mal eine aus dem „Klub 27". Was willst du hier noch? Der Totenkult war schon in den frühen 80ern nicht mehr angesagt. Gothic ist dead. Punk ebenfalls. Und du solltest deine restliche

Zeit nicht mit toten Rockstars verschwenden, sondern weiterziehen. Und im Hotel eine warme Dusche nehmen.

Abends gehst du noch einmal raus auf die Straße und rauchst vor der Tür eine Zigarette. Deine letzte – die allerletzte. Dann schließt du Frieden mit dir und deiner Vergangenheit. Abgehakt. Jetzt geht es weiter. Antrieb als Ausweg. Zur Abwechslung schaust du wieder nach vorne, lässt den Retro-Wumms hinter dir und freust dich auf den „besinnlichen Weihnachtsstress", der zu Hause auf dich wartet. Denk immer daran: Ab Januar werden die Tage wieder länger. Und dann kannst du ja mal bei Sonnenschein tiefer in die Materie eintauchen, also in deine Vergangenheit. Denn, hey, wir schreiben das Jahr 2024, in den letzten Jahrzehnten ist viel passiert. Die alte Welt der analogen Dinge, der Autos und Fernsehapparate und das Zeitalter des uneingeschränkten Konsums gehen langsam unter – und damit auch die Erinnerungen einer rundum satten Generation, die nie einen Krieg erlebt hat und zu der auch du gehörst.

Wer warst du früher? Warst du bloß eine Halbstarke, die mit Männern rummachen wollte? Oder war da mehr?
Hattest du eine Vision? Oder sogar mehrere?
Erblüht in den 80ern, durchgerockt in den 90ern.
Zeit für eine Bilanz in der zweiten Halbzeit ...

NACHWORT:
KEIN GESCHMEIDIGER ABGANG

Bei der Recherche zu diesem Buch habe ich regelmäßig
nach den Idolen meiner Jugend gegoogelt und bin bei
YouTube und Co. hängengeblieben, sobald ich auf alte
Videos gestoßen bin und einen Hit, den ich längst
vergessen hatte, neu entdeckt habe – zum Beispiel
„Pogo in Togo" von den United Balls, ein Gassenhauer,
der in der hotten NDW-Hochphase auf keiner Party
fehlte. Neugierig habe ich nach Stars gefahndet, in die
ich früher verknallt war oder die ein Vorbild für
mich waren. Begegnet bin ich dabei a) der
Vergänglichkeit und b) unterschiedlichen Variationen
eines Themas namens Alter.
Nick Beggs, der ehemalige Bassist von Kajagoogoo, ist
zum Beispiel erstaunlich gut gealtert. Geboren 1961, sah
der Musiker in den 80ern mit seiner flauschigen Frisur
aus wie ein Pop-Twipsy: tierisch süß. Weniger gut in
Schuss scheint der ehemalige Sänger von Curiosity
Killed The Cat, Ben Volpeliere-Pierrot, zu sein. Sogar
Andy Warhol hatte sich Anfang der 80er in den Schön-
ling, der unglaublich elegant tanzen konnte, verguckt
und verglich ihn mit James Dean. Der Erfolg stieg Ben
damals aber zu Kopf. Er verfiel den Drogen, stürzte ab –
und sieht nun nicht mehr blendend aus. Der Zahn der
Zeit hat an ihm genagt, wie es so schön heißt.

Ich entdeckte Ben Volpeliere-Pierrot in einem YouTube-Video von 2018, das ihn als Gast der englischen Kuppelshow „Meeting Your Teenage Heartthrob on a Blind Date" zeigte. Das Setting: Der ehemalige „Herzensbrecher" trifft in einem Edelrestaurant einen weiblichen Fan der ersten Stunde bei einem „Blind Date".
Fan der ersten Stunde ist in besagtem Video Sarah, 43-jährige Musikmanagerin und Single seit drei Jahren. Sarah kommt gerade zurück von einem Rave auf Ibiza und ist auf der Suche nach der großen Liebe. Im Laufe des Gesprächs entwickelt sich zwischen ihr und ihrem ehemaligen Schwarm Ben aber keine Romanze. Sarah erkennt den Sänger nicht auf Anhieb. Erst als der sich vorstellt, fällt es ihr wie Schuppen von den Augen: Na klar, der Hut, den Ben früher immer getragen hat, ist ja noch ganz der alte. Aber ansonsten habe Ben sich stark verändert, gibt Sarah unumwunden zu.
Die Episode bringt das Dilemma auf den Punkt: Unsere Körper werden älter und nicht unbedingt attraktiver. Aber an unseren einstigen Idealen und Vorstellungen – auch von uns selbst – halten wir fest wie Klammeräffchen. Dabei ist das 80er-Jahre-Kapitel schon lange abgeschlossen. Oder nicht?
Neulich sprach ich mit einer guten Freundin über dieses Thema. Wir fragten uns, wieso sich Christian Lindner bereits als Abiturient auf seine Rolle als „Young Urban Professional" festgelegt hat – und seitdem nicht mehr aus der Nummer rauskommt. Anders als er waren wir Dorf-Kids früher auf der Suche nach richtig schön

kaputten Helden gewesen. In der letzten Phase vor
unserem Erwachsenwerden verliebten wir uns fast
ausschließlich in „Antihelden". Dunkel, dämonisch und
möglichst schräg mussten sie sein, Hauptsache abseitig.
Alles andere kam nicht in die Tüte.
Statt Modern Talking standen vermeintliche
„Outsider" auf unserem Wunschzettel. Ausgefallene
Erscheinungen wie der Sänger der amerikanischen
Band The Cramps beispielsweise: Erick „Lux Interior"
Purkhiser trug Latexhosen, die knapp über seinem
Penis endeten und seine Scham nur spärlich bedeckten.
Zu Songs wie „I Was A Teenage Werewolf" verbog er
sich auf der Bühne lasziv und wild in alle
Himmelsrichtungen, aber nie sah man was von seinem
besten Stück. Warum fiel seine Hose nicht runter?
War die etwa angeklebt – oder was? Das waren so
Fragen, mit denen wir uns gerne beschäftigten.
Orientierung war wichtig für uns. Und Orientierung
nur ein anderes Wort für Abgrenzung, denn um nichts
anderes geht es in der Popkultur. Exemplarisch dafür
ist „Quadrophenia": Der Held des Films heißt Jimmy
Cooper und gehört einer Clique von Modernisten, kurz
Mods, an. Mit seinen Freunden macht der Teenager
Mitte der 60er-Jahre London und Brighton unsicher.
Als Sohn eines Arbeiters grenzt er sich bewusst von
seiner Klasse ab. Er fährt einen getunten Roller, trägt
schicke Anzüge zum Militärparka, hört Soul und Beat –
und ist amphetaminsüchtig. Seine ärgsten Feinde,
die Feinde der Mods, sind Rocker: Die sogenannten

Teddyboys kleiden sich übertrieben amerikanisch, haben Pomade im Haar und hören Rockabilly. Jimmy und seine pillenschluckenden Gefährten hassen Rocker und suchen immer wieder die Konfrontation mit ihren vermeintlichen Gegnern.

Das Mod-Sein ist für Jimmy das Lebensgefühl der Stunde. „Mod sein heißt anders sein. Anders als die anderen. Und darum bin ich Mod", sagt er in einer Szene. Und bringt so seine Weltsicht auf den Punkt: Rocker sind scheiße, Mods dufte. Jimmy ist Mod, also cool.

„Quadrophenia" fasst exemplarisch zusammen, was Popkultur bedeutet: Anhand von ausgewählter Musik, Literatur und Kunst entscheidet sich eine Generation für einen bestimmten Stil und trifft eine Unterscheidung zwischen jung und alt, hip und out. Seit dem Aufkommen der ersten Jugendkulturen im vergangenen Jahrhundert geht es in Variationen immer wieder um diese Art der Differenzierung. Theoretisch gesehen können Heranwachsende in Demokratien ihr Leben **frei** entwerfen, viele machen davon Gebrauch. Sie drücken sich aus und fordern mit ihrem Auftreten prompt eine Gegenbewegung heraus. Die Beatniks rebellierten gegen die verlogene Spießigkeit ihrer Eltern. Die Punks fühlten sich von den Hippies angepisst – und so weiter und so fort.

Die Entscheidung für eine popkulturelle Nische hat viel mit dem Wunsch zu tun, sich ein Stück weit von der eigenen Vergangenheit und dem Leben der Vorfahren zu lösen. Insofern ist Popkultur auch die Erfindung der Klassengesellschaft mit anderen Mitteln, einer Klassengesellschaft allerdings, die nicht auf Macht und Geld basiert, sondern auf dem Spiel mit Identität(en) – ein großer Spaß, den bis in die Zehnerjahre dieses Jahrhunderts jede Generation aufs Neue erleben und für sich aushandeln konnte.

Meine Freundinnen und ich zum Beispiel, wir hatten die Wahl und konnten uns in den 80er-Jahren neu erfinden. Klappt man heute das Buch der Geschichte auf, könnte man allerdings zu dem Schluss gelangen, dass Jugendkulturen und ihre Nischen so bedroht sind wie aussterbende Tierarten. Denn mit dem Aufkommen künstlicher Intelligenz, KI, wird sich nicht nur die Musikbranche in Zukunft radikal ändern, sondern auch kreative Findungsprozesse.

KI, der Klimawandel, der Kampf um Ressourcen und die Bedrohung der Demokratie durch Fanatismus, Extremismus und Populismus: All diese Risiken gefährden aktuell die Entwicklung einer freiheitlichen Ordnung – und Marty McFly wäre bestimmt schockiert, würde er in seinem DeLorean bei uns Station machen. All die Errungenschaften, die in den 80ern mit Gorbis Glasnost (Offenheit) und Perestroika (Umgestaltung) in die Welt kamen, scheinen auf einmal gefährdet zu sein. Ehemals befriedete Nationen stehen sich wieder feindlich gesinnt gegenüber – dabei war der Kalte Krieg doch längst abgeschlossen. Vermeintlich. Der kranke Blaue Planet wird von Naturkatastrophen heimgesucht.

Alte und unreife Männer regieren die Welt. Und was
tun sie? Sie rüsten massiv auf. Betrachtet man die Geschichte der Menschheit aus dieser Warte, so sind –
satirisch überspitzt formuliert – drei Perioden erkennbar: In der Phase des Mangels tanzten die Leute spärlich
bekleidet ums Feuer. In Phase zwei benebelte das Wirt-
schaftswunder alle Sinne und den Verstand. Phase drei
dauert noch an – Konsum ist zu einer Sünde geworden
und unser Ökokonto voll in den Miesen. Reiche werden
immer reicher, Arme immer ärmer. Und vor lauter
Überdruss mutieren komplett Orientierungslose zu
Ribérys und vergolden ihr Steak für 1200 Euro. Hauptsache Tand – das scheint die Devise einiger zu sein.
Dass es so nicht weitergehen kann, ist glücklicherweise
vielen klar. Und doch taumelt die Mitte zwischen den
Fronten, die sich verhärten, hin und her.
Heute wie gestern geht es bei allen schwierigen
gesellschaftspolitischen Fragen auch stets um die
Themen Identität und Identitätspolitik.
In den 80ern war Identität für uns Teenager eine
ziemlich „fluide" Angelegenheit. Sie war wandelbar,
weil wir mit allen möglichen Formen von Identität
spielen konnten. Unser Auftritt war eine (ernst
gemeinte) Maskerade, eine Verkleidung für den
Indie-Club. Und wir konnten alles sein – so wie
David Bowie. Wir wollten uns nicht auf eine
Erscheinung festlegen und beschränken lassen.
Heute wird viel von fluider (Gender-)Identität
gesprochen. Teenager nennen sich „genderqueer" oder

„genderfluid" und tragen diese Kategorisierungen wie ein Branding oder einen 80s-Button vor sich her.

Ich persönlich möchte in einem Vorstellungsgespräch nicht danach gefragt werden, ob ich „cisgeschlechtlich" bin oder beispielsweise intersexuell. Denn was sagt meine sexuelle Orientierung über mich aus?

Einiges, aber nicht alles.

Eine Festlegung wirkt aus meiner Sicht wie ein zu eng geschnürtes Korsett. Und gerade weil die Gesetzgeber fast aller Kulturen beständig versucht haben, Identität zu reglementieren und in Stein zu meißeln, war es für mich bis vor Kurzem ein völliges Rätsel, warum viele Teenager aktuell so intensiv mit der Geschlechterfrage beschäftigt sind.

Beim Schreiben fiel es mir dann ein. „Quadrophenia" kam mir wieder in den Sinn – und mir wurde bewusst, wie wichtig es für Heranwachsende ist, sich mit dem Rätsel der (eigenen) Identität zu beschäftigen. Ich erinnerte mich daran, wie verkrampft ich selbst als Jugendliche nach *meiner* Identität gesucht habe. Wobei ich die Frage, wer ich bin oder sein könnte, früher gezielt in Stil- und Styling-Postulaten ersoffen habe. Denn der „richtige" Mode- und Musikgeschmack war für meine Generation ein Zeichen dafür, ob jemand einer bestimmten Peergroup angehört oder eben nicht – so wie Jimmy, der ein Mod sein wollte, und sich so gegen die verkrustete Welt der Erwachsenen abgrenzen konnte.

Aus dieser Perspektive betrachtet kann ich die aktuelle Debatte junger Leute nachvollziehen. Sie wollen sich

nicht nur abgrenzen, sie müssen es sogar, auch
weil sich sonst nichts in dieser Gesellschaft ändern
wird, sei es im Hinblick auf das Klima oder die
Geschlechtergerechtigkeit.
Andererseits ist es gefährlich, sich einseitig auf
Gender-Diskussionen zu konzentrieren. Denn so fallen
jene politischen Missstände unter den Tisch, die
uns allen in diesen Tagen zum Verhängnis werden
können, Stichwort: bedrohte Demokratie.
Was ist, wenn Europa sich gegen die Feinde der
Demokratie verteidigen muss? Diese Frage wiegt
schwer – und alle, denen an der freien Entwicklung
jeder nur erdenklichen Identität gelegen ist, müssen
gemeinsam eine Antwort darauf finden.
Andernfalls werden schon morgen Menschenfeinde
und Lebenszwerge die Weltkarte neu unter sich
aufteilen, Übeltäter, denen sicher nicht an der kreativen
Entfaltung jedes Einzelnen gelegen ist und die sich
bestimmt nicht um den Klimawandel scheren werden.
Solange es aber (junge) Leute gibt, die an eine diverse
Welt nicht nur glauben, sondern auch für sie kämpfen,
lässt sich dieses Szenario hoffentlich vermeiden.
„'Cause I Gotta Have Faith", so hat George Michael es
in einem seiner Hits ausgedrückt.